KB240059

거문고 타는 소리를 듣다

聽彈琴

맑고 고운 일곱 줄의 저 거문고
차가운 솔풍곡 고요히 듣는다
옛 가락 스스로 좋아하지만
지금 사람들은 대개 연주하지 않는다

泠泠七弦上
靜聽松風寒
古調雖自愛
今人多不彈

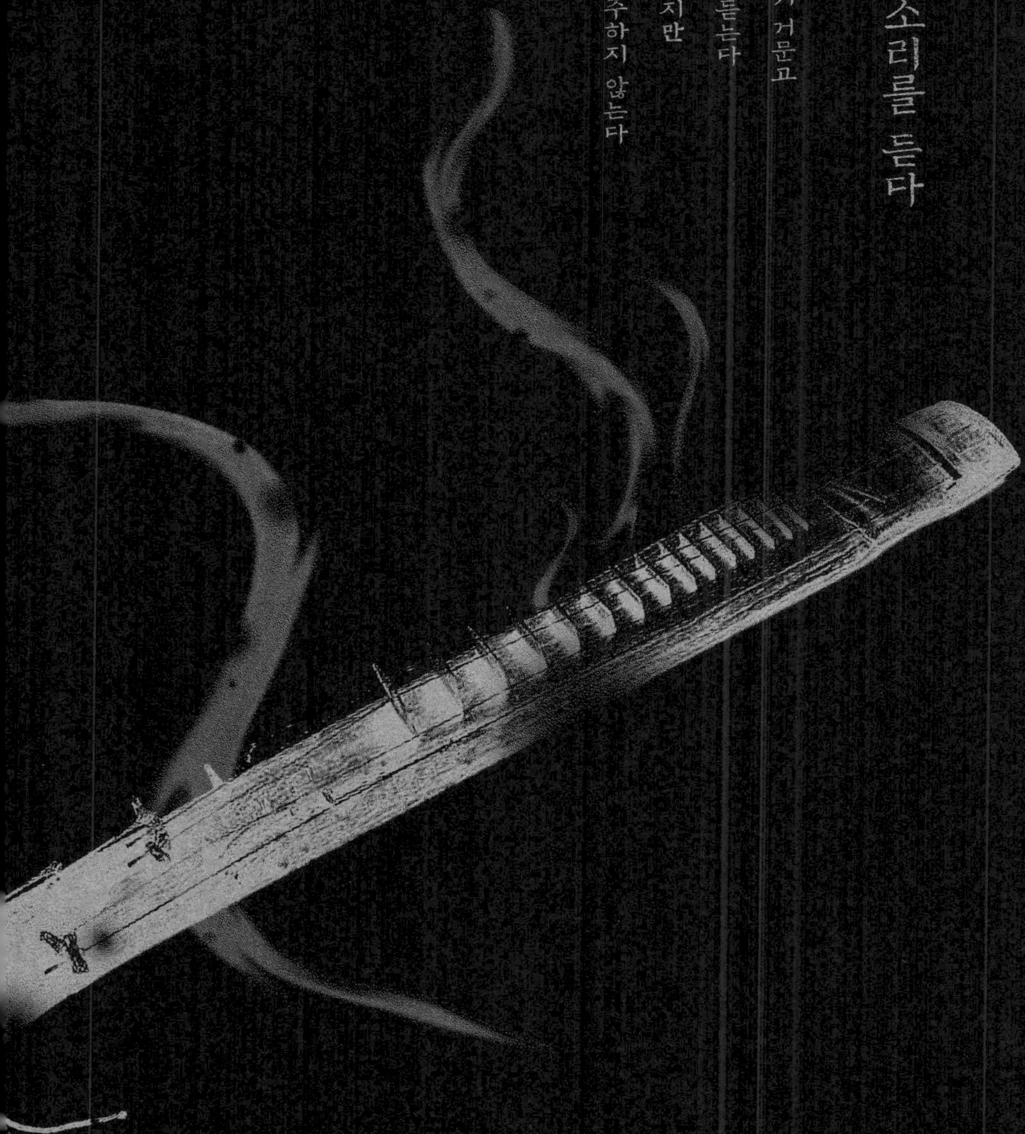

몽환악

夢天岳

몽천악 6

이소 新무협 판타지 소설

초판 1쇄 찍은 날 § 2007년 12월 10일
초판 1쇄 펴낸 날 § 2007년 12월 20일

지은이 § 이소
펴낸이 § 서경석

편집장 § 문혜영
편집 § 최하나 · 이환진

펴낸곳 § 도서출판 청어람
등록번호 § 제1081-1-89호
등록일자 § 1999. 5. 31
어람번호 § 제2-1362호

주소 § 경기도 부천시 원미구 심곡1동 350-1 남성B/D 3F (우) 420-011
전화 § 032-656-4452 팩스 § 032-656-4453
http://www.chungeoram.com
E-mail § eoram99@chollian.net

ⓒ 이소, 2005

ISBN 978-89-251-1070-7 04810
ISBN 89-5831-387-0 (SET)

※ 파본은 본사나 구입하신 서점에서 교환하여 드립니다.
※ 저자와 협의하여 인지를 붙이지 않습니다.
※ 이 책은 도서출판 청어람과 저작자의 계약에 의해 출판된 것이므로,
무단 전재 및 유포 · 공유를 금합니다.

이소 新무협 판타지소설
Fantastic Oriental Heroes

도서출판
청어람

목차

◆제1장◆
망상(妄想)

"……!"

절벽 아래에 한순간 정적이 찾아들었다.

사람들은 마치 정물이라도 된 것 같았다. 누구 하나 어떤 작은 움직임도 보이지 않았고, 아무런 소리도 내지 않았다. 다만 눈을 커다랗게 뜨고는 멍하니 몽천악 일행을 올려다보고 있을 뿐이었다. 사실 그들이 아닌 다른 누구라도 그러할 수밖에 없을 터였다. 상식적으로는 도저히 그럴 수 없는 장소에서, 더욱 그럴 수 없을 듯한 형상으로 불쑥 튀어나온 불청객들을 보았으니. 더구나 갠지 늑댄지 모를 시커먼 짐승 한 마리까지 목을 쭉 뺀 채 내려다보고 있었다.

그러나 그것은 오래가지 않았다.

"이건 또 뭐 하는 물건들이야?"

대머리가 이내 정적을 깨뜨렸다.

그는 이미 본색을 회복하고 있었다. 아니, 그 정도가 아니었다. 언제 놀란 일이 있었느냐는 듯이, 마치 별것 아닌 귀찮은 일에 당면한 사람의 그것 같은 시큰둥하고도 못마땅한 얼굴로 일행을 째려보았다. 그리고 그러한 것은 그 하나만이 아니었다. 십괴의 다른 자들 역시 똑같았다. 또한 그들은 대머리의 말이 끝나기도 전에 누가 먼저랄 것도 없이 한두 마디씩 대거리와 투덜거림을 쏟아냈다.

"보면 몰라? 귀찮은 일이 생긴 거잖아!"

"오늘따라 왜 이렇게 일이 자꾸 꼬여!"

"좋은 쪽으로 생각해!"

"맞아! 모처럼 나왔으니 조금 바쁜 것도 괜찮잖아!"

"그나저나 뼈다귀가 꽤 굵은 놈들 같은데?"

"그래 봤자 애송이들의 치기 아니겠어?"

"보아하니 동혈 같은 게 있는 모양인데?"

"어떻든 일단 퇴로부터 막자고!"

말뿐이 아니었다.

동시에 그들은 움직였고, 그리하여 말이 끝났을 때는 어느새 금소천은 물론이고 몽천악 일행까지 가두어 버리는, 딴에는 완벽하고 세밀한 포위망을 구축하는 것이었다. 대머리를 포함한 세 명은 강소 쪽에서 들어오는 일주곡 입구를 막았고, 다른 세 명은 그 반대편인 산동 쪽 길을 역시 적당한 간격을 두고 자리했다. 그리고 나머지 네 명은 두 사람씩 나뉘어 길 양편의 절벽 위와 산봉 위에 제각기 위치했다. 혹시라도 일행이 절벽 위로 올라가거나, 맞은편 산봉으로 건너뛴 후 도망치는 경우까지 염려한 행동이 아니고 무엇이겠는가.

그것은 그야말로 순식간에 이루어진 일이었고, 전광석화 같은 움직임이었다. 특히나 일행이 있는 절벽의 꼭대기로 올라간 두 사람은 그 중에서도 단연 발군이었다. 혹시 모를 공격을 대비하듯이 몽천악 등이 있는 곳에서 좌우로 오 장 이상의 거리를 벌린 다음에, 그것도 손발을 잡거나 디딜 데조차 마땅찮은 가파른 절벽을 타고 올라갔음에도 다른 자들보다 오히려 빨랐다. 하나는 깡마른 자였고 하나는 작지만 다부지게 보이는 자였다.

"역시 그렇군!"

까마귀음성이 말했다.

"동혈(洞穴)이 있었어!"

그는 산봉에 올라 있었기에 절벽을 정면에서 바라볼 수 있었고, 그래서 몽천악 일행의 모습이 한눈에 다 보였던 것이다.

원래부터 절벽 중간쯤에는 자연적으로 생성된 움푹 파여진 곳이 있었고, 몽천악 등은 거기에 있었다. 자연적으로 생성된 것이기는 하지만 누가 일부러 파놓은 동혈이라고 말해도 좋을 정도로 꽤 크고 넓었다. 높이 일 장에 깊이는 삼 장에 이르고, 넓이도 그와 비슷할 정도였으니. 하지만 수직에 가깝도록 곧게 선 까마득히 높은 절벽의 중턱인지라 절벽 밑에서는 아무리 봐도 육안으로는 분간할 수가 없는 장소였다. 그래서 처음에 몽천악 등이 절벽을 뚫고 머리를 내미는 것처럼 보일 수밖에 없었던 것이고.

일행이 그것을 발견한 것은 우연이었다.

본래 일행이 단봉문을 출발한 것은 보름 전이었다. 그동안 부지런히 산동을 돌아다니다가 이제야 강소로 넘어가기 위해 이 길을 지나는 중이었고. 산동에 머물렀던 이유는 두 곳에 들러 두 사람을 만나야 할 일이 있었기 때문이다. 물론 그 주체는 몽천악이었다. 비무첩을 전하고 대결을 해야 할 상대들이었던 것이다.

그러나 결과는 신통치가 못했다.

상대들이 비무를 할 여건이 아니었다. 한 사람은 마침 한 달쯤 전에 금분세수(金盆洗手)의 의식을 치르고는 종적을 감추어 버린 상황이었고, 다른 한 사람은 노환(老患)으로 오늘내일하고 있었다.

그리하여 일행은 지체없이 강소(江蘇)로 방향을 틀었고, 바쁘게 길을 재촉했다. 굳이 길을 재촉한 것은 산동에서는 더 이상 다른 볼일이 없기 때문이기도 했지만, 실질적인 원인은 다른 데 있었다. 그것도 하나가 아니라 두 가지나 되었다.

그 하나는 뜻밖에도 알아보는 눈길이 많은 때문이었다.

단봉문에서 드러낸 몽천악의 무위(武威)가 원인이었다. 남청과 양소군이 바라던 대로 대도광자 몽천악이란 이름은 급속도로 강호에 퍼지고 있었다. 특하나 제남이 속해 있는 산동에서는 벌써 유명인사였다. 더구나 대산을 휴대한 데다 흑아까지 대동한 워낙 특징 있는 모습인지라 가는 곳마다 쉬이 알아보는 사람이 나왔고, 거기에 그치는 것이 아니라 초빙과 교류란 명목으로 사람을 상당히 귀찮게 만들었다.

물론 다른 사람이었다면 그렇게 느끼지는 않았을 터였다.

오히려 그것을 즐기면서 이용했을 공산이 컸다. 아니, 십중팔구는 그러할 터였다. 그것이 정상이었다. 그렇게 뭇 인사들과 교류를 넓히다 보면 저절로 강호상에서의 명성과 지명도가 높아질 뿐만 아니라 그로 인해 강호행이 한결 편하고 쉬워지는 등등의 당장, 혹은 가까운 장래에 돌아올 이득 또한 적지 않음에야.

그러나 몽천악은 그런 것은 조금도 염두에 두지 않았다.

본래의 무심하고 선 굵은 성격 탓만은 아니었다. 그의 머릿속에 오직 비무밖에 없다는 것이 문제였다. 그는 어떻게 해서든 하루빨리 비무행을 끝내고, 또 그리하여 묵천도를 완성하고 싶은 일념뿐이었다. 그에게 있어 그것은 그야말로 지상 과제였고, 따라서 다른 것에 한눈팔 겨를도 생각도 없었다.

심지어 단봉문에서 며칠을 보낸 것조차 쓸데없이 지체한 것은 아닐까 하고 내심으로는 조바심을 치며 경계하던 그였다. 기실은 팽화산과의 약속 때문에도 그리할 수밖에 없었고, 단목혜의 일도 있는데다, 또 일부러 찾았으면 얼마나 시간을 허비했을지도 모를 비무첩상의 인물인 흑사도를 미리 만나는 등 망외의 소득을 적지 않게 거두었음에도 불구하고 말이다.

그렇지만 그로서는 당연하달 수 있는 일이었다.

그는 하루빨리 사부를 그 외진 계곡에서 모셔 나오고, 또 함께하고 싶었다. 그러기 위해서는 비무행을 빨리 끝내지 않으면 안 되었다. 헤어질 때 사부는 말했었다. 묵천도를 완성하고 일가를 이루어 강호를 위진시킨 다음이 아니면 몽천악이 돌아오는 것도, 자신과 함께하는 것도 허락하지 않겠다고. 그래서였다. 몽천악은 한시도 그것을 잊은 적이 없었다. 지금까지 고생만 한 사부였다. 설사 친아비라도 힘들 만큼 자신에게 베풀 수 있는 모든 것을 다 주었던 사람이었다. 남은 인생이나마 편안하고 풍족하게 살 권리와 자격이 있었다. 그렇게 모실 의무가 있었다. 적어도 몽천악은 그렇게 생각했다.

그러니 그로서는 사람들의 지속적이고 다양한 관심과 접근이 도리어 귀찮기만 할 수밖에 없었고, 자연 얼른 산동을 벗어나고 싶은 마음일 수밖에 없었다.

그리고 또 다른 이유는 도룡보도와 관련된 일 때문이었다.

사실 몽천악은 주오기가 먼저 나서지 않았어도 당장 단목령과 모윤강의 뒤를 쫓아갈 생각은 없었다. 단목혜의 죽음으로 이제 더 이상 그녀에게 신경 쓸 필요를 느끼지 못한 때문이 아니었다. 처음에 죽은 사람이 그녀라는 것을 아는 순간 그는 말할 수 없는 분노와 통한을 느꼈고, 그래서 누구보다 먼저 나서서 자신의 손으로 흉수를 색출, 처단하고자 했으며, 그리하여 양군휘에게 용천향의 행방을 닦달하기도 했던 것이다. 나아가 그것으로 충돌 일보 직전까지 갔던 터였고. 그때라면 열일 제쳐 두고 당장 달려갔을 그였다.

그런데 그러한 심정은 이내 바뀌고 말았다.

단봉문주 때문이었다. 봉문까지 단행하는 단봉문주의 그들에 대한 처신과 생각을 보면서였다.

단목혜 역시 그와 똑같지 않겠는가, 어쩌면 그랬기에 스스로 목숨을 버리는 선택을 한 것은 아닐까, 하는 생각이 불현듯 머리를 쳤던 것이다. 더불어 어떻든 그들 가족 간의 일이었다. 분노도, 용서도, 응징도 그들의 몫이었다. 따지자면 자신은 끼어들 명목도, 끼어들어서 좋을 일도 없었다. 그래서 가슴 한 켠이 아려오는 슬픔과 또 어떻든 확실한 진상만은 알아야 하지 않겠는가 하는 마음도 억누른 채 비무행에 다시 올랐던 것이다. 주오기가 쫓아간 이상 확실한 진상을 아는 문제와 뒤처리는 걱정할 필요가 없는 일이기도 했고.

한데 산동에서 볼일을 다 본 즈음이었다.

공교롭게도 도룡보도의 쟁탈전이 바로 옆 성(省)인 강소에서 벌어지고 있으며, 피가 난무하고 있다는 소문이 들리는 것이 아닌가. 이왕 강소로 가려던 참이었다. 듣지 않았으면 또 몰라도 소문을 들은 이상 일부러 피할 까닭은 없었다.

더구나 주오기가 있었다.

아무리 그라도 적아(敵我)가 따로 없는 쟁탈전 속에서라면 어찌 될지 알 수가 없는 일이었다. 그래서 그의 안전도 확인할 겸, 또 사태의 추이도 보고 싶었던 것이다. 게다가 어떻게든 그런 자리에 끼고 싶어 하는 남청을 비롯한 소강과 거웅이 있었다. 물론 그들 역시 보도에 대한 탐심 때문이 아니라 싸움 구경을 하고 나아가 직접 싸움을 하고 싶은 것이 목적이었다. 따라서 속도는 자연 빨라질 수밖에 없었다.

어떻든 그렇게 서둘러 길을 재촉한 결과, 동해(東海)가 지척일 정도로 산동 깊숙한 곳인 대행점(大幸店)에서 불과 사흘 만에 강소와 접경인 산맥으로 접어들었다. 거기서 다시 한나절 만에 일주곡 입구에 이르렀고. 그러다 마침 때가 때인지라 산맥을 넘는 보통의 다른 사람들이 그러하듯 일주곡 끝의 평지에서 간단히 요기를 한 후 다시 움직일 요량으로 발걸음을 옮기던 즈음이었다.

"덩칫값 좀 해요!"

지금의 위치를 통과하던 중, 제일 앞서서 빠르게 걸음을 옮기던 소강이 문득 몸을 세우더니 거웅을 돌아보며 불쑥 핀잔이라도 주는 것처럼 내뱉는 것이 아닌가.

"뭐가 그렇게 힘들어요?"

"……!"

"식식거리는 소리가 여기까지 들리잖아요!"

거웅은 제일 후미에 뒤처져 있었다.

그는 눈을 감고 들으면 아무런 소리가 나지 않을 만큼 조용한 다른 일행의 발놀림과는 달리 터덜터덜 큰 소리를 내면서 걸었고, 또 소강의 말대로 한 번씩 가쁜 숨을 몰아쉬는 소리도 작지 않았다. 신법이 약한 데다, 지난 나흘 동안 먹고 자는 시간 외에는 계속 바쁘게 다리를 놀려야 했으니 그로서는 그럴 만도 했다.

그렇다고 꼭 힘이 들고 지쳐서 그러냐 하면 그것은 아니었다. 타고난 힘도, 쌓은 공력도 누구 못지않은 그였다. 죽어라 신법을 전개하는 것도 아닌 이런 속보(速步) 정도에 크게 지치거나 힘들 일은 없었다. 일행은 지금까지 관도를 이용했고, 그리하여 사람들의 시선 때문에도 마음 놓고 신법을 전개할 수는 없었다. 지리도 잘 모르는 데다 오히려 관도로 움직이는 편이 가까운 길이기도 했기에 그런 여정을 선택할 수밖에 없었고. 하여간 그렇다 해도 꼬박꼬박 식사만 제때, 양껏 할 수 있다면 언제까지라도 이렇게 갈 수 있는 거웅이었다.

그를 힘들게 하는 것은 다름 아닌 지루함이었다.

그에게는 차라리 힘들고 피곤하더라도 최대한 신법을 전개해서 빨리 목적지에 도달하는 편이 좋았다. 죽어라 달리는 것도 아니고 편히 쉬면서 걷는 것도 아닌 이런 어중간한 빠르기로 끊임없이 걸으면서 계속 길에다 시간을 허비하는 것은, 그의 성정에는 정말이지 참기 힘든 고역이 아닐 수 없었다.

소강도 그것을 모르지 않았다.

따라서 화가 났다거나 정말 핀잔을 주고자 그런 말을 꺼낸 것도 아니었고. 그것은 그간 함께 지내오면서 웃고, 떠들고, 장난치고, 비무도 해보는 가운데 어느덧 꽤 친해지고 스스럼이 없어진 탓에 건네는 일종의 가벼운 농이자 놀림이었다. 더불어 이제 곧 거웅이 제일 희희낙락해 마지않는 먹는 시간이라는 것과 또 그가 얼마나 환장을 하고 엄청나게 먹어댈지를 아는 데서 오는 악의 없는 괜한 심술을 부려보는 것이기도 했고. 이를 테면 대놓고 그것을 말하는 대신에 다른 것으로 은 근히 트집을 잡는 것이었다.

"이해가 안 돼요."

소강이 말을 이었다.

"그토록 무지막지한 힘과 공력을 가지고 있으면서 보법과 신법은 삼류를 못 벗어나다니! 늦지 않았으니 지금부터라도 수련을 해요. 만약의 경우가 있는 법. 가령 우리도 없는 상태에서 당장 이런 절벽을 올라가야 할 일이라도 생긴다면 어쩔 셈이에요? 쫓기는 상황에서라면 꼼짝 없이 잡히고 말 것 아니겠어요?"

"쫓기기는 왜 쫓겨!"

거웅이 퉁명스럽게 대꾸했다.

"그전에 차라리 죽을 때까지 싸우고 말지!"

"……!"

소강이 어이가 없어 말이 안 나온단 얼굴로 쳐다보았지만, 거웅은 아랑곳없이 절벽으로 고개를 돌리더니 마치 대수롭잖게 훑어보듯 꼭대기로 스윽 시선을 이동시키면서 말을 이었다.

"그리고, 내가 여길 왜 못 올라가?"

"……!"

소강의 눈이 둥그레졌다.

"올라갈 수 있다고요?"

"아무려면 이까짓 것도 못할까!"

"헤……!"

소강이 도저히 못 믿겠다는 얼굴로 실소를 흘려냈다.

그만이 아니었다. 남청도 짐짓 놀란 모습으로 거웅과 절벽을 번갈아 쳐다보더니 이내 눈을 감으며 슬그머니 머리를 흔들었다. 말도 안 된다는 심정의 표현이 아니고 무엇이겠는가.

남청 자신으로서도 쉽게 생각할 수 없을 만큼 높이 수십 장에 달하는 수직의 깎아지른 듯한 절벽이었다. 그가 아는 거웅의 경신공부로는 오르기는 고사하고, 애초에 엄두조차 낼 수 있는 일이 아니었다. 아니, 그가 아니라 어지간히 한다하는 무인이라도 마찬가지일 터였다. 경신공부로 강호에 이름을 올린 사람이 아닌 한은.

그러나 오래지 않아 두 사람은 자신들의 그런 생각이 얼마나 잘못되었는지 깨달아야 했다.

"당장 보여주지!"

못마땅하단 얼굴로 콧방귀를 뀌며 말한 거웅이 성큼성큼 절벽으로 다가가서는 거칠게 일월쌍부를 빼 들었을 때까지만 해도 아니었다. 도리어 두 사람으로 하여금 이건 또 무슨 황당한 짓거리인가? 하고 더욱 어이없다는 표정을 짓게 만들었으니까.

그런데 펄쩍 땅을 박차고 오르면서 서슴없이 도끼 하나를 휘둘러 절벽에 찍어 박더니, 그것으로 몸을 당겨 올린 후 다시 훨씬 위에 다른 도끼를 박으면서 올라가는 식으로 교대로 도끼를 사용해서는 다람쥐 못지않게 절벽을 타고 올라가는 데는 결국 놀란 입을 벌리지 않을 수 없었다. 그런 방법은 생각지도 못했던 데다, 하물며 그 속도가 자신들이 신법을 전개한다고 해도 더 빠를 수 없을 만큼 쏜살같았음에야.

거웅의 선천적인 힘과 공력에 더해, 휘두르는 사람의 능력에 따라 아무리 딱딱한 암반이라도 두부처럼 찍어낼 수 있는 일월쌍부가 합쳐지지 않았으면 이루어낼 수 없는 조화였다.

"와아……!"

소강이 자신도 모르게 입을 떡 벌리며 탄성을 뱉어냈다.

남청이나 몽천악도 한가지였다. 다만 소리만 내지 않았다 뿐이었다. 거웅은 신이 나서 도끼질을 더욱 빠르게 했고, 그리하여 순식간에 거의 절벽 절반 어림에 다다랐다.

"이래도 내가 못 올라가?"

그제야 도끼질을 멈추며 거웅이 소리쳤다.

보란 듯이 일행을 돌아보며 얼마간 뿌듯하고 으스대는 표정을 지었을 것은 말할 것이 없고.

하지만 그것은 잠시였다.

문득 시선을 돌려 절벽의 아래위를 쳐다보더니 이내 얼굴을 찡그리며 푸념을 내뱉는 것이 아닌가.

"이런, 젠장할!"

"……?"

일행의 얼굴에 의문이 떠오른 것은 당연지사.

거웅이 재차 투덜거렸다.

"너무 많이 올라왔잖아!"

"아하하하!"

소강이 대소를 터뜨렸다.

거웅은 그제야 힘들여 이렇게나 높이 올라올 필요가 없었으며, 또한 올라온 만큼 내려가지 않으면 안 된다는 데 생각이 미쳤던 것이다. 그저 일행에게 자신의 능력을 보여주기 급급했던 결과였다. 기실 몇 장만 올라왔어도 충분했을 일이었다.

그런데 다음 순간이었다.

"어?"

그가 돌연 탄성을 발했다.

그리고는 옆으로 슬쩍 몸을 일렁인다 싶더니, 불현듯 신형이 감쪽같이 사라져 버리는 것이 아닌가. 마치 돌연한 증발이라도 일어난 것 같았다. 혹은 홀연히 절벽 속으로 빨려 들어가 버리기라도 한 것 같았고. 밑에서는 아무리 살펴봐도 어디 하나 굴곡이나 요철조차 찾기 힘든 반듯한 절벽이었으니 그렇게 보일 수밖에 없었다. 더구나 한순간 어떻게 된 일인지 몰라 눈을 끔뻑거리던 소강과 남청이 다급하게 무슨 일이냐고 소리쳤지만 거웅에게서는 아무런 대꾸조차 없었으니 더욱 그러할 수밖에 없었고.

결국 일행은 부랴부랴 신형을 날릴 수밖에 없었고, 그렇게 발견한 동혈이었다. 올라오고 보니 의외로 넓고 자리도 괜찮았던지라 거기서 건량으로 식사를 간단히 해결하고는 잠시 쉬려는 중에 금소천 등이 나타난 것이고.

"뭐 하는 짓들이야, 정신 사납게?"

십괴의 어지러운 움직임을 어리둥절한 눈으로 좇던 거웅이 투덜거렸다. 그로서는 그들의 그런 행동이 갑작스럽기만 했고, 또 이해도 되지 않았던 것이다.

"……!"

까마귀음성의 시선이 와락 일그러졌다.

달리 그런 것이 아니었다. 그는 막 무언가 다시 말을 이으려던 참이었고, 그리하여 본의 아니게 입을 닫아야 하는 피해를 볼 수밖에 없었던 것이다. 물론 거웅이 그것을 작정하고는 일부러 적절하게 시기를 맞추어 입을 연 것은 아니었다. 그럴 위인도 못 되었고, 그만한 역량도 갖추고 있지 못했다. 단지 어쩌다 보니 그렇게 되었던 것에 더해, 그의 목소리가 보통 사람과는 비교할 수 없을 정도로 컸고, 그 때문에 제 딴에는 큰 목소리를 낸 것이 아님에도 결과적으로는 까마귀음성으로 하여금 말을 잇고 싶어도 이을 수가 없는 상황에 빠뜨리고 말았던 것이다.

그러나 까마귀음성은 고작 그렇게 거웅을 향해 분노를 담은 눈길만 보낼 수 있었을 뿐, 뒤이어 무어라 입을 열거나 해서 직접적으로 그것을 표현할 수는 없었다.

"보고도 몰라요?"

소강이 제꺽 대꾸하고 나선 탓이다.

"포위한 거잖아요."

"포위?"

거웅이 눈을 끔뻑거렸다.

그러다 십괴를 다시 한 번 둘러보더니 스스로의 가슴을 손가락으로 가리키며 말했다.

"우리를?"

"예."

"왜?"

"왜긴요."

소강이 답답하다는 어투로 대꾸했다.

"나쁜 짓을 하다가 들켰잖아요."

"……!"

그제야 무슨 소린지 알아들은 듯 거웅의 눈빛이 변했다.

"그러니까 지금 우리랑 싸우기라도 하겠다고?"

"곱게 못 보내주겠다는 것이지요."

"와하하하!"

거웅이 갑자기 큰 입을 쩍 벌리며 괴상한 웃음소리를 냈다.

"그것참 기특한 생각을 했네! 좋아! 아주 좋은 생각이야! 잘됐어! 내려가면 일단 말고기부터 구워 먹으려고 했는데, 아쉽지만 조금 뒤로 미루지 뭐! 더 신나는 일이 생겼으니까!"

안 그래도 지루한 여정에 몸이 근질거려 미칠 참이던 그였다. 곱게 보내준다고 해도 그냥 가고 싶은 생각이 손톱만큼도 없었다. 일행 역시 그럴 만하다고 판단했기에 끼어들었던 터이기도 했고. 오히려 거웅이 걱정했던 것은 상대들이 싸우지도 않고 도망가거나, 또 싸우는 일 없이 상황이 끝나 버리는 불상사가 생기는 것이었다. 그러니 그로서는 쌍수를 들며 환영할 만한 일일 수밖에 없었던 것이다.

"저들은 그렇게 생각 안 할걸요?"

역시 마찬가지인 마음과는 반대로 소강이 짐짓 정색을 하고는 천연덕스레 대꾸했다.

"숫제 다 잡은 고기로 여기지나 않으면 다행이지. 나름대로 자신하는 데다 숫자도 훨씬 많으니까요."

"싸움을 어디 대가리 수로 해?"

"그야 그렇지만 말입니다."

"으흐흐흐."

거웅이 웃음을 흘리며 좋아 죽겠다는 표정을 지었다.

"어쨌든 제법 하는 놈들에다 머릿수도 있다, 이거지? 그 말인즉슨 사숙 혼자 나서서 신날 일은 없다는 것이고? 드디어 우리도 크게 한바탕할 기회가 왔단 말이 아니겠어!"

그리고는 몽천악을 돌아보며 말했다.

"이번엔 무슨 소리를 해도 양보 못해, 사숙!"

이어서 누가 무어라 할 여가도 없이 재촉했다.

"얼른 내려가자! 나부터 내려갈까?"

"그렇게 서두를 일이 아닙니다."

응대하고 나선 사람은 남청이었다.

"쉽게 생각할 일도 아니고요. 이름은 둘째 치고 신법 하나만 보더라도 강한 사람들입니다. 무작정 달려들다가는 도리어 우리가 손해를 볼 수도 있다는 것을 알아야 합니다."

"그러니까 더 빨리 붙어보고 싶은걸."

아예 안달을 하는 거웅의 응수에 남청이 한숨을 내쉬더니 말했다.

"저들이 누군지는 알고 그러는 것입니까?"

"누구든 무슨 상관이…… 아!"

문득 탄성하며 금소천을 일별한 거웅이 대꾸했다.

"흑림십괴라고 했지?"

남청이 의외라는 얼굴을 했다.

"들어본 적이 있습니까?"

"들어본 것 같기도 한데……."

거웅이 머리를 갸웃거렸다.

"흑석산에서 들었나?"

그러나 이내 무슨 대수냐는 모습으로 눈을 부라렸다.

"어쨌든 나쁜 놈들이잖아! 실컷 두들겨 줘도 되는 놈들이고! 그거면 됐지, 뭘 더 알아야 하는데?"

그사이 선악(善惡)에 대한 기준이나 현실 생활에 대한 적응이 많이 발전한 거웅이었다. 물론 그래 봐야 보통의 어린아이 정도나 될까 말까 한 수준이기는 하지만.

"허……."

남청이 어이없단 얼굴로 탄식을 했다.

하지만 기실 그와는 비교도 되지 않을 정도로 더한 심정인 사람들이 있었다. 바로 당사자인 십괴였다. 그들로서는 참으로 기가 막히고 환장할 일이 아닐 수 없었다. 머리가 끓어올라 연기가 날 지경이었다. 특히나 까마귀음성은 더했다. 안 그래도 이제나저제나 폭발할 계제만 노리던 그였다. 대번에 그의 입에서 노성이 터져 나왔다.

"이런 천둥벌거숭이 같은 놈들이! 감히!"

그러나 이번에도 그것이 다였다.

뒤이어 쏟아져 나오려 줄을 서고 있던 무수한 격한 언사들을 본의 아니게 그는 곧 다시 목구멍 너머로 삼켜 버릴 수밖에 없었다. 거웅이 그랬을 때와는 달리 교묘하고도 적절한 시기에 말을 끊으며 들어온 사람이 있었던 탓이다.

"확실합니까?"

다름 아닌 몽천악이었다.

"정말 당신들입니까?"

"뭐가?"

몽천악에게로 시선을 고정시키며 너는 또 뭔데 나서서 무슨 엉뚱한 소리를 하느냐는 얼굴로 버럭 소리 지르는 까마귀음성이었지만 몽천악은 어디까지나 태연하게 말을 이었다.

"관에서 은 삼천 냥, 소림을 비롯한 여러 문파에서 금 백 관의 거금을 내걸어 오래전부터 찾고 있다는 현상범, 흑림십괴. 당신들이 바로 그 도적들인가 말이오?"

"……."

잠시간 침묵이 흘렀다.

남청이나 소강, 거웅으로서는 기실 별다를 것도 없는 행동이었다. 몽천악이 나선 이상 그가 무슨 말을 하던 놀랄 일도, 또 가타부타 할 일도 아니었으니까. 그들로선 그저 추이나 지켜보다가 그가 움직이면 행동을 같이하면 될 일이었다. 또 실지 그들도 몽천악과 생각이 별반 다르지 않았기에 특별히 달리 받아들일 것도 없었고.

하지만 다른 사람들은 아니었다.

당사자인 십괴는 무슨 대답이나 말을 하고 싶어도 말이 나오지 않는 지경에 처한 탓이었다. 예상치 못한 몽천악의 거침없는 언사에 한순간 너무도 기가 막혀서 그럴 수밖에 없었다. 물론 개중에는 치미는 노기와 살기를 주체하지 못해서 이빨을 짓깨물며 몸을 경직시키느라 그러한 사람들도 있었고.

금소천은 또 달랐다.

기실 누구보다 심하게 충격을 받은 사람이 그였다. 물론 십괴와는 정반대의 이유로 그러했다. 몽천악의 말을 들으며 그는 간이 철렁 내려앉는 것과 동시에 가슴속에 은밀히 간직해 오던 희망의 싹이 여지없이 짓밟히는 듯한 기분마저 느껴야 했다. 본래 그는 이제껏 한 가닥 기대를 품고는 조마조마한 마음으로 일행을 지켜보고 있었다. 그 놀라운 등장도 그러했고, 첫눈에 다가오는 느낌도 그랬다. 범상한 인물들이 아니었다. 꼭 무언가 해줄 것만 같았다.

그렇지만 아무리 그래도 십괴의 상대가 되거나 그들을 이길 수 있으리란 기대는 하지 않았다. 그가 아는 한 그것은 언감생심이었다. 그가 바란 것은 다만 그들 중 눈치 빠른 자가 있고, 그리하여 십괴가 태만하고 있을 때 기민하게 움직여서는 한 사람이라도 포위망을 빠져나간다면 그것으로 족했다. 자신이 누군지는 들었을 터이니 바보가 아닌 한 무엇보다 빨리 이 사실을 만금장에다 알리는 것이 우선이라는 것을 모르지 않을 터였고, 그렇다면 희망이 있었다.

그는 만금장의 힘을, 아니, 아버지의 능력을 알고 있었다.

그만한 부(富)를 이루고 지켜내는 일은 결코 쉽게 되는 일이 아니었다. 두뇌와 상술에 앞서 그것을 받쳐 줄 강력한 힘이 없으면 불가능했다. 만금장에는 알려진 것 외에도 감추어진 많은 또 다른 힘들이 있었다. 그것은 금소천으로서도 다 가늠할 수 없을 정도였다. 따라서 아버지가 하고자 한다면 제아무리 십괴라도 독 안에 든 쥐 꼴이 되는 것은 시간문제였다. 그는 그렇게 믿고 있었다.

자신의 생사는 차후의 일이었다.

예상대로라면 그럴 일이 없겠지만, 설사 그 외중에 자신이 잘못되어 명을 달리한다 해도 좋았다. 어차피 십괴의 손아귀에 잡혀 그들의 뜻대로 움직여 준다 해도 아버지는 결코 십괴의 요구를 들어주지는 않을 터였다. 자신을 살리기 위해 최선을 다하겠지만, 그렇다고 그들의 조건을 들어주면서 그럴 리는 없었다. 아버지가 아닌 자신이라도 선택은 마찬가지일 터였다. 만금장을 진정한 만금장으로 먼 훗날까지 이어가기 위해서는 그래야만 했다.

결국 그렇다면 길은 달리 없었다.

만금장의 소장주로서 떳떳한 이름이나마 남기는 게 옳았다. 그래서 그는 몽천악 등이 움직인다면 자신도 뒷생각 않고 미력하나마 전력을 다해 도울 생각으로 준비하고 있었다.

그런데 몽천악의 몇 마디가 그 모든 것을 한순간에 깨버리고 말았다. 적어도 십괴 앞에서 현상금에 더해 도적 운운하며 그렇게 도발적으로 말을 해서는 안 되었다. 그것은 십괴가 제일 싫어하는 일이었다. 이제 십괴는 자신과는 상관없이 몽천악 일행을 모조리 도륙하려 들 터였다. 그것도 당장. 그의 생각에는 그러했다.

하지만 상황은 그것과 조금 다르게 전개되었다.

"이런! 이런! 이거 우리가 오늘 드물게도 야무지고 재미있는 후생들을 만났구먼!"

일주곡 앞을 막고 있던 백발백염이 먼저 나섰다. 뜻밖에도 오히려 통쾌하다는 듯이 말을 받았던 것이다. 더불어 그 말에 십괴 사이에 감돌던 분위기가 일변했고, 다른 자들도 가세하고 나섰다.

"그러게 말이야! 면전에다 대고 천연덕스럽게 주둥이를 나불대다니!"

"그러면서도 진짜냐를 묻는 것이 더 문제지!"

"맞아. 척 보면 바로 알아 모시는 것이 정상인데!"

"요즘 애들은 어째 갈수록 버르장머리가 없어지는 것 같아!"

"이 기회에 단단히 고쳐 주지 않으면 안 되겠지?"

"그보다 우리가 하도 오랜만에 나오다 보니까 제대로 알아보지 못해서 그런 측면도 있을 거야!"

"오랜만에 나와서가 아냐!"

"그래! 모두 멍청한 관(官)과 소림의 땡중들 때문이야!"

"맞아! 맞아! 우리 몸값을 겨우 그 정도로 책정해 놓으니까 사람들이 계속 관심을 둘 리가 없잖아! 최소한 그 열배, 백배는 되어야지! 때려죽일 놈들 같으니!"

"창피하다! 창피해!"

종내 흥분을 해서는 자기들끼리 주거니 받거니 하며 핏대를 올리는 십괴였다. 하지만 그런 그들을 바라보는 몽천악 일행이나 금소천의 눈길은 그리 곱지가 않았다.

그럴 수밖에 없었다.

기실 그 정도 현상금이라면 역사상 최고라고 해도 과언이 아니었기 때문이다. 물가가 꽤 높아진 당금에 와서도 어지간한 지방 관직의 녹봉이 겨우 은 몇 냥에 불과하고, 그럼에도 그 자리를 차지하기 위해 치열한 암투를 벌일 지경임을 감안한다면 더욱 그러했다. 은 삼천 냥에 금 백 관이라는 것은 일반 사람들로서는 상상도 하기 힘든 천문학적인 액수였다. 그것은 무게는 말할 것도 없고, 부피 또한 적지 않은 양이어서 만약 어딘가로 옮기고자 한다면 적어도 소 두세 마리가 이끄는 커다란 수레가 필요할 정도였다. 하기야 천하에서 가장 부유하다는 만금장의 소장주인 금소천조차도 아무렇게나 쉽게 입에 올릴 만한 금액이 아니었으니 말해 무엇 하겠는가.

"그만들 해! 이야기가 다른 데로 새잖아!"

백발백염이 중구난방으로 별의별 이야기까지 다 쏟아내는 다른 자들을 제지하듯 손을 흔들며 소리쳤다.

"우선은 눈앞의 일부터 해결해야지!"

"눈앞의 일이라니?"

대머리가 제꺽 토를 달았다.

"무슨 해결할 일이 있는데?"

그러다 문득 몽천악 일행에게로 시선을 돌리더니 인상을 썼다.

"저놈들 말이야?"

"처리를 해야지."

백발백염이 머리를 끄덕였다.

"어떻게 하는 게 좋을까?"

"어떻게 하고 말고가 어디 있어!"

대머리가 무슨 소리냔 얼굴을 했다.

"어차피 선택의 여지가 없는걸!"

"그냥 없애 버리자고?"

"그렇지 않으면?"

또다시 제꺽 말꼬리를 잡는 대머리였다.

"우리가 당도하기 전부터 이미 여기에 와 있던 놈들이야! 우리들이 누구며, 무슨 일로 금가 꼬마 놈을 쫓아왔는지 다 들었다는 것을 몰라? 이대로 그냥 보내면 대번에 만금장으로 달려갈걸? 그게 아니더라도 그래! 우리들을 본 이상 방법은 하나야! 이후의 행보와 안전을 위해서라도 살려둘 수는 없어!"

"꼭 그래야만 하는 것은 아니야."

"다른 방법이라도 있어?"

"있지."

"어떤……?"

"함께 데려가는 거야."

"말도 안 되는 소리!"

말도 채 끝나기 전에 대머리가 펄쩍 뛰었다.

"데려가기는 어딜 데려가! 금가 꼬마 하나 데리고 다니기도 쉬운 일이 아니라는 것을 몰라?"

"어려울 것도 없지."

불쑥 까마귀음성이 끼어들었다.

"겨우 네 놈 더 데려가는 건데."

"어리석은 소리 하지 마!"

대머리가 핏대를 올렸다.

"물론 나도 알아! 겁을 상실한 채 버르장머리없이 설치는 이놈들을 데리고 다니면서 두고두고 그 잘못을 되새겨 주며 즐겨보자는 네놈들 심산을 말이야!"

"……!"

"웬만한 상황이면 나 역시 그렇게 하고 싶어! 하지만 안 돼! 이 자리에서 그냥 없애 버리고 우리 갈 길 가는 게 옳아! 설사 저놈들이 데리고 있는 저 시커먼 강아지 한 마리라고 해도 끌고 다니면서 거둬 먹이고 제어하자면 보통 귀찮은 일이 아닌데, 하물며 갖은 궁리를 다하는 인간이란 종자임에야! 그것도 금가 애송이까지 합치면 무려 다섯 명이나 돼! 얼마나 귀찮고 성가실 것인지는 불문가지야! 쉽고 편한 길을 두고 왜 그런 괜한 고생을 사서 하려고 해?"

"고생은 무슨."

까마귀음성이 혀를 찼다.

"한 알씩 먹이면 될 일을."

"한 알씩 먹이다니?"

대머리가 눈을 멀뚱거렸다.

"무엇을?"

"금혼단(禁魂丹)."

"……!"

한순간 말도 못하고 경직된 채 눈만 크게 뜨는 대머리였다.

아니, 그만이 아니었다. 십괴 모두가 그러했고, 심지어 금소천과 남청조차도 그러했다. 물론 그들은 십괴와는 그 이유가 조금 달랐지만, 어떻든 그들로서는 그럴 수밖에 없는 일이었다. 그들은 모두 금혼단이 무엇인지 알고 있었던 것이다.

그것은 아주 먼 과거 한동안 전 중원을 공포에 떨게 했던, 그렇지만 지금은 흔적도 없이 사라져 버린, 한 사악하고 무자비했던 교단(敎團)이 남긴 잔혹한 역사의 잔여물이었다. 그것은 말 그대로 혼까지도 완벽히 금제한다고 할 정도로 정말 지독하고도 무서운 물건이었다. 한 번 복용하고 나면 죽는 날까지 해약을 가진 자의 노예가 되어야 했다. 더불어 해약이라는 것도 단지 발작을 완화시키고 늦추는 데에만 소용이 있을 뿐이었다. 아무리 해약을 복용해도 결국에는 뇌수가 썩어 들어가는 처참한 형상으로 종말을 고하는 수밖에 없었다.

◆제2장◆
도발(挑發)

　사실 당시의 교단도 그것으로 사람들을 공포에 몰아넣으며 성세를 구가했지만, 또한 그것 때문에 끝내는 멸망할 수밖에 없었다고 해도 과언이 아니었다. 그 폐해를 보다 못한 관은 물론이고 강호의 제 문파와 인사들마저 합심하여 모두 들고일어나서는 교단의 인물들을 발본색원, 척결하기 시작하면서, 동시에 약물의 통용도 철저하게 금지하였던 때문이다. 금혼단을 사용하는 자는 물론이고 설혹 지니고 있거나 그와 조금만 연관이 있더라도 바로 무림공적으로 몰아 아예 씨를 말릴 정도였다. 금혼단의 존재 역시도 발견되는 족족 깨끗이 소각하는 방법으로 완전히 없애 버렸음은 말할 것이 없었고. 그런 연유로 그것은 이미 사라진 지, 아니, 사라졌다고 알려진 지 까마득히 오래였다.

　그런데 그것이 머나먼 세월의 강을 건너 불쑥 까마귀음성의 입에서 튀어나왔으니.

“미, 미친!”

대머리가 기가 막힌다는 음성을 토해냈다.

“겨우 이런 따위의 일에 그것을 써? 우리가 얼마나 많은 노력과 세월을 들여 그들의 비밀 터전을 찾아냈는지 잊었어? 망외의 소득으로 그것을 찾아냈다고는 하지만 지금까지 얼마나 애지중지해 왔는데? 이제 세상에 몇 알 남아 있지도 않고, 또 지금으로서는 다시 만들 방법도 없는 귀한 물건이야!”

“아……!”

누구보다 먼저 반응하며 자신도 모르게 탄성을 발한 사람은 남청이었다.

그의 얼굴은 처음 금혼단이란 말이 나왔을 때보다도 더욱 경직되어 있었고, 눈빛 역시 경악과 당혹과 불신으로 얼룩져 있었다. 그리고 또 한 사람, 입 밖으로 소리만 내지 않았다 뿐 그와 똑같은 표정과 모습을 보이는 이가 있었다. 금소천이었다. 사실 그들로선 그럴 수밖에 없었다. 대머리의 말은 그때까지도 설마하던 사실에 대한 명확한 확인을 해주는 일과 다름 아니었던 것이다.

그러나 십괴는 그런 그들의 반응에는 일말의 시선조차 주지 않았다. 나아가 그들이 그에 대해 무슨 말을 꺼낼 기회 역시도 주지 않았다.

“겨우 이런 따위라고 말할 일은 아니야.”

백발백염이 대머리를 응시한 채 곧장 말을 받았다.

“어쩌면 가장 필요하고 적절한 때인지도 몰라. 물론 그만한 가치가 있을 수도 있고.”

“무, 무슨, 말도 안 되는……!”

“조금만 머리를 굴려봐라.”

까마귀음성이 다시 끼어들었다.

"설마하니 너는 우리에게 불손했다고 해서 그것을 혼내주며 기분 풀이나 할 요량으로 맹가(猛哥)가 저놈들을 데려가는 고생을 하자는 것으로 여긴단 말이냐? 그게 아니면 우리가 갑자기 정신이 홱 돌아버리고, 그래서 무슨 자비심이 생겨서는 저 녀석들을 살려주고 싶어 안달이라도 하는 것으로 보이던지?"

"그, 그게 아니면……?"

"다 우리를 위해서야."

대머리와 다른 십괴들의 시선을 받으며 백발백염이 입을 열었다.

"일종의 소일거리를 만들자는 것이라고나 할까?"

"알아듣게 요점만 이야기해!"

"생각해 봐."

잠시 뜸을 들인 백발백염이 말했다.

"어차피 이번 일을 끝내고 무사히 거처로 돌아가면 우리가 또다시 강호에 모습을 드러내기는 그른 일 아니겠어? 나이도 나이고, 또 할 만큼 하기도 했고 말이야."

"그래서?"

"결국 그렇다면, 비록 의식주에는 그리 부족함이 없다고 해도, 어떻든 우리 외엔 아무도 없는 그 외진 곳에서 죽을 때까지 살아가야 한다는 이야기잖아. 우리끼리 항상 아옹다옹하면서 말이야. 다른 아무런 낙(樂)도 없이. 그건 너무 지겹고 끔찍하지 않겠어? 나로서는 지금까지만으로도 몸서리가 쳐진다는 게 솔직한 심정이야."

"그렇다고 이놈들을 데려가?"

대머리가 가자미눈을 했다.

“어떤 놈들인 줄 알고?”

“어떤 놈들이면 어때?”

백발백염이 제꺽 말을 받았다.

“척 보고 마음에 들었으면 됐지.”

“마음에 들어? 저놈들이?”

“볼수록 괜찮지 않아?”

황당하다는 얼굴로 멀뚱거리며 쳐다보는 대머리를 향해 미소마저 지은 채 백발백염이 말을 이었다.

“나이도 적은 데다 무엇보다 과거의 우리를 보는 것처럼 겁대가리없는 기질들을 가지고 있잖아. 우리 앞에서 이토록 시건방지고 당당할 수 있는 놈들이 과연 얼마나 있겠어? 비록 하룻강아지 범 무서운 줄 모르는 용기일망정 말이야.”

“……”

“어때? 이런 놈들이라면 천천히 버릇을 들이며 데리고 있을 만하지 않겠어? 아니, 최소한 우리가 심심할 일은 없다고 봐도 좋지 않을까? 그리고 뭐, 그리 신경 쓸 일이 아니기는 하지만, 어떻든 보아하니 이놈들도 다 떠돌이 같으니 갑자기 사라진다고 해서 행여 다른 문제가 생길 일도 없을 것으로 보이고 말이야.”

“제자라도 만들자는 이야기야?”

“제자는 무슨!”

까마귀음성이 참견을 했다.

“차라리 노비가 옳지. 실컷 부려먹으며 데리고 놀 놈들인데.”

“그렇더라도 아니잖아!”

대머리가 바로 말꼬리를 잡았다.

“쓸데없이 금혼단을 왜 먹여? 적어도 우리가 죽기 전까지는 살려놔야 할 것 아냐? 금혼단을 먹인다면 우리보다 오히려 훨씬 빨리 황천으로 떠나기 십상이란 걸 몰라?”

“무슨 상관이야.”

까마귀음성이 반박했다.

“오 년이 되든 십 년이 되든 제 놈들 재수고 운이지. 그리고 우리들이야 그 정도면 충분한 소일거리가 되었을 기간이고. 그때쯤이면 아마 적잖이 싫증나도 나 있을걸?”

“반대하는 것은 아니지만.”

백발백염이 말을 채뜨리고 나섰다.

“꼭 지금 당장 금혼단을 먹일 필요까지는 없지 않나 하는 게 내 생각이야. 물론 두고 보다가 그래야 할 필요성이 있다고 판단되면 먹이지 않을 이유도 없겠지만.”

“아니, 그럼 당장 어떻게 데리고 다니려고?”

“꼭 같이 다닐 필요는 없지.”

“같이 다니지 않으면?”

“방법은 많아.”

“어떻게?”

“고작해야 네 명이야.”

백발백염이 힐끔 일행을 일별하며 말했다.

“일단 제압을 한 다음 어딘가 숨겨두었다가 일 끝내고 가는 길에 끌고 갈 수도 있고. 아니면 금가 꼬마를 잡았다 해도 본격적으로 일이 진행되기까지는 아무래도 꽤 긴 시간이 흘러야 될 테니, 그 시간을 이용해서 우리 중 두어 명이 맡아서 이놈들을 미리 우리 거처에 데려다 두고 올 수도 있는 문제고."

"나중에 데려가는 게 좋겠어."

대머리가 바로 결정을 내렸다.

"가까운 산채에 맡겨두면 될 테니."

그리고는 다른 자들을 둘러보며 물었다.

"다른 의견들 있어?"

"우리야 뭐……."

몇몇이 머리를 주억거리는 가운데 누군가 입을 뗐지만, 그러나 뒷말을 이을 수가 없었다. 말을 잇도록 가만히 놔두지 않는 다른 음성이 있었던 탓이다.

"가관이군요."

소강이었다.

"어이가 없어서 말이 안 나옵니다. 우리를 뭐? 어쩌고 어째요? 대체 어디까지 가나 끝까지 두고 보려고 했는데, 더 이상은 도저히 들어주고 있을 수가 없네요."

"노망이라고 봐야지."

남청도 거들었다.

"자존광대로 완전히 미쳤던지."

그런데 그런 남청의 얼굴은 유들유들한 웃음을 물고 있는 소강과는 확연히 달랐다. 이런 하늘 높은 줄 모르는 어린놈들이! 하는 표정으로 그와 소강을 노려보고 있는 십괴의 그것보다도 훨씬 더 딱딱하게 굳어 있었고, 눈길 역시도 엄중하기 그지없었다. 어떤 상대일지라도 언제나 예의와 존중을 다하던 그가 아니던가. 참으로 드문 경우였다.

그렇지만 어찌 생각하면 당연한 일일 수도 있었다.

아무리 천성이 착한 사람도 화를 내지 않을 수 없는 경우가 생기는 법이고, 또 그럴 때는 보통 사람보다 훨씬 그 진폭이 클 것은 당연지사. 남청이 지금 그러했다. 십괴의 말이 은연중 그를 자극하고, 그리하여 감정을 격앙되게 만들었던 것이다. 먼저 자신들을 마치 제 주머니 속 무슨 하찮은 물건이라도 되는 양 제 맘대로 끌고 가서는 노예처럼 부리고 버릇을 들인다느니 하는 것에서 그러했다. 명문정파에서도 직계 제자로 올곧은 사상을 주입받으며 귀하게 자란 몸인 그였다. 참을 수 없는 모욕과 놀림이 아닐 수 없었다. 더구나 결정적으로 금혼단이 있었다. 저주의 물건인 그것을 지니고 있다는 것으로도 모자라 그것을 자신들에게 먹이느니 마느니 하고 있었다. 이제 남청에게 십괴는 강호 의 정의와 평화를 위해서라도 반드시 응징하지 않으면 안 되는 사악한 인물들이 아닐 수 없었다.

"형님, 내려갑시다!"

누가 뭐라 끼어들 여지도 없이 남청이 재차 말했다.

"좋게 이야기를 주고받을 만한 상대가 아닌 것 같습니다. 보아하니 어차피 부딪치지 않고는 다른 방법도 없을 듯하고요. 이렇게 괜한 시간 낭비 말고 곧장 실력행사로 들어가는 게 좋겠습니다."

"……."

몽천악은 마치 낯선 사람이라도 보듯 멀뚱히 그를 쳐다보았다.

이유를 모르는 그로서는 남청의 이런 태도가 뜻밖일 수밖에 없었던 탓이다. 다른 사람이라면 몰라도 적어도 남청이 먼저 꺼낼 만한 말은 아니었다. 지금까지 그런 적도 없었고.

그렇지만 그것도 잠시였다.

"주의할 게 있어."

그가 불쑥 말했다.

"죽이면 안 돼."

"예?"

남청이 눈을 멀뚱거리며 반문했다.

이 사람이 갑자기 무슨 뜬금없는 소리를 하는 건가? 하는 얼굴이었다. 다른 사람들도 마찬가지였고.

"죽이면 귀찮아져."

몽천악이 대꾸했다.

"수급을 베어 가지고 다녀야 되잖아. 한두 개도 아니고, 그것을 어떻게 들고 다녀? 제 발로 따라오게 하는 게 낫지. 처음에 잠시 수고하면 그 뒤로는 알아서 길 텐데."

"무, 무슨 말씀이신지……?"

자신도 모르게 떠듬거리는 남청이었다.

그로서는 도무지 영문을 모를 소리였기에 그럴 수밖에 없었다. 그러나 몽천악은 아니었다. 그는 이미 다 알면서 뭘 새삼스럽게 묻느냐는 얼굴로 대꾸했다.

"증거가 있어야 주지."

"증거라니요? 주다니요?"

이제 답답하기까지 한 남청이었다.

"대체 뭘 말입니까?"

"뭐긴 뭐야, 현상금이지."

몽천악이 귀찮다는 듯이 대답했다.

"살려가든, 수급을 가져가든 가까운 현청(縣廳)까지는 가서 증명해야 현상금을 줄 것 아냐."

“……!”

남청의 입이 쩍 벌어졌다.

그럴 수밖에 없었다.

당장 시급한 것은 눈앞의 일이고, 또 그에 대한 대처가 아니던가. 십괴는 만만히 볼 상대가 아니었다. 물론 남청도 일행이 진다는 생각은 추호도 하지 않았지만, 그렇다고 무조건 이긴다고 장담할 수도 없었다. 십괴가 쌓아온 그동안의 명성도 명성이지만 지금까지 보여준 기도와 움직임만으로도 그 가늠은 충분했다. 더구나 인원도 월등하지 않은가. 죽이고 살리는 것을 마음대로 선택하는 것은 고사하고, 스스로의 안전에 대한 확신도 할 수가 없는 상황이었다. 그런데 그런 것은 안중에도 없이 몽천악은 가외의 이야기나 마찬가지인 현상금을 언급하고 있었다. 그것도 산 채로 잡자니. 더구나 관아까지 데려가서 타내겠다니. 비록 몽천악의 성정과 실력을 익히 잘 알고 있는 그라고 해도 어이없고 놀라지 않을 재간이 없었던 것이다.

그렇지만 그의 반응은 꼭 그것 때문만은 아니었다.

현상금 그 자체 때문에도 그러했다. 그것은 백번 양보해서 설사 지금 같은 상황이 아니더라도 강호의 명사라면 결코 염두에 두고 있지 않을 일이었다. 돈을 탈 목적으로 현상범을 잡는다는 것은 지금 일행의 신분으로는 할 짓이 아니었다. 갈 데까지 간 흑도의 삼류 인간들이나 생각함직한 일이었다. 적어도 남청의 생각에는 그랬다.

그래서였다. 곧 입을 여는 남청의 입에서 자신도 모르게 힐책 서린 어투가 뱉어져 나온 것은.

“현상금을 타겠단 말입니까?”

“당연하지.”

“무엇 때문에요?”

“거저 주겠다는데 왜 안 받아?”

태연하게 반문하는 몽천악이었다.

“일거양득이잖아? 비무도 하고 은자도 벌고.”

“은자는 제게도 많아요.”

남청이 소리치듯이 말을 받았다.

“경비가 필요하면 언제든지 이야기하라고 했잖습니까. 그리고 부족하면 다른 방법으로도 얼마든지 구할 수 있는 일이고요.”

“무슨 소릴 하는 거야.”

몽천악이 슬쩍 미간을 찌푸렸다.

“많아서 탈일까. 하루 한 끼도 제대로 못 먹는 사람들이 수두룩한 세상이야. 정 쓸 데가 없으면 그들에게 나누어 주어도 될 일. 게다가 이렇게 정당하면서도 쉽게 벌 수 있는 경우가 어디 흔한 줄 알아? 여러 소리 말고 어서 내려가기나 해! 죽이지 말란 말 명심하고!”

남청이 끼어들 틈을 주지 않고 쐐기를 박듯이 말하는 몽천악이었다. 그뿐이 아니었다. 말이 끝나자마자 아예 제가 먼저 훌쩍 몸을 날리는 것이 아닌가.

“……!”

남청도, 그리고 가만히 보고 있던 소강도 잠시 황당하고 기가 막힌다는 표정으로 멍하니 그러한 그의 모습을 쳐다보기만 했다.

하지만 이내 그들도 몸을 날리지 않을 수 없었다.

얼씨구나, 좋다! 하고 거웅이 흑아와 함께 바로 몽천악을 따라 몸을 움직이더니 올라올 때보다 더 빠르게 도끼를 찍으면서 내려가는 것을 본 때문이었다. 더구나 그러면서 하는 다음의 말에는 그들로서도 몸이 달지 않을 수 없었고, 다른 생각을 할 겨를이 없게 만들었다.

"내가 먼저야, 사숙! 일단 나부터 붙어야 해! 그다음에 남는 자들이 나 사숙이 맡아!"

그렇게 그들은 앞서거니 뒤서거니 순식간에 절벽 아래로 내려갔고, 자연스럽게 금소천을 보호하듯 가로막고 서는 위치에 몸을 세웠다.

그때까지도 십괴는 제자리를 고수한 채 사태가 어떻게 돌아가는지도 모르는 사람들마냥 얼떨떨하니 넋을 놓고 있었다. 일행이 나누는 말을 다 들은 그들이었다. 상황을 모르지도 않았고, 감정이 없는 사람들도 아니었다. 그럼에도 그런 것은 그들로서는 지금까지 이런 경우를 당하는 것은 고사하고 단 한 번 상상조차 해본 적이 없었던 때문이다. 더불어 그런 어이없는 현실 앞에 너무나 기가 막혀서 한순간 달리 어떤 반응을 보이려야 보일 수가 없었던 이유였고.

그러나 오래지 않아 그들도 눈앞의 상황을 받아들이지 않을 수 없게 되었고, 또 행동을 취하지 않을 수가 없었다. 일행의 자극적인 도발은 여전히 멈추지 않았고, 나아가 앞서의 언행은 약과였을 정도로 더욱 점입가경으로 흘렀기 때문이다.

이번엔 거웅이 먼저 나섰다.

"뭐 하고 있어!"

십괴를 향해 도끼를 까딱거리며 그가 소리쳤다.

"얼른 와! 내가 다 상대해 줄게!"

"무슨 소리를!"

바로 반발이 나왔다. 소강이었다.

"최소한 세 명은 제 겁니다."

"너도 나중이야!"

거웅이 눈을 부라렸다.

"일단은 내가 먼저야! 너도 사숙이랑 같이 기다리고 있다가 남는 놈들이나 맡아!"

"욕심 부리지 마세요."

소강도 지지 않았다.

"그 실력으로는 한두 명이 고작입니다."

"뭐가 어째?"

거웅의 눈이 퉁방울처럼 불거졌다.

그동안 수련도 같이하고, 비무 비슷하게 몇 번 손도 섞어보면서 소강의 실력을 은연중 인정하는 그였다. 하지만 그렇다고 그가 실제 싸움에서도 자신보다 위일 것이라고는 한 번도 생각해 본 적이 없었다. 어디까지나 비무에서 조금 밀리는 것일 뿐, 생사를 걸고 싸우면 전혀 다르다고 생각했다. 그런데 다른 상황도 아닌 지금의 이런 장면에서 직접적으로 고하를 언급하는 소리를 들었으니. 그것도 대놓고 자신을 하수로 여기는 말이 아닌가. 그로서는 흥분하지 않을 수가 없었다. 그러나 그대로 놔두었으면 어디까지 흘러갔을지 모를 두 사람의 신경전은 거기서 더 이상 진전될 수 없었다.

"그런 것으로 다툴 때가 아닙니다."

남청이 끼어들었던 때문이다.

"혼전을 벌이지 않고, 저들이 하나씩 나서서 일 대 일로 계속 상대해 준다고 해도 누구든 혼자 나서서는 어림도 없을 일입니다. 그러니 우선 저들이 어떻게 나오는지부터 살펴본 다음, 그에 따라 대책을 세워야 합니다. 어떻게든 서로 간의 긴밀한 협조와 상응을 이루어 보다 적절하고 효과적으로 상대해야."

"나는 그런 것 몰라!"

거웅이 소리치며 말을 잘랐다.

"무조건 내가 먼저 싸울 거야!"

그리고는 십괴를 휘익 돌아보면서 화풀이라도 하듯 더욱 버럭 소리 지르는 것이 아닌가.

"빨리 오지 못해?"

그리고는 아예 앞으로 두어 걸음 나서더니 시위하듯 도끼를 빙글빙글 돌리며 소리치는 것이었다.

"기다리는 것 안 보여?"

"……!"

"큰소리칠 땐 언제고, 벌써 겁을 먹은 거야? 얼른 덤벼!"

거웅의 언행이 거기에까지 이르렀을 때가 기점이었다.

십괴도 더 이상 넋을 놓고 있을 수만은 없었다. 아니, 그 정도가 아니라 그것을 계기로 그동안 참고 참았던 것이 한꺼번에 폭발하고 말았다.

그리하여 어떤 신호를 주고받은 것이 아님에도 마치 약속이나 한 것처럼 그들은 일제히 무시무한 살기를 발산하며 병장기를 꺼내 들었고, 동시에 일행을 향해 신형을 폭사시켰다. 아무리 화가 났더라도 평소의 그들이라면 이런 식으로 말 한마디 없이 덮어놓고 들이치는 일은 없었을 터였다. 조금 전까지 그랬던 것처럼 누군가가 먼저 나서서 무어라 노성을 터뜨리는 것을 시작으로 그 꼬리를 물고 모두가 한마디씩 주거니 받거니 하면서 노닥거리고 난 다음에 움직여도 움직였을 터였다. 그것이 그들의 오래된 버릇이자 순서였으니까.

그런데 지금은 전혀 아닌 것이다.

그만큼 화가 났다는 이야기였다. 심지어 그들은 싸움에 돌입하면 누구나 으레 행하게 마련인 흔한 기합 소리 하나도 내뱉지 않았다. 다만 싸늘하게 얼굴을 굳힌 채, 또 눈에는 살벌하기 그지없는 광망만이 이글거리는 가운데 어떻게든 빨리 일행을 치고 싶어 안달을 하는 모습들뿐이었다. 거처로 데려간다느니, 데려가서 여흥거리로 삼는다느니 하는 것은 이미 그들의 뇌리에서 사라진 지 오래였다. 그들의 머릿속에는 이제 어떻게든 빨리 이놈들의 주둥이부터 박살 내고 봐야겠다는 생각밖에 들어차 있지 않았다.

"옳지! 진작 그랬어야지!"

거웅이 쾌재를 불렀다.

그리고 그들을 맞이하듯, 또 제 말대로 그들의 공세를 자신에게 집중시키려는 듯 한 걸음 더 나서며 자세를 잡았다.

그러나 그는 애초에 잘못 생각하고 있었다.

십괴는 그 한 사람을 먼저 상대할 마음은 추호도 없었다. 나아가 일행과 우선 일 대 일로 대결을 벌인다든지 하는 생각 역시 조금도 없었고. 강호의 여느 인사들처럼 선배 된 자의 도리나 체면 같은 것을 감안한다면 도저히 그럴 수가 없는 것임에도 그들은 그에 대해서는 조금도 고려하지 않았다.

일행의 실력을 높게 평가해서가 아니었다. 그들도 나름대로 고수였고 안목이 있었기에 일행의 무공이 상당한 수준이라는 것은 익히 감지하고 있었지만, 아무리 그래도 자신들에 비하면 조족지혈이라는 생각이었다. 그렇다고 머리꼭대기까지 화가 나서 앞뒤 잴 겨를이 없기 때문이냐 하면, 물론 그것이 영향을 미치지 않았다고는 단정 못하겠지만, 그러나 그것이 이유의 전부가 될 수는 없었다.

그들의 관행이자 일종의 전술인 때문이었다.

함께 다니기 시작한 후부터, 아니, 정확히 말하자면 멸망한 사교의 비밀 터전을 찾고 난 다음부터였다. 과거 천하를 주름잡던 교단답게 그곳에는 그들이 그토록 원해 마지않던 상승의 무공 비급들이 있었고, 그것도 마치 그들을 위해 미리 준비해 둔 것처럼 각자에게 알맞은 종류들로 갖추어져 있었다.

그런데 그것이 다가 아니었다.

과거 그들의 무공과는 천양지차로 그 하나하나가 대단하긴 했지만, 아무리 그래도 무언가 미진하고 부족한 점이 있었고, 따라서 절정의 수준과는 거리가 있다고 할 수밖에 없었는데, 그것을 메우고도 남을 만한 고도로 뛰어난 합격술(合擊術)이 달리 구비되어 있었다. 본래부터 그 하나하나는 따로 떨어진 것이 아니라 합쳐져 합격술을 전개해야 제 위력을 발휘하는 무공이었던 것이다.

알고 보면 그럴 수밖에 없었다.

기실 그것은 급작스럽게 성세를 넓힌 데다 금혼단 같은 종류에 지나치게 의존했던 탓에 고수가 별반 없었던 교단에서 당시 심혈을 기울여 수집하고 고쳐 만든 공부였던 까닭이다. 각각의 무공은 적당한 오성(悟性)과 함께 근골만 받쳐 주면 단기간에 속성으로 익힐 수 있었고, 또 그 다음에 원리대로 얼마간 손발을 맞추면 저절로 합격술을 펼칠 수 있게 되는. 그리하여 충성심이 확인된 자들에게만 가르쳐 요인들의 일급 호위로 썼고, 그래서 강호상에 크게 알려지지 않은 것이었다.

그러니 그것을 배운 십괴로서는 상대가 아주 약하거나, 아니면 꼭 그래야 할 필요가 있는 다른 특수한 경우가 아닌 한 언제나 합격을 할 수밖에 없었다. 그리고 그 때문에 녹림의 전설로 회자되는 일도 이루어낼 수 있었고, 또 지금까지 멀쩡히 살아 있을 수 있는 것이기도 했다. 따라서 이제는 연수합격을 하지 않는 것이 도리어 너무도 부자연스럽 고 불안한 일이 되고 말았고. 그러므로 앞서 서로 더 많이 상대하겠다 고 다툼을 벌인 거웅과 소강의 행동은 모두 소용없는 짓일 수밖에 없 는 것이었다.

"염치없는 늙은이들!"

싸늘하게 내뱉으며 남청이 검을 뽑았다.

기세와 행동에서 십괴가 합격을 시도하고 있으며, 그 대상이 금소천 까지 포함한 일행 전부라는 것을 바로 알아본 때문이다. 저간의 사정 을 알 리 없는 그로서는 당연한 일이었다. 그리고 그와 다르지 않은 이 유로 이미 병기를 빼 들고 있던 소강과 몽천악 역시 그것은 마찬가지 였고.

그사이 십괴는 벌써 그들의 코앞까지 들이닥쳤고, 가장 먼저 맞아나 간 사람은 거웅이었다.

"나부터라니까!"

한 소리 외침과 함께 그는 거칠게 쌍부를 휘둘렀다.

목표는 자신의 도끼보다 훨씬 큰 개산대부(開山大斧)를 쳐들고 정면 에서 짓쳐 오는 대머리 하나만이 아니었다. 그의 양옆에서 날아들던 까마귀음성과 키는 작지만 다부진 자까지도 포함하는 공세였다. 그라 고 십괴의 의도가 안 보일 리 없고, 그래서 한꺼번에 자신이 먼저 상대 하고 싶었던 바람이 어긋난 것에 대한 분노의 표현이면서, 또 하나라도 더 많이 상대하겠다는 의지의 소산이었다. 더불어 상대가 몇이든 얼마 든지 대적할 수 있다는 자신감의 발로이자, 그것으로 소강의 평가가 잘 못되었다는 것을 입증하고 싶은 생각의 표출이기도 했고.

그러나 십괴는 그의 생각대로 놀아주지 않았다.

그가 공세를 발동하는 순간, 그때까지 한가지로 득달같이 달려들던 그들의 대응이 대번에 달라졌다. 대머리는 더욱 속도를 내어 무서운 기세로 개산대부를 내리찍어 오는 반면에 다른 두 사람은 신형을 한 박자 늦추었다. 그에 거웅은 헛손질이 되어버리고 만 다른 두 사람에게로 향했던 힘을 채 거두어들이지도 못한 가운데 하나의 도끼로만 급히 대머리의 개산대부를 맞이할 수밖에 없었다.

깡, 하고 병기가 부딪쳤다.

충격을 받은 사람은 거웅이었다.

상대들의 빠르고 늦은 교묘한 대응 탓에 힘을 제대로 싣지 못한 때문이기도 했지만, 대머리의 공력이 그냥 일 대 일로 붙었어도 무시 못할 정도의 수준이었던 까닭이기도 했다.

그리고 그것은 시작에 불과했다.

신형을 늦추었던 다른 두 사람이 거웅이 충격을 받아 주춤하는 사이를 노려 순식간에 다가서며 공세를 발동했고, 어느새 그들의 병기인 삼릉자와 유성추가 목과 심장 어림에 다다르고 있었다.

기겁한 거웅은 개산대부와 부딪친 반탄력에 의해 뒤로 팅겨지는 도끼를 거두어들이는 대신에 그 힘을 거스르지 않고 한 걸음 물러서는, 그로서는 결코 원하지 않는 길을 택해야 했다. 동시에 황급히 다른 손의 도끼를 휘둘러 막아내지 않을 수 없었고.

덕분에 차창, 하는 소리와 함께 간신히 삼릉자와 유성추를 돌려세울 수 있었지만, 그러나 그것으로 안도하기에는 한참 일렀다. 아니, 이미 그것으로 거웅에게는 더 이상의 기회가 없다고 하는 것이 옳았다. 그 순간을 놓치지 않고 대머리가 재차 전개한 개산대부가 벌써 머리를 쪼

개오고 있었던 탓이다. 자신도 모르게 이크, 하는 소리까지 흘리며 거웅은 더욱 다급하게, 그리고 더욱 가까스로 그것을 막아냈지만, 그 뒤에는 또다시 삼릉자와 유성추가 대기하고 있었다. 상황은 그렇게 반복되었고, 회가 거듭될수록 거웅은 더한 위기에 몰렸다.

상대의 전술을 몰랐던 데다 자신감이 지나쳐 얼마간 방심하고 태만하게 대했던 탓도 있었지만, 그러나 거웅이 미리 알고 처음부터 전력을 다했다 하더라도 그 혼자로서는 다만 시간의 차이만 있을 뿐 결과는 달라질 것이 없었을 터였다.

그만큼 십괴가 익힌 합격술은 무서웠다.

그들의 합격술에는 방어라는 개념 자체가 없었다. 오직 공세만이 있을 뿐이었다. 그로 인해 드러날 수밖에 없는 약점과 허점은 다른 사람이 또 공격을 전개함으로써 완벽하게 메우고 보완해 주었다. 그것도 한 사람으로 안 되면 두 사람이 연이어 공세를 펼치고, 또 두 사람도 안 되면 세 사람이 했다. 그런 식으로 적절하고도 교묘하게, 그리고 끊임없이 톱니바퀴가 돌아가듯 공세를 이어감으로써 상대를 궁지에 몰았고, 끝내는 주저앉혀 버리는 것이다. 일종의 차륜전이라고도 할 수 있지만, 일반의 것과는 차원이 달랐다. 그래서 아무리 상대가 고수이고, 혹은 자신들보다 숫자가 많더라도 상관이 없었다. 포위망만 제대로 구성할 수 있으면 끝이었다. 그러면 그들은 언제나 자신들이 원하는 결과를 만들어낼 수 있었다.

지금의 일행도 그리 다르지 않았다.

거웅만이 아니라 손을 섞는 모두가 대번에 비세에 몰리고 있었다. 화산검의 정수를 지니고 있는 남청도, 또 몽천악과 대결할 때 그랬던 것처럼 강한 상대를 만나 투기가 발동하면 사람이 변해서는 험한 입과 광포한 기세를 자랑하며 악귀처럼 적염도들 휘둘러야 직성이 풀리는 소강도 마찬가지였다. 그러한 것들을 펼치고 보여주는 것은 고사하고 이렇다 할 공격 한 번, 괴성 한 번 제대로 속 시원히 질러보지 못한 채 거웅과 한가지로 단지 수비에만 급급하고 있었다. 다만 그로 인한 울화와 분노를 이기지 못한 소강의 머리칼만이 이따금씩 산발하며 곤두섰다 말았다 할 따름이었다.

십괴의 공부에 대해 아는 것도 없으면서 서로 더 많이 상대하겠다고 욕심을 부려 무작정 마주쳐 나간 것이 원인이었다. 하기야 십괴를 상대하려면 일행 모두의 상응과 협력이 필요하다고 역설했던 남청조차도 그러했으니. 더구나 그러다 보니 미처 같이 움직이지 못한 몽천악과 금소천을 절벽 쪽에 밀어붙여 두고는 그들 세 사람이 십괴 전부를 상대하는 형국이 되고 말았기에 더욱 그럴 수밖에 없었다.

“…….”

몽천악은 묵묵히 전장을 응시하고만 있었다.

금소천이 보기에는 그랬다. 마치 자신과는 아무 상관이 없는 일을 구경하는 사람 같았다. 한 점 긴장감도, 위기의식도 찾아볼 수 없었다. 어깨에 힘도 들어가 있지 않았고, 무식하게 큰 칼도 빼 들기만 했다 뿐 마치 무거워서 그렇다는 듯이 비스듬히 땅바닥에 늘어뜨리고 있었다. 도무지 동료가 위기에 빠진 사람의 모습이 아니었다.

그러나 아니었다. 겉보기완 달리 몽천악은 바짝 긴장하고 있었다.

급하면 언제든지 개입할 수 있도록 대산을 늘어뜨리고 있는 것만 봐도 그랬다. 물론 금소천은 그것이 그가 대결에 돌입할 때 행하는 자세라는 것을 몰랐으니 오해가 있을 수밖에 없었고.

본래 몽천악은 처음 거웅 등 세 사람이 마주쳐 갈 때만 해도 조금도 걱정하지 않았다. 그들 세 사람의 무공이라면 여하한 경우라도 쉽게 밀릴 일은 없으리라고 생각했던 탓이다. 그래서 서둘러 그들을 뒤따라 움직이지도 않았고, 도리어 느긋하게 십괴의 공부를 관찰하고 파악하는 기회로 삼으려 했다.

그런데 채 두세 합도 지나지 않아 그는 경악하지 않을 수 없었다. 십괴의 공력과 합공은 그가 예상했던 범주를 벗어났던 것이다. 순식간에 세 사람을 위기에 빠뜨리고 있었다. 그에 반사적으로 뛰쳐나가려 몸이 움찔했지만 이내 스스로를 다독였다. 이왕 이렇게 된 것 조금 더 지켜보자는 생각에서였다. 누군가 정말 위험에 처했을 때 개입해도 늦지 않았다. 중요한 것은 십괴의 합공을 깨는 것이었고, 어떻든 이 기회에 허점을 찾아야 했다.

옳은 판단이었다.

아니, 처음으로 거슬러 올라가 그나마 급하게 달려들지 않고 남아서 십괴의 그물에 걸려들지 않은 것 자체가 일종의 행운이라 할 수 있었다. 일행과 같이 무턱대고 덤볐다면 몽천악 역시 아무것도 모른 채 그들과 똑같은 지경에 처했을 가능성이 농후했고, 그랬다면 아마 그것으로 끝이었을 터였다. 아무리 몽천악이라도 연이은 공세에 손발이 묶인다면 방법이 있을 턱이 없었다. 몽천악마저 그 지경에 이른다면 일행의 결말은 보나 마나였고. 알고 싸우는 것과 모르고 덤비는 것은 천양지차였다. 십괴의 합격이 어떤 것인지 목격한 지금이라면, 설사 당장 그들의 약점이나 허점을 발견하지 못한다 하더라도, 최소한 쉽게 궁지에 몰리지는 않을 터였으니까.

어쨌거나 그것도 잠깐이었다.

그는 이내 움직이지 않을 수 없었다.

거웅이 절체절명의 위험한 상황에 봉착하는 것을 본 탓이다. 중첩되는 위기를 간신히 넘기는 와중에서도 어떻게든 공세로 전환해 보기 위해 애를 쓰다 오히려 상대들에게 더한 호기를 제공했고, 그 결과 여력조차 남길 겨를도 없이 쌍부를 다 써서 가까스로 삼릉자와 개산대부를 막는 틈을 비집고 유성추가 벌써 가슴에 이르고 있었다. 이제 거웅이 할 수 있는 일은 아무것도 없었다. 피할 수도, 막을 수도 없었다.

"이익!"

거친 소리를 토해내면서 거웅은 오히려 쌍부에 더욱 힘을 가했다. 어차피 늦은 일, 유성추가 가슴을 꿰뚫기 전에 적어도 다른 두 사람에게는 그에 상응하는 손해라도 입히려는 의도였다. 더불어 자신의 외문 공부를 믿는 마음도 어느 정도 있었고. 유성추가 아무리 날카롭고, 또 그에 실린 역도가 아무리 대단해도 단번에 가슴을 뚫어내지는 못할 터였다. 그러면 되었다. 어지간한 타격은 감수해야 할 일이었다.

결과적으로 그것은 현명한 선택이었다.

막 유성추가 거웅의 가슴을 꿰뚫으려는 찰나, 때맞추어 몽천악의 대산이 유성추를 연결하고 있는 쇠줄을 쳤고, 그럼으로써 그것의 방향을 되돌렸던 것이다. 만약 거웅이 쉽게 포기하고 손을 놓고 있었거나, 갑자기 다른 행동을 취하기라도 했더라면 몽천악이 제아무리 뇌우보를 써서 빨리 움직인다고 해도 그에 맞춰 대응해 주기는 어려운 일이었을 터였다.

"우선 둘만 상대해!"

몽천악이 소리쳤다.

"거칠게 밀어붙여!"

"알았어, 사숙!"

거웅이 우렁차게 대꾸했다.

감격도, 감사도 나중이었다. 그는 전력을 다해 쌍부를 휘두르기 시작했다. 주변 상황이나 다른 사람은 조금도 신경 쓰지 않았다. 오직 면전의 두 사람에게 집중하며 밀어붙이는 데만 온 힘을 기울였다. 몽천악이 그렇게 시킨 이상 그가 할 일은 그것뿐이었다. 그 외의 다른 일은 몽천악이 알아서 할 터였다.

전세는 일변했다.

상대가 두 사람이라고는 해도 병기만으로 따지자면 일 대 일인 셈이었고, 더구나 이제 거웅은 거칠 것이 없는 성난 멧돼지였다. 오히려 상대보다 더 수비는 도외시한 채 도끼를 휘두르고 있었다. 금소천처럼 모르는 사람이 보기에는 마구잡이에 우격다짐으로밖에 보이지 않을 정도였지만, 결코 그렇지는 않았다. 그것은 아무리 그래 보여도 모두 대력부 우겸이 평생을 통해 일군 절학들이었다.

물론 그렇다고 피할 상대들도 아니었다.

쾅, 쾅, 하고 연이은 두 번의 격돌이 일어났다.

뜻밖에도 대머리와 까마귀음성은 거웅과 부딪칠 때마다 자신들도 모르게 조금씩 뒤로 물러서고 있었다. 공력이나 무공에 밀려서가 아니었다. 두 사람이 함께라면 어떤 방면을 견주어도 모자랄 일이 없었다. 설사 일 대 일이라 해도 결코 양보할 생각이 없는 그들이었다. 그럼에도 그러한 것은 물불 가리지 않고 달려드는 무작스럽고 흉포한 거웅의 기세 때문이었다. 그것이 그들로 하여금 무의식중에 몸을 사리며 뒷걸음질치게 만든 것이다.

"물러서면 안 돼!"

까마귀음성이 소리쳤다.

“진을 유지해야 해!”

그들의 합격술도 근본을 이루는 것은 진(陣)이었고, 당연히 진을 깨뜨리지 않는 것이 가장 중요했다. 진의 진퇴에 맞춘 적정한 선 내에서 움직여야만 포위망도 제구실을 하는 것이고, 또 서로가 자유롭게 협조와 상응도 할 수 있는 일이었다.

그러나 다음 순간.

“이, 이런……!”

그는 당혹성을 터뜨렸다.

달리 그런 것이 아니었다. 계속해서 합격진을 유지하고 보조를 맞추기 위해 다른 십괴들에게로 시선을 돌리는 순간 그는 보았던 것이다. 뜻밖에도 다른 자들 역시 자신들과 진배없는 상황에 처해 있으며, 그에 따라 보조를 맞추는 것은 고사하고 애써 구축해 놓았던 포위망조차 유지하지 못할 정도로 서로 간의 거리와 위치가 붕괴되어 버렸다는 것을. 장내는 이미 네 무리로 확연히 나뉘어져 있었다. 거웅과 마찬가지로 십괴 둘씩만 맡아 맹공을 퍼부으며 몰아붙이고 있는 남청과 소강에 더해 나머지 넷과 몽천악이 어울리고 있었다.

“어, 어떻게 이런 일이……!”

모두 몽천악의 작품이었다.

그는 진의 위력을 약화시키기 위해서는 우선 하나라도 따로 떼어놓는 것이 급선무라는 데 생각을 모았고, 그리하여 쇠줄을 쳐 거웅에게서 유성추를 떼어놓자마자 다시 대산을 휘둘러서는 키 작은 자를 아예 전권 밖으로 내몰았다. 자신이 물러서면 합격진에 균열이 온다는 것을 알면서도 키 작은 자로서는 방법이 없었다. 다른 자에게 구원을 청할 여가도 없이 그는 다급하게 물러서야 했다. 뻔히 보고도 어떻게 달리 대처를 할 수 없을 정도로 몽천악이 빨랐고, 또 대산이 일으키는 도풍이 무시무시했던 탓이다.

몽천악은 그에 그치지 않았다.

키 작은 자가 다음의 어떤 행동을 취하기도 전에 여세를 몰아서는 역시 셋을 상대하고 있던 남청에게서 백발백염을, 그리고 넷을 상대하던 소강에게서는 다른 둘을 떼어 자신의 전권하에 두었다. 십괴로서는 일이 벌어진 다음에도 한순간 어떻게 된 노릇인지 상황을 제대로 인지하지 못했을 정도로 찰나지간에 벌어진 일이었다.

전력을 다한 때문이고, 또 각성 탓에 경지에 올라선 뇌우보와 묵천도의 여러 자결들이 빛을 발한 덕분이라고 할 수 있었다. 더불어 흑아로 하여금 금소천을 지키도록 해놓았기에 마음 놓고 전장과 싸움에만 집중할 수 있었던 때문이기도 했고.

거기다 소강과 남청은 대번에 몽천악의 의도를 알아챘고, 그래서 온 힘을 다해 자신의 상대들을 한쪽으로 몰아붙여 서로 간의 거리를 벌렸으니. 십괴가 사태를 깨닫고 방법을 강구하려 했을 때는 이미 늦을 수밖에 없었다. 까마귀음성처럼 놀람과 당혹을 드러내는 것이 다였다. 다른 데 신경 쓸 필요 없이 두 사람만 상대하는 거웅 등은 펄펄 날았고, 그들의 그런 공세를 억누르며 다시 진을 구축한다는 것은 거의 불가능한 일과 다름없었다.

하지만 십괴도 만만치 않았다.

"이게 무슨 꼴이야? 정신들 못 차려?"

곧 사태를 직시한 까마귀음성이 버럭 소리쳤고, 그때는 어느새 십괴 모두 본래의 모습을 회복하고 있었다.

사실 십괴를 네 무리로 분리시키고, 또 그것으로 전세를 일변시켰다

고는 해도, 그렇다고 몽천악 일행이 단번에 우세를 점했느냐 하면 그것
은 아니었다. 거웅 같은 경우 다시금 까마귀음성과 대머리가 위기의식
을 느끼며 전력을 다해 부딪쳐 오자 위험하기까지 했던 비세에서 벗어
났다는 데 만족해야 할 정도였고, 다른 사람들도 기세를 올리고 있다고
는 하지만 잘 봐줘야 백중세였다.

한순간 놀람을 드러냈을 뿐 십괴는 조금도 흐트러지지 않았다. 둘
혹은 넷으로 나뉘어졌지만, 그래서 십 인이 함께 펼치는 것과는 얼마간
차이가 있지만, 개개인이 지닌 공력과 공부도 상당한 데다 여전히 그들
의 공세가 합격술의 원리에 충실했던지라 매우 위력적이었다. 둘이나
넷만으로도 합격술은 여전히 유효했던 것이다. 다만 끈끈하고 유기적
인 상응과 보완이라는 측면에서 열 명이 한꺼번에 진을 형성하고 있을
때와는 아무래도 다를 수밖에 없다는 것뿐이었다.

하기야 포위망이 깨지기 전에도 그들은 기실 합격술을 십분 발휘하
고 있었던 것은 아니었다. 만약 일행을 정말 강적으로 생각했다면 그
렇게 포위망만 유지한 채 따로따로 나누어 상대하는 일은 없었을 터였
다. 일행을 축으로 빠르게 회전하는 가운데 열 명이 하나처럼 움직이
며 너와 나의 상대를 구분하지 않고 무자비한 공격을 퍼부어댔을 터였
다. 그랬다면 아마도 지금과는 상황이 달라져도 많이 달라졌을 터였
고.

어떻든 그런 이유들로 십괴는 진이 깨진 외중에도 그리 크게 흔들리
지 않을 수 있었고, 더구나 이젠 한술 더 떠서 예의 습관대로 까마귀음
성의 말꼬리를 잡으며 대거리를 하는 여유까지 보일 수 있는 것이었다.

"뭘 그리 안달해? 어쨌든 때려잡으면 될 일을!"

"맞아! 진이 아니라고 우리가 이놈들 하나 제압 못할까!"

"어차피 네 놈뿐이잖아. 느긋하게 족쳐 보자고!"

"처음으로 우리 진을 깬 놈들이야! 만만히 봐선 안 돼!"

"만만히 보고 있지 않아! 이놈들은 강해! 입만 산 놈들이 아니야!"

"대가 센 놈들이라는 것은 알았지만, 설마 이 정도일 줄은 몰랐어!"

"그래 봤자 부처님 손바닥 안의 손오공이야!"

"그렇지! 아무리 대단해도 우리 손에 걸린 이상 끝이야!"

"그야 당연한 이야기고!"

참으로 서로 간에 말 주고받는 것을 좋아하는 위인들이었다. 그렇지만 말을 하면서도 그들은 조금도 손속을 늦추지 않았고, 한 점 흐트러짐도 없었다. 오히려 더욱 치밀해지고 날카로웠다. 어떻든 그대로 놔두었으면 싸움이 끝날 때까지도 계속될 것 같던 그들의 말은, 그러나 거기서 끊어질 수밖에 없었다.

다름 아닌 소강 때문이었다.

"끼아아아앗!"

그가 갑자기 심혼을 뒤흔드는 예의 독특한 괴성을 내질렀던 것이다. 나아가 이제 완전히 산발해서 곤두선 머리칼에 더해 두 눈 가득 시퍼런 귀화가 일렁거렸고, 전신에 광포한 기세가 폭출되는 가운데 적염도도 붉고 사이로운 기운을 뿜어내며 점점 주변을 물들이고 있었다.

그가 드디어 본색을 드러내며 본격적으로 폭주를 시작한 것이다.

이제야 그러한 것은 처음엔 그럴 정도의 대결 상대로 인정하지 못했던 까닭이었다. 아무리 소문이 크고 무성해도 십괴는 도적의 무리에 불과했고, 자신은 마도의 후계자였다. 또 실제로 본 결과도 직접 붙어 보기 전까지는 개개인으로서 그의 투기를 불러일으키는 바가 별반 없었다. 그래서 쉽게 보고 달려든 덕에 혼쭐이 난 것이고.

그리고 조금 전까지는 일단 십괴를 떼어놓는 것이 중요했던 데다 무엇보다 처음과 똑같은 실수를 반복하지 않기 위해서였다. 그리하여 거칠게 공세를 펴면서도 잔뜩 신경을 곤두세운 채 상대들의 초식과 투로와 연수합격을 살피는 것에 주력했었다. 무턱대고 날뛰다가 재차 상대의 술수에 놀아나는 우를 범할 수는 없는 노릇이었다. 그것은 또다시 몽천악이나 다른 사람의 도움을 받아야 한다는 말과 다름없었고, 그것은 결코 있어서는 안 되는 일이었다.

본래 진이란 어떤 일정한 틀과 조합에 의해 이루어지는 법이고, 합격술 역시 기반이 진인 이상 그와 한가지였다. 그러니 그 틀과 조합을 정확히 읽어낸 후 정지시키거나 깨버려서 제구실을 못하게 만들 능력만 있으면 파해(破解)는 시간문제였다.

소강은 충분한 능력과 자격을 갖추고 있었다.

비록 나이는 어리지만 사물을 꿰뚫어보는 눈과 견식도 가졌고, 실력은 더욱 넘쳐흘렀다. 게다가 비록 비세였다고는 해도 어떻든 열 명 모두가 합격술을 펼치는 가운데서도 네 명이나 맡아 상대했던 경험까지 있었다. 그러니 겨우 두 명에게 긴 시간을 들일 일이 없었다. 그렇게 상대들의 합격을 파악하고 나자 더 이상 거리낄 것이 없으니 그간의 심화를 토해내듯 바로 본색을 드러낸 것이다.

"이런 죽지 못해 환장한 늙다리들 같으니!"

소강의 신형이 허공을 날아다니듯 점점 빨라지는 가운데 당연한 수순으로 폭언이 뒤이어 쏟아져 나왔다.

"감히 어느 안전에서 날뛰는 거야!"

"목 늘이지 못해! 전부 대가리를 날려주겠어!"

돌연한 광경과 변화에 그의 상대들은 말할 것도 없고 다른 십괴마저도 힐끔힐끔 곁눈질하며 황당함과 곤혹에 더해 신기한 생물이라도 보는 듯한 표정을 감추지 못했지만, 그러나 그것은 그리 오래가지 못했다. 갈수록 도를 더해가는 소강의 심한 언사에 저절로 머리꼭대기까지 화가 치민 얼굴로 바뀔 수밖에 없었던 것이다. 그에 따라 자연 그들의 입에서도 분노와 한탄 어린 한마디씩이 주르르 쏟아져 나왔을 것은 불 문가지였고.

◆제3장◆
중독(中毒)

"뭐, 저런 놈이 다 있어!"

"이거 완전히 미친놈 아냐?"

"새파란 애송이 놈이 감히!"

"대체 어떤 집구석이야? 어떤 집구석에서, 어떤 미친 작자가 저런 버르장머리없고 싹수머리 하나 없는 핏덩이를 키워냈어?"

그러나 그렇게 광분하는 다른 자들과 달리 소강의 상대인 두 사람만큼은 아무 소리도 내지 못했다.

무엇을 말하고 말고 할 계제가 아니었던 까닭이다.

폭주하기 시작한 소강은 이제까지와는 비교도 되지 않을 정도로 거칠고, 빠르며, 강했다. 이미 그는 두 사람을 에워싸고 비산하는 한줄기 붉은 운무였고, 그런 속에 완전히 전권을 장악하고 있었다. 그러니 그들로서는 뒤를 내주지 않기 위해서라도 정신없이 소강의 신형을 쫓아

몸을 틀어야 했고, 또 언제, 어떤 각도를 가리지 않고 부지불식간에 날아드는 적염도에 대처하기도 바빴던 것이다.

결눈질이지만 다른 자들도 곧 그러한 상황을 눈치 챘고, 더불어 그 와중에 자신들의 형편도 결코 만만치가 않게 변했던지라, 이제까지의 방만하고 허장성세 비슷하게 던지던 말들은 모두 쑥 들어가고 말았다. 대신에 그나마 상태가 낫다고 할 수 있는 대머리와 까마귀음성의 다급한 외침만이 뒤를 메웠다.

"저놈, 저거 위험한 놈이잖아!"

"안 되겠어! 누가 가서 좀 도와줘!"

하지만 아무도 달려가는 이가 없었다. 아니, 그 정도가 아니라 이제 대꾸를 하는 자들조차도 없었다.

그럴 수밖에 없었다.

고수들의 접전에서는 잠시라도 소홀하면 대번에 승부의 저울추가 기우는 법. 짧은 순간이나마 소강을 결눈질하며 한눈파는 좋은 기회를 놓칠 남청과 몽천악이 아니었다. 물론 그들도 이미 소강처럼 십괴가 시전하는 합격의 묘리를 간파한 탓에 가능한 일이었다. 그렇지 못했다면 처음 저희들끼리 한마디씩 하며 여유를 부릴 때처럼 두 눈 뻔히 뜨고 지켜보는 외엔 달리 방법이 없었을 터였다.

그렇지만 한 사람, 거웅은 아직 아니었다. 그는 여전히 그것을 간파하지 못한 채 다만 성난 멧돼지처럼 날뛰기만 할 뿐이었다. 그래서 까마귀음성이나 대머리가 그나마 상황이 조금 나은 것이었고.

어떻든 그런 까닭에 몽천악이나 남청을 상대하던 자들은 이제 몸을 빼서 남을 도와주는 것은 고사하고 자신과 바로 곁의 동료를 돌보기에도 눈코 뜰 새가 없었다. 그들의 장기인 합격술의 득을 보지도 못하는 상황에서 검매나 묵천도 같은 보기 드문 절기를, 그것도 십성 연성한 사람과 정면으로 맞닥뜨린 셈이었으니 상대하기가 힘들고 어려울 수밖에 없었다.

물론 무공 수련을 한 기간으로 따지자면야 그들이 일행보다 족히 수십 년은 더 되겠지만, 그러나 사부의 지극한 지도 아래 기초부터 차근차근 밟으며 체계적으로 고련한 것이 아니라 이것저것 눈에 들어오는 대로 받아들여서는 제 마음대로 수련을 한 때문에 같이 비교할 성질의 것이 아니었다. 더구나 과거 사교의 비밀 터전을 발견한 이후부터는 거의 대부분을 합격술에만 주력해 온 그들이 아니던가. 그것이 깨지고 나자 그들은 이제 강호를 위진시켰던 십괴가 아니라 그 이전의 개개인으로 돌아간 것과 한가지였다. 인원수라도 많지 않았다면 벌써 어찌 되었어도 이상할 것이 없었다.

"이, 이럴 수가……!"

까마귀음성이 침음성을 흘렸다.

사태의 심각성을 깨달은 것이다. 더불어 그나마 말이라도 꺼낼 여유가 있는 것은 자신들뿐이라는 것도. 그렇지만 그들도 몸을 빼내 동료를 돕는다는 것은 불가능했다. 벌써부터 그와 대머리도 만만치 않은 부담을 느끼고 있던 차였기 때문이다. 비록 거웅이 아직 둘의 합격을 깨뜨릴 방법을 찾지 못했다고는 해도 그 본래의 타고난 신력과 공력이 회를 거듭할수록 위력을 발휘하고 있었던 까닭이다.

그제야 그는 애초에 전력을 다했어야 했으며, 또 어떻게든 진을 깨지 말았어야 했고, 더불어 설사 깨어졌더라도 무슨 수를 쓰든 즉각 다시 형성했어야 했다고 후회했지만, 지금 와서는 소용없는 일이었다. 그동안의 성공으로 인한 태만과 부주의에 더해 상대에 대한 경시가 문제였다. 만약 그들이 진작 일행을 지금 보여주는 것과 같은 대적(大敵)으로 평가하고 대응했더라면, 이렇게 쉽게 전세가 바뀔 일은 없었을 터였다.

십괴의 상황은 갈수록 나빠졌다.

특히나 소강의 상대들은 벌써 위태위태했다. 조금 전까지만 해도 그래도 그들은 빠르게 주변을 날아다니는 소강의 신형을 따라 몸을 트는 가운데서도 한 번씩 먼저 공세를 취하며 어느 정도나마 능동적인 대응을 하고 있었다. 하지만 이제는 아예 서로 등을 기대고 선 채 움직일 생각도 못했고, 더불어 자신들의 장기인 연이은 공세 또한 잃은 지 오래였다. 그러면서 어디서 어떻게 달려들지 모르는 소강의 적염도에 전전긍긍하고 있었다. 그런 그들의 옷은 이미 너덜너덜했고, 여기저기 핏자국까지 비치고 있었다.

소강은 빨라도 너무 빨랐다. 공세 또한 갈수록 거칠고, 빨라졌으며, 무서웠다. 어느 순간부터 적염도 자체에서도 호곡성 같은 소름 끼치는 소리와 더불어 피안개 같은 기운이 흘러나오고 있었다. 그것은 누구라도 공포일 터였다.

그러니 생전 경험해 본 적 없는 그 같은 병기와 공격 앞에 둘이 어찌할 바를 찾지 못하는 것은 어쩌면 당연한 일이라 할 수 있었다.

'이대로는 안 돼……!'

까마귀음성이 내심 부르짖었다.

'무슨 수를 내야 해……!'

그리고 잠시 후.

"모두 잠깐만 멈춰봐!"

그는 악을 쓰듯 소리쳤다.

"할 말이 있어! 중요한 일이야!"

그러나 한참 불붙은 전장은 그의 말에 꿈쩍도 하지 않았다. 아니, 정확히 말하자면 주도권을 쥐고 있는 몽천악 일행이 그의 말을 들은 척도 하지 않았다는 것이 옳았다. 당연한 일이었다. 무슨 친선 비무라도 하는 중이었다면 또 모르지만, 생사를 가늠하는 전투에서 적이 멈추란다고 멈출 사람은 없을 터였다. 더구나 승부의 끝이 보이는 상황이 아니던가. 괜한 기회를 줄 필요가 없었다.

"잠시 멈춰보라니까!"

까마귀음성이 재차 악을 썼다.

"제안이 있어! 너희들도 들어보면 구미가 당길 거야!"

"……!"

오직 자신이 펼치는 공세와 그것을 받는 상대들에게만 집중한 탓에 누가 무슨 소리를 하는지 전혀 귀담아듣고 있지 않던 소강과는 달리, 거웅과 남청은 한순간 멈칫했다.

거웅은 까마귀음성과 직접 대적하고 있었기에 듣지 않으려야 듣지 않을 수가 없었던 탓이고, 남청은 언제나 주변에 신경을 쓰고 있었기에 가능했다. 그렇지만 그들도 까마귀음성의 말에 호기심을 느꼈다거나, 그래서 스스로 무언가 의사 표현이나 결정을 하기 위해서 그러한 것은 아니었다. 다음 순간 이내 몽천악을 일별하는 것만 봐도 알 수 있는 일이었다. 그들은 몽천악의 반응을 살피고, 또 그에 따라 자신들의 행동을 결정하기 위해서 그러했던 것이다.

그러나 몽천악은 일말의 동요도 보이지 않았다.

오히려 한층 무섭게 공세를 펼쳤다. 기실 그는 상대의 합격을 간파하면서 일차 몰아세우고 난 다음부터는 그의 버릇대로 상대들의 모든 공부를 끄집어내기 위한 수비에 좀 더 치중하는 적당한 공방을 벌이고 있었는데, 까마귀음성의 말을 듣고 나서는 한순간에 돌변해서 본격적으로 상대방을 제압하기 위한 진짜 공세를 펼치기 시작한 것이다. 지금까지와는 비교도 되지 않는 무시무시한 도풍을 동반한 점자결이 쾌자결을 기반으로 폭출되었고, 상대들은 대번에 손발이 어지러워졌다.

까마귀음성의 말이 도리어 그들에게는 독이 된 셈이었다.

사실 십괴는 모두 알고 있었다. 까마귀음성이 말한 할 말이라느니, 제안이라느니 하는 것이 다 속임수에 불과하다는 것을. 어떻게든 일행의 손속을 잠시라도 멈추게 해서 급전직하로 흐르는 흐름을 끊고, 더불어 그것으로 숨 돌릴 시간을 벎과 동시에 궁극적으로는 다시 열 명이 함께 뭉쳐서 합격술을 펼칠 기회를 잡고자 함이라는 것을.

자연 그들로서는 잔뜩 기대를 품고 그 귀추에 마음을 쏟지 않을 수 없었고, 그러니 더욱 몽천악의 돌변한 공세에 대응하기가 쉽지 않았던 것이다.

"헉!"

"억!"

곧 네 마디 짧은 비명이 연이어 터져 나오더니, 이내 그들은 모두 썩은 짚단처럼 쓰러져 꼼짝도 않았다. 한두 군데씩의 꽤 깊은 상처를 입은 때문만이 아니었다. 그것은 그들을 쓰러뜨리는 역할만 했다. 그들이 쓰러지자마자 제 말처럼 생포해서 데려가기 위해 몽천악이 재빨리 혈도를 제압한 때문이었다.

단 두 초식 만에 벌어진 일이었다.

참으로 순식간에 일어난 일인데다, 또 너무나 눈부신 신위였기에 남청도, 거웅도, 그리고 그들의 상대들도 모두 한순간 손을 놓고 멍하니 바라볼 지경이었다.

그런데 그것만이 아니었다.

"끼아아아앗!"

불현듯 소강의 괴성이 귓전을 후벼 판다 싶더니 이내 그의 상대들 역시 처절한 비명을 내지르면서 그대로 나뒹구는 것이 아닌가. 몽천악에게 당한 자들과 다른 점이 있다면 일부러 혈도를 봉쇄할 필요가 없을 정도로 참담한 상태라는 것이었다.

"이, 이런!"

번쩍 정신을 차린 사람은 거웅과 남청이었다. 소강에게 은근히 호승심과 경쟁심을 느끼고 있던 그들이기에 아차! 하지 않을 수 없었던 것이다.

그러나 때가 늦은 감이 있었다.

그사이 어느새 전권에서 몸을 빼낸 그들의 상대들은, 그들이 병기를 고쳐 쥐며 고개를 돌리는 순간 벌써 본래의 장소에서 족히 십여 장은 떨어진 강소 쪽의 일주곡 입구까지 물러서고 있었다. 산전수전 다 겪은 노강호들이었기에 가능한 일이었다. 그렇지 않다면 동료가 제압당하는 와중에, 또 사전에 무슨 신호를 주고받은 것이 아님에도 이심전심으로 기민하게 움직여 자신들이 할 수 있는 최선의 대처를 할 수는 없었을 터였다. 물론 그렇다고 해서 포기할 거웅이나 남청은 아니었다.

"어딜 도망치려고! 얼른 이리 못 와?"

거웅이 소리치며 몸을 날렸고, 남청도 마찬가지였다.

하지만 그들은 반도 다가가지 못하고 다급하게 호흡을 멈추며 뒤로 물러서야 했다. 어느 틈에 녹피장갑(鹿皮掌匣)을 낀 까마귀음성이 재빨리 품에서 작은 옥병을 꺼내더니 거칠게 뚜껑을 따고는 그대로 허공에 대고 흔들었고, 그러자 육안으로 잘 구분도 가지 않는 미세한 분말이 바람을 타고 두 사람에게로 확산되는 것을 본 까닭이다.

남청도, 거웅도 그것만은 경계하지 않을 수 없었다. 독(毒) 분말이 아니라면 녹피장갑을 낄 일도, 또 이런 상황에 그것을 꺼내 뿌릴 일도 없을 터였기 때문이다. 그리고 보면 까마귀음성 등이 굳이 그 방향으로 물러난 것도 다 바람을 등지기 위함이었던 것이다.

"과연 도적에 불과하군요! 비겁한!"

얼마큼 물러선 후에도 못 미더워 경력을 일으켜서는 혹시라도 따라 붙었을 독분을 허공으로 날려 보내는 손짓을 한 남청이 싸늘하게 일갈했다.

그런데 그때였다.

"어, 어……!"

문득 거웅이 목이 꽉 잠긴 사람마냥 억눌린 단음절을 토해내는 것이 아닌가. 뿐만이 아니었다. 두 손에 들었던 그의 분신 같은 도끼를 그대로 팽개치더니 자신의 목과 가슴을 움켜쥐는 것이었다. 그런 그의 얼굴은 점점 흙빛으로 변해갔고, 고통으로 일그러지고 있었다.

독분을 다 피하지 못했던 것이다.

신법도 약한 데다 상대를 빨리 제압해야겠다는 마음이 급해 전력으로 달려들던 중이다 보니 반응이 조금 늦을 수밖에 없었고, 그리하여 한순간 독향(毒香)을 들이키고 만 것이다. 비록 아주 적은 양이었고, 또 곧 호흡을 멈추고 물러섰지만 워낙 강한 독이다 보니 바로 중독 증상이 나타나는 것이었다.

"건드리지 마세요!"

놀란 몽천악과 소강이 날아와 그에게 다가드는 순간 남청이 급히 손을 흔들어 제지하며 소리쳤다.

"접촉만 해도 중독되는 독도 많습니다! 혹시 그런 종류라면 낭패를 당합니다. 그리고 그 본인을 위해서라도 지금은 손을 대서 좋을 것이 없고요!"

이어 그는 급히 어깨 뒤에 메고 있던 행낭을 끄르더니 그 속에서 기름종이에 싸인 작은 물체를 찾아냈다. 꼼꼼하게 싸인 몇 겹의 기름종이를 풀어헤치자 나온 것은 밤톨만 한 단환이었다. 소리쳐 거웅의 입을 벌리게 한 남청은 그것을 그의 입속에 튕겨 넣었다.

"본 파의 속명단(續命丹)입니다."

화산의 속명단은 무슨 죽은 목숨도 살린다는 천고의 기약(奇藥) 운운할 정도는 아니지만 그래도 아무리 위급한 상황에서도 최소한 얼마큼의 목숨을 연장하는 데는 더할 바가 없다고 알려진 화산 비전의 영약이었다.

"얼른 삼키고 가부좌를 하세요! 내력을 끌어올려 우선 독이 퍼지는 것부터 막으면서 약 기운이 돌기를 기다리세요! 그다음 독을 한군데로 모으면서, 혹시라도 그것을 몰아낼 수 있는지도 시험해 보고요!"

거웅은 곧바로 그가 시키는 대로 했다. 바닥에 주저앉아 내력을 끌어올렸고, 이어 이미 전신으로 퍼진 독기를 한군데로 모으려 애썼다. 오래지 않아 그의 고통으로 일그러졌던 모습은 어느 정도 안정을 되찾았지만, 그러나 그뿐이었다. 얼굴의 흙빛은 별반 가시지 않았고, 나아가 가끔이고 미세하기는 하지만 몸을 한 번씩 떨고 있었다. 그것은 다른 말이 아니었다. 독을 한곳에 모으거나 몰아내는 것은 고사하고 겨우겨우 독에 대항하는 데만도 힘이 든다는 이야기였다.

"일단 시간은 번 셈이군요."

걱정스런 기색을 감추지 못하면서도 남청이 억지로 미소를 떠올리며 말했다. 그에 몽천악은 머리를 끄덕이더니 시선을 까마귀음성 등에게로 돌렸다.

"해독약을 구하는 일만 남았군."

"흐흐흐, 그게 쉬울까?"

기다렸다는 듯 까마귀음성이 득의양양한 얼굴에 음충맞은 웃음까지 흘리며 말을 받았다. 벌써 독이 든 병도, 녹피장갑도 갈무리한 후였다.

몽천악은 대꾸하지 않고 그를 향해 성큼 걸음을 떼었다. 그러나 두 걸음도 움직이지 못했다. 까마귀음성이 재빨리 품에서 작은 알약이 몇 개 들어 있는 또 다른 병을 꺼내 흔들어 보이더니 이내 한 손에 쥐고는 힘을 주는 시늉을 한 까닭이다. 틀림없이 해독약일 터였고, 여차하면 병째 박살을 내겠다는 시위가 아니고 무엇이겠는가. 그러니 몽천악으로서는 움직이려야 움직일 수가 없을 수밖에.

대신에 남청이 쏘아붙였다.

"명성이 아깝군요!"

"그게 뭐 하는 건데?"

까마귀음성이 이죽거렸다.

"탕이야? 만두야?"

"낄낄낄. 애송아, 네가 잘못 말했다."

대머리가 거들고 나섰다.

"우리에게 명성이 있다면, 아마도 네가 말하는 그 명성인지 뭔지 하는 따위에 구애받지 않는 바로 그것일 게다. 조금 전 너도 이야기했지 않느냐, 우리는 도적이라고. 그러니 우리가 아무리 심한 짓을 한다 한

들 무슨 상관이 있겠느냐. 아니, 오히려 그러면 그럴수록 우리의 명성
은 더욱 올라갈 것이다. 왜냐하면 우린 도적 중에서도 진짜 도적이니
까 말이다. 낄낄."

"허튼소리 더 듣고 싶지 않아요."

남청이 인상을 썼다.

"조건이나 말해보세요."

"꼬마가 제법 영리하군."

까마귀음성이 말을 받았다.

"너의 그 성의를 가상히 생각해서 긴말 않으마. 첫째는 너희가 잡고
있는 내 동료들을 모두 이리로 보내라는 것이고, 둘째는 금가 꼬마 놈
도 같이 우리에게 넘기라는 것이다. 그리고 마지막으로는 너희가 당장
우리를 뒤쫓아오는 일이 없도록 안전장치를 하겠다는 것이다. 어떠냐?
간단하지 않느냐?"

"안전장치?"

"방법은 많다. 해약을 복용해도 만 하루는 지나야 해독이 되는 독을
먹이는 방법도 있고, 너희 중 하나를 금제해서 우리와 동행하게 하는
방법도 있고. 어쨌거나 그것은 나중의 일. 우선 우리 쪽 사람들의 혈도
부터 풀어주어라. 그리고 그들로 하여금 중상을 입은 다른 두 사람을
데리고 내 쪽으로 오게 해라."

"어림없는 소리!"

말꼬리를 낚아챈 사람은 소강이었다.

그는 어느 틈엔가 자신에게 상처 입고, 또 몽천악에게 제압당한 여
섯 명을 한자리에 모아 눕혀놓고는 그 곁에 적염도를 늘어뜨리고 서
있었다. 마치 여차하면 그들의 목이라도 날리겠다는 듯이.

"해약부터 내놓는 게 좋아요!"

소강이 말을 이었다.

"우리 편은 겨우 한 사람이지만 당신들은 무려 여섯이나 되거든요! 칼자루를 쥐고 있는 것이 누구라는 것쯤은 삼척동자도 알 일. 엉뚱한 수작 부리지 말고 해약이나 어서 이리 줘요. 진짜로 해약이 분명하다면, 그러면……."

말하다 말고 문득 소강은 몽천악을 일별했다. 무엇 때문인지 짐작 못할 바 아닌 몽천악이 이내 그 뒷말을 이었다.

"다 풀어주고, 당신들도 놓아주지. 적어도 지금은."

"아이고, 고마워라! 눈물이 다 나오려고 하네!"

대머리가 짐짓 정말 그렇다는 시늉을 하며 이죽거렸다.

"그런데 이걸 어쩌지? 우린 그러고 싶은 마음이 눈곱만큼도 없거든."

"그럼 이들은 죽어요."

소강이 제격 말을 받았다.

"설마 그깟 해약과 이 여섯의 목숨을 맞바꾸겠단 이야기는 아니겠지요? 아니지. 여섯이 아니라 열이군요. 해약을 내놓지 않으면 당신들 역시도 살려둘 이유가 없으니."

"너희들이 과연 그럴 수 있을까?"

"얼마든지 그럴 수 있지요."

소강이 해사한 미소를 물고 대꾸했다.

"당신들은 알아야 해요. 수틀리면 당신들을 다 죽여 버리고 달리 해독할 의원을 찾아갈 수도 있다는 것을. 비록 중독되긴 했지만 저 사람은 강해요. 더구나 화산의 속명단까지 먹었어요. 그 정도 시간은 얼마든지 버틸 수 있을 거예요.”

“바보 같은 놈이군.”

까마귀음성이 조소를 물었다.

“화산의 근방에도 안 간 것 같은 네놈들이 화산의 속명단을 가지고 있단 말도 믿을 수가 없지만, 설사 진짜 화산의 속명단이라 쳐도, 그것으로 이삼 일 목숨을 더 연장하면 또 뭘 어찌하겠단 말이냐? 저 덩치 큰 놈이 당한 독이 무엇인지도 모르면서 의원을 찾는다고? 찾아서 뭐하게? 그가 뭘 할 수 있는데?”

“먼저 무슨 독인지 알아내려고 하겠지.”

대머리가 넙죽 말을 받으며 이죽거렸다.

“그렇지만 현세에는 남아 있지도 않은 독 성분과 배합을 무슨 수로 분석할 수 있겠어. 아마도 하루 이틀 별의별 실랑이를 다 벌이다가 결국은 포기하고, 대신에 최후의 방법으로 유사한 독의 해독제를 마구잡이로 복용시켜 보는 것이 고작이겠지. 행운을 바라고 말이야. 그 와중에 환자는 죽을 테고. 낄낄낄.”

“헛소리하지 말아요!”

소강이 버럭 소리쳤다.

“결코 그럴 일은 없어요! 그리고 설사 만에 하나 당신 말이 사실로 되는 경우가 온다 해도, 저 사람은 그리 억울해하지 않을 거예요! 자신 하나로 열 명의 목숨과 맞바꾸는 것이니까요! 무엇보다 만약 그렇게 된다면 당신들은 세상에서 가장 처참하게 찢겨 죽는 시신이 될 거예요! 내가 보증하죠!”

핏발까지 세우며 으르렁거렸지만, 그러나 그의 음성은 이미 기세를 잃고 있었다. 더불어 연신 몽천악을 쳐다보며 구원을 청하는 동작과 눈빛에서도 그의 마음 상태가 어떠하다는 것이 다 드러나고 있었다.

그런데 바로 다음 순간이었다.

"본 장에 신의(神醫)가 있습니다."

흑아의 보호 때문에도 그랬지만, 스스로의 능력을 알기에 행여 일행이 싸우는 데 방해가 될까 하여 지금까지 내내 절벽 아래 처음의 제자리에서 꼼짝도 않고 서 있던 금소천이 그제야 일행의 곁으로 다가오며 끼어들었다. 흑아는 싸움이 끝나는 순간 벌써 그의 곁을 떠나 몽천악을 따르고 있는 상태였고.

"군문(軍門)에 계셨기에 강호상에 잘 알려지지는 않았지만, 의술뿐만 아니라 독에도 정통한 분입니다. 웬만한 것은 척 보는 것만으로도 그 재료는 물론이고 배합까지도 정확히 알아낼 정도로 말입니다."

"아……!"

소강의 탄성을 들으며 금소천은 말을 계속했다.

"아무리 세상없이 지독한 독이라도 그분이면 해독할 수 있습니다. 해독약이 없는 것은 물론이고 대라신선이라도 중독되면 십중팔구는 죽는다고 말할 정도로 이 땅의 독 중에서 가장 무섭다는 학정홍(鶴頂紅)에 중독된 사람까지도 언제 그랬느냐는 듯이 일어서게 하는 분이니까요. 물론 온갖 약재에다 고절한 침술을 더해 몇 날 며칠을 악전고투하기는 했지만. 또 천운도 따르기는 했지만. 어떻든 그러니 본 장까지 무사히 갈 수만 있다면 절대로 죽는 일은 없을 것입니다. 저들이 쓴 독이 아무리 사나워도 학정홍에 비할 바는 아닐 테니 말입니다."

"정말입니까?"

"장담합니다."

구세주라도 만난 양 반색하는 소강을 향해 금소천은 짐짓 엄숙한 모습으로 머리를 끄덕였다.

만약 다른 사람이 그와 같이 말했다면 누구라도 먼저 불신과 회의에 찬 시선을 감추지 못했을 테고, 그리하여 진실 규명부터 하려고 들었을 테지만, 그러나 그에게는 아니었다. 그를 쳐다보는 사람들의 시선에서 교차되는 것은, 사실 여부가 확인된 다음에나 비춰질 수 있는 어떤 극명한 희비였다.

그럴 만도 했다.

금소천은 다른 곳도 아닌 만금장의 소장주였다. 만금장은 주체 못할 정도로 돈이 넘쳐 나는 곳이었다. 그것은 또한 사람도 넘쳐 날 수밖에 없다는 것과 같았다. 별의별 사람이 다 드나들었고, 온갖 기인이사가 알게 모르게 관계를 맺고 있었다. 강호에 알려지지 않은 신의 하나쯤 머무르고 있다 한들 하등 이상할 것이 없었다. 그보다 더한 사람이 여럿 있다고 해도 사람들은 선뜻 거짓이라고 치부하지 못할 터였다.

물론 다 그런 것은 아니었다.

"어림 반 푼어치도 없는 소리!"

대번에 반발한 사람이 있었다.

"내가 쓴 독을 풀 인간은 없어!"

까마귀음성이었다. 그로서는 수긍할 수도 없고, 수긍해서도 안 되는 상황이었기에 어쩌면 당연한 일일 터였다.

"이미 절전된 지 한참인 독이야! 아무리 신의라도 생전 접해본 적도 없는 그것을 무슨 재주로 해독해? 그리고 백번 양보해서 설령 해독할 수 있다손 쳐도 소용없는 일이고! 여기서 만금장까지는 아무리 빨리 가도 대엿새는 족히 걸릴 텐데, 그때까지 저놈이 어떻게 버텨내? 십중팔구 가는 도중에 거꾸러지고 말지!"

"대엿새나 걸리다니요?"

금소천이 무슨 소리냔 표정을 지었다.

"이틀이면 됩니다."

"이, 이틀이라고?"

"더도 덜도 아닌 딱 이틀입니다."

"지금 장난하자는 거냐?"

까마귀음성이 어이없다는 얼굴을 했다.

"여기서 네놈의 장원이 있는 광무(廣武)까지는 육로보다 수로가 훨씬 긴 노정인데 무슨 수로 이틀 만에 가? 설사 수로가 없고, 그래서 절정의 신법을 지닌 고수가 잠시도 쉬지 않고 죽어라 달린다 해도 도착할 수 있을까 말까 한 거리란 걸 몰라? 더구나 같이 데려가지 않으면 안 되는 너란 혹에다가, 하물며 안정을 취하지 않으면 안 되는 환자까지 이송해야 되는데? 혹시 하늘을 나는 기술이라도 가졌단 말이냐? 말이 되는 소리를 해라!"

"내가 누구란 걸 잊은 모양이군요."

금소천이 태연자약하게 되받았다.

"본 장에 비선(飛船)이 있다는 것도요. 그것이면 하늘을 나는 것 못잖지요."

"비, 비선!"

기세등등하던 까마귀음성의 얼굴이 와락 일그러졌다.

그럴 수밖에 없었다. 비선은 만금장에만 있고, 또 만금장에도 단 한 척뿐이라고 알려진 천하에서 가장 빠른 배였던 것이다. 쾌선(快船)으로 알아주는 동정호의 지주선(蜘蛛船)도 그에 비하면 거북이라고 할 정도였다. 그렇지만 만금장에서도 숨겨놓고 좀처럼 대중 앞에서 운행하지 않는 배였던지라 기실 그것을 직접 본 사람은 별반 없었다. 그래서 말하기 좋아하는 사람들은 어쩌면 비선은 소문에 불과할지도 모른다는 소리까지 하고 다녔다. 어쨌거나 강호의 여느 사람들처럼 까마귀음성 역시도 그에 대해 무성하게 나도는 이야기 한 자락 못 들었을 리가 없고, 그래서 단번에 아는 것이었다.

"비선이 정말 있단 말이냐?"

"아무렴요. 있고말고요."

금소천이 머리를 주억거리며 말을 이었다.

"문제는 아버지께서 워낙 애지중지하는 것인지라 웬만해선 결코 내주는 법이 없다는 것인데, 그렇지만 이번 일의 전말을 알고 나면 백번이라도 허락하실 것입니다. 어쩌면 직접 타고 오실지도 모르고요."

"……!"

흠칫하는 기색의 까마귀음성 등을 일별하며 잠시 한 호흡 쉰 금소천이 다시 입을 열었다.

"비선이라면 장에서 서주(徐州)까지 한나절 조금 더 걸릴 뿐입니다. 우리가 마차로 간다 해도 산 아래 현에서 서주까지는 조금만 재촉하면 한나절 안쪽이고요. 그러니 여기서 최대한 빨리 가까운 지부로 가서 전서를 띄우고 서주로 출발한다면, 비선이 와서 우릴 태우고 간다 해도 이틀이면 넉넉합니다."

"그, 그런……!"

까마귀음성이 당황한 모습을 감추지 못할 때, 소강이 발을 움직이지도 않은 것 같은데 어느새 금소천 바로 앞에 환영처럼 자리하며 묻는 것이었다.

"맹세할 수 있습니까?"

“무, 무슨……?”

예상치 못한 언행과 그 공부와, 또 마치 싸움이라도 하려는 것처럼 정색을 한 소강의 모습에 놀란 금소천이 자신도 모르게 움찔 한 걸음 물러서며 더듬거렸다. 소강도 이내 한 걸음 더 다가서더니 재차 말했다.

“당신이 지금까지 한 말이 모두 사실이라고 맹세할 수 있느냔 말입니다!”

“할 수 있고말고요!”

그제야 무슨 말인지 안 금소천도 정색을 했다.

“한 치의 거짓도 없습니다! 제 목이라도 걸겠습니다.”

“말대로 즉시라도 가능합니까?”

“그야 물론이지요.”

금소천이 크게 머리를 끄덕였다.

“인근 현의 본 장 지부까지만 데려다 주십시오. 그러면 거기서부터는 제가 다 알아서 하겠습니다. 이틀 안에 틀림없이 본 장에 당도할 수 있을 것입니다.”

소강은 그의 말을 다 듣고 있지 않았다.

말이 끝났을 무렵에는 이미 다른 사람의 앞에 자리하고 있었다. 다름 아닌 몽천악이었다. 그는 그사이 거웅의 떨림이 더 잦아졌다는 것을 감지하고는 그에게로 다가가 살피는 중이었다.

“당장 가요.”

소강이 말했다.

“더 볼 것 없어요. 다 처치해 버리고 만금장으로 가요. 다른 방법이 없는 것도 아닌데 왜 턱도 없는 조건을 걸고 나오는 저들과 굴욕적인 타협이나 협상을 해야 한단 말입니까? 나는 그런 것은 참을 수가 없어요. 그리고 이왕 가려면 서두를수록 좋은 것 아니겠어요? 시간이 많은 것은 아니니까요."

이어 소강은 시선을 까마귀음성에게로 돌렸다.

"어떻게 할래요? 여럿 나설 것 없이 내가 저들의 목을 모두 따버릴까요?"

"그것은 섣부른 짓이야."

남청이 끼어들었다.

"우리는 사람을 구하는 것이 목적이고, 그렇게 할 가장 빠르고 좋은 방법인 해독약이 바로 우리 눈앞에 있어. 우선은 이 약을 얻는 것에 최선을 다해야 해. 다른 것은 그다음에 생각해도 늦지 않아."

"저들이 우리에게 내거는 가당찮은 요구 조건을 들어봤잖아요. 그렇게 할 수 있겠어요?"

"얼마든지 절충할 수 있는 일이야."

"잘도 그렇게 되겠습니다."

소강이 냉소를 물었다.

"괜한 헛수고 말고 그냥 만금장으로 가요."

"그것은 너무 멀고도 불확실한 길이야. 의외의 일이 일어날 여지도 많고. 따라서 하다하다 안 되는 최후의 경우에나 취할 수 있는 방법이야."

"금 소장주가 보증했잖아요!"

제격 반발하는 소강이었다.

"당장 실행할 수도 있다고 했고요!"

"달라. 그의 말이 모두 사실이라고 해도, 꼭 그렇게 이루어진다는 보장은 어디에도 없으니까. 가는 도중에 갑자기 독성이 발작을 일으킬 수도 있는 일이고, 또 예기치 않은 사고가 생겨 시일을 지체할 수도 있는 문제야. 그리고 신의가 해독하는 데 늦어져서 일이 틀어질 수도 있고. 열거하자면 너무 많아."

"……!"

"불의와 타협하지 않으려는 네 마음을 짐작 못하는 바 아니지만 지금은 사람을 구하는 것이 먼저야. 어떻게든 저들과 절충을 해서 해약을 얻어내는 것이 가장 좋아. 이 상황에서는 저들도 마냥 자기들 조건만 고집."

"금 소장주 말대로 정말 신의라면."

마뜩찮은 얼굴로 듣고 있던 소강이 말을 잘랐다.

"해독약을 만드는 데 시간 들일 일은 없다고 봐요."

"어째서? 아무리 신의라고 해도 생전 본 적도 없는 독을 금방 해독할 수는 없지 않을까?"

"해약을 보여주는 데도요?"

"무슨 소리야?"

남청의 눈이 둥그레졌다.

"어떻게 해약을 보여줘?"

"간단해요. 저자가 아무리 해독약을 박살 낸다 해도 하다못해 가루라도 조금은 남지 않겠어요? 그것을 잘 수집해서 가져가면, 정말 신의라면 대번에 성분과 제조법을 알아낼 수 있지 않겠어요?"

"하지만."

"둘 다 그만하면 됐다."

불쑥 몽천악이 말했다.

“내가 해결하겠다.”

“어떻게요?”

“어쩌시려고요?”

놀람과 의아함을 감추지 못하는 표정으로 소강과 남청이 물었지만, 몽천악은 대꾸하지 않았다. 대신에 그대로 몸을 돌리더니 까마귀음성을 향해 성큼성큼 걸음을 옮기는 것이었다. 그에 두 사람은 아연한 얼굴을 했지만, 그보다 더 놀란 사람은 까마귀음성이었다.

“오지 마!”

그가 버럭 소리쳤다.

“더 다가오면 해독약을 박살 내버릴 거야!”

그사이 벌써 삼 장 간격까지 다가간 몽천악이 걸음을 멈추었다. 그리고는 까마귀음성이 한 손에 쥐고 위협하며 흔드는 약병을 흘깃 일별하더니, 마치 대결이라도 벌이려는 사람처럼 대산을 비스듬히 늘어뜨리는 예의 자세를 느릿하게 취하면서 말했다.

“이야기를 다 들었을 테니 알 것이오, 당신들이 불리하다는 것을. 그만 해약을 주시오. 그러면 당신들 모두 이대로 곱게 보내주겠소.”

“누구 맘대로?”

까마귀음성이 조소를 물고 대꾸했다.

“그렇게는 못해! 해독약을 없애고 우리가 다 죽으면 죽었지, 앞서 말한 조건에서 나는 한 발자국도 못 물러서! 어디 재간 있거든 죽이든 살리든 맘대로 해봐!”

“한번 없애보시오.”

“뭐?”

자신이 혹시 잘못 들은 게 아닌가 하는 모습으로 까마귀음성이 눈을

끔뻑거렸다. 그것은 그의 동료들뿐만 아니라, 몽천악의 일행들 역시
마찬가지였다. 그러나 몽천악은 태연하게 해독약 병을 향해 턱짓했다.

"없앨 수 있으면 없애보란 말이오."

"지, 진심이냐?"

"물론이오."

"내가 못할 줄 알아?"

"해보시오."

어디까지나 침착한 몽천악이었다.

"나도 이참에 내 공부를 시험해 볼 테니."

"그, 그건 또 무슨 소리야?"

"내겐 하나의 빠른 보법과 도법이 있소. 그런데 난 아직 그 둘을 한
꺼번에 전력을 다해 펼쳐 본 적이 없소. 그러니 좋은 기회가 아니겠
소?"

"음……."

까마귀음성이 자신도 모르게 침음성을 흘렸다.

불현듯 처음 몽천악이 움직일 때의 번개 같던 움직임과 칼질들이 떠
올랐던 까닭이다. 떠올리는 것만으로도 등골이 서늘할 지경이었고. 하
지만 이내 그는 자신의 실책을 깨달았고, 다시 두 눈 가득 독기를 머금
었다.

"그래서? 그것으로 어떻게 하겠다고?"

"당신의 팔을 노리겠소."

몽천악이 말을 이었다.

"당신이 약병을 부수기 전에 팔을 자를 수 있다면 내가 성공하는 것
이오. 시작하는 신호는 당신이 마음대로 정해도 좋소. 이것은 당신에

게 매우 유리한 조건이오. 약병을 쥔 것은 당신이고, 그리고 내가 실패해도 우리에게는 다른 방법이 없는 것도 아니니 당신에게 그만한 이점을 주겠소. 대신에 당신은 약병을 부수든 그렇지 못하든 간에 한 팔을 잃을 각오는 해야 할 것이오. 나의 신법도, 또 내 도법의 쾌자결도 전력을 다하는 이상 중도에 멈추기란 거의 불가능한 일이니."

"이, 이런 미친……!"

까마귀음성의 말소리가 분노로 파르르 떨렸다.

"지금 네놈은 그 거리를 격하고도 내가 손에 힘을 주는 시간보다 더 빨리 움직여 내 팔을 어찌할 수 있다고 생각한단 말이냐? 그것도 내가 신호를 내는 가운데서? 날 어떻게 보고 감히 그따위 수작을! 내가 허수아비로 보이느냐? 아무리 격장지계를 쓰더라도 말이 되는 소리를 해라! 그 시간이면 반격하지 않고 그냥 뒤로 물러서려고만 마음먹어도 네놈의 칼 범위에서 한참은 멀어져 있을 것이다!"

"피할 수 있으면 그것도 좋겠지."

몽천악은 추호도 흔들림이 없었다.

"어떻든 시험해 보면 알 일. 준비하시오."

"저, 정말 해보겠다고?"

"나는 빈말하지 않소."

"이, 이놈이……!"

전신을 부들부들 떠는 까마귀음성이었다.

모욕도 이런 모욕이 없었다. 이미 무공을 견식했기에 일 대 일로는 자신이 얼마간 부족하다는 것은 알고 있었다. 그렇지만 그 차이가 그리 크지 않다고 믿었다. 적어도 이런 허무맹랑하고 어이없는 시험을 제안받을 정도의 격차는 결단코 있을 수가 없었다. 자신이 허수아비처럼 가만히 있지 않는 한 가능한 이야기가 아니었다. 아니, 자신 정도가 아니라 훨씬 못한 뜨내기 삼류라고 해도 힘들 일이었다. 그리고 상대가 몽천악이 아니라 칠존 중 하나라 해도 백이면 백 가능한 일이 아니었고. 적어도 그의 생각에는 그러했다.

그러나 오래잖아 그는 자신도 모르는 사이 꿀꺽 하고 침을 삼키며 표정을 바꾸어야 했다.

만약 자신이 시합에 응한다면 설사 실패해도 상대에게는 다른 길이 있지만, 자신들은 그가 성공하든 그렇지 못하든 간에 목숨을 잃을 수밖에 없다는 데 생각이 미친 까닭이다. 해독약을 손에 넣는다면 굳이 살려줄 이유가 없었고, 그 반대라면 악에 받쳐서라도 가만두지 않을 터였다. 그러고 보면 몽천악이 나서는 순간부터 까마귀음성 등이 선택할 수 있는 길은 아무것도 없었다. 시합에 응하거나, 해독약을 건네주고 목숨을 보장받거나 하는 두 가지 외에는. 이것은 까마귀음성이 애초에 해독약을 가지고 획책했던 의도와는 너무도 다른 결과였다. 오히려 의도와는 완전히 반대로 자신들이 무언의 위협과 협박을 받고 있는 것과 다름 아니었다.

원인은 하나였다.

'씹어 죽여도 시원찮을 놈 같으니……!'

금소천을 흘깃 쳐다보며 까마귀음성이 이를 갈았다.

그러나 그는 잘못 알고 있었다.

설사 금소천이 말한 방법이 없었더라도 몽천악은 이렇게 나왔을 터였다. 물론 거웅의 목숨이 걸려 있는 상황이기에 이토록 쉽게 결정하지는 못했겠지만, 결과는 다르지 않았을 터였다. 아마도 자신 하나뿐이었다면 십괴가 내거는 조건을 들어주고 거웅을 구하는 쪽을 택했을 수도 있었다. 하지만 소강과 남청까지 있는 상황에서는 그럴 수가 없었다. 믿을 수가 없는 십괴였다. 그들이 약속을 지킬 확률보다는 어길 공산이 훨씬 컸고, 그래서 그들의 조건을 들어주다가 두 사람이 잘못되기라도 한다면, 그로서는 더욱 면목없고 통한의 결과가 되고 말 터였다. 그것은 거웅도 결코 원하는 바가 아닐 것이라고 믿었다.

더불어 가능성이 없는 일도 아니었다.

그는 지금 단순히 까마귀음성을 압박할 요량으로 이러는 것이 아니었다. 격장지계는 더욱 아니었고. 그는 정말 할 작정이었고, 얼마간 자신도 있었다. 과거라면 생각도 못했을 일이었다. 탈각을 이루기 전까지만 해도 뇌우보 하나도 제어하기 힘들었으니까. 하지만 지금은 달랐다. 뇌우보는 물론이고 주오기의 도움으로 요체를 터득한 쾌자결도 거의 완성 단계에 이르러 있었다. 하기야 어디 쾌자결 하나뿐이겠는가마는, 어떻든 그래서 머릿속에서는 이미 둘을 한꺼번에 전개하면서도 위력을 배가시키는 것이 얼마든지 가능했다. 다만 실전에서 써본 적이 없기에 확신할 수 없을 따름이었다. 그러던 것이 조금 전 십괴와 격전을 치르면서 실전에서도 그리 차이가 없다는 자신감을 얻었고, 그래서 당장 시험해 보려는 것이었다.

◆제4장◆
정체(正體)

"나는 벌써부터 기다리고 있소."

몽천악이 다시 입을 열었다.

"언제든지 시작하시오. 당신이 신호하는 순간 나도 움직일 것이오."

"허……!"

탄식과 더불어 쓴 입맛까지 다시며 어이없음을 노골적으로 표현하는 까마귀음성이었다.

그렇지만 그러한 언행과는 달리 그의 얼굴이나 눈빛은 이제까지와 확연하게 달라져 있었다. 잔뜩 긴장하는 빛이 역력했고, 전신이 팽팽하게 당겨져 있었다. 그도 바보는 아니었기에, 이제 몽천악이 빈말을 하는 것이 아니라는 것을 분명히 깨달은 까닭이다. 조금의 흔들림도 없는 데 더해 아무런 표정도, 감정도 깃들어 있지 않은 눈만 봐도 알 수 있는 일이었다. 게다가 마치 조형물처럼 한 치의 흔들림도 없이 줄곧

한 자세를 유지하고 있었다. 비록 어째서 그런 자세를 취하고 있는지는 알 수 없지만, 그것이 뜻하는 바는 그도 모르지 않았다. 그것은 폭발 직전의 고요와 다름 아니었다. 제 말대로 온 힘을 집중한 채 기다리고 있는 것이었다.

뿐만이 아니었다.

몽천악과 마주하고 있으면 있을수록 어떤 정체 모를 불안감과 불길한 예감이 가슴 가득 강하게 치밀어 오르면서 더불어 마치 오한이라도 드는 것처럼 등골에 서늘한 기운이 저릿하게 전해지는 것이었다. 그것이 무엇이며, 무엇 때문인지 모를 까마귀음성은 아니었다.

그러나 처음엔 설마했다.

새파랗게 젊은 자가 무형의 기운만으로 자신을 억누르고 주눅 들게 할 정도로 경지에 이르렀다는 것을 인정할 수가 없었던 것이다. 그렇지만 마음을 가라앉히고 다시 한 번 냉정하게 몽천악을 살핀 다음에는 그는 전율과 공포를 느끼지 않을 수 없었다.

'이놈은 진짜다! 정말 강한 놈이다!'

까마귀음성은 갑자기 목이 타오는 것을 느꼈다.

상대를 정확히 파악하고, 또 인정하고 나자 갑자기 어느 순간부터 몽천악의 눈에서 시선을 뗄 수가 없었던 것이다. 눈을 돌리면 바로 그의 그 무지막지한 칼이 날아와 대번에 자신의 목을 날려 버릴 것만 같았다. 그렇다고 계속 마주 대하고 있자니 그것은 더욱 쉽지가 않았다. 눈이 아파오는 가운데 정신조차 몽롱해져 왔고, 마치 막막한 대해에 빠져 혼자 허우적거리는 것 같았으며, 그런 속에서 자신은 점점 작아지고 희미해지면서 침잠되는 것 같았다. 그리고 그에 발맞춰 전신의 기운마저 자꾸만 어디론가 빠져나가 버리는 바람에 몸이 흐물흐물해지는 것처럼 느껴졌다.

'이익……!'

의지와 용기를 북돋우고 정신을 차리기 위해 지그시 어금니를 깨물어보았지만 아무 소용이 없었다. 그리하여 생각다 못해 약병 든 손을 슬그머니 움직여 몽천악의 시선과 그것이 형성하는 기세를 깨보려고 했지만, 그것도 불가능했다. 기이하게도 손이 말을 듣지 않았다. 마치 남의 손처럼 힘을 줄 수도, 움직일 수도 없었다. 참으로 듣도 보도 못한 불가해한 현상이었다. 자연 까마귀음성은 어떤 공포와 당혹감에 휩싸이지 않을 수 없었다.

'이, 이게 어떻게 된 일이지……?'

하지만 그것이 다가 아니었다.

다음 순간 그는 문득 목을 간질이며 자신의 내부에서 무언가가 거칠게 밀고 올라오는 것을 느껴야 했고, 곧 입을 벌림과 동시에 허리를 숙이며 왁, 하고 그것을 토해내지 않으면 안 되었다.

시커먼 울혈이었다.

내상을, 그것도 위중하게 입지 않고는 나올 일이 없는 것이었다.

"……!"

허리를 굽힌 토한 자세 그대로 까마귀음성은 한동안 멍하니 울혈을 바라보고만 있었다.

충격에서 벗어날 시간이 필요했던 까닭이다. 또 어째서 이런 일이 벌어진 것인지, 그리고 언제, 어떻게 내상을 입었는지 도무지 알 수가 없어서이기도 했다. 다만 한 가지는 분명했다. 몽천악이 무의식중에 발산하는 기운마저도 받아내지 못할 정도로 자신은 그보다 한참 아래라는 것. 그 때문에 더욱 그는 몸을 바로 세울 수가 없었다. 울혈을 토하며 허리를 굽히는 순간 그토록 옥죄던 무형의 기운에서 해방되었는데, 허리를 펴서 다시 그것을 받을 생각을 하니 끔찍했던 것이다.

그러나 아니었다.

여전한 자세와 시선을 유지하고 있긴 했지만, 몽천악은 온전히 그에게 주의를 기울이지 못하고 있었다. 무언가 자신만의 생각에 빠져 있었다.

그로서도 상황이 잘 이해가 가지 않았기에 그러했다. 까마귀음성이 보인 행태는 무형지기에 당한 전형적인 모습이었다. 그렇지만 그는 단지 까마귀음성과 그의 약병을 쥔 손에만 집중하고 있었을 뿐이었다. 동시에 전력을 기울여 자신의 공부를 펼쳐 내고, 그리하여 어떻게든 약병이 깨지기 전에 수습할 생각에만 빠져 있었고. 당연히 일부러 무형지기를 발현한 적도 없었고, 그럴 생각조차 해본 적이 없었다. 그런데 뜻밖에도 이런 결과가 나타났으니 곤혹스럽지 않을 수가 없었던 것이다.

이유는 다른 것이 아니었다.

까마귀음성은 과거 몽천악 자신이 팽화산과 신창의 앞에서 그랬던 것처럼, 조화지경에 든 사람에게서 자연 발생적으로 생성되는 무형의 기운에 휘말려 자신도 모르는 사이 상처를 입은 것이다. 그렇지만 몽천악은 그것을 알지 못했다. 스스로에 대해 너무 모르고 있었던 까닭이다. 탈각을 이룬 지가 얼마 되지 않았을뿐더러 아직 완전한 경지도 아니기에 그러했다. 그리고 그런 까닭에 그것의 발현 역시도 본인의 의지와는 상관없이 이루어지고 있는 것이고. 만약 경지가 조금 더 높아진다면, 또는 지금 당장이라도 시간을 가지고 스스로를 깊이 통찰해 본다면 얼마든지 이해 가능한 일이었고, 나아가 그 수발까지도 자유롭게 행할 수 있는 일이었다.

상념은 길지 않았다.

"만약에……."

천천히 허리를 펴면서, 그리고 최대한 몽천악과 시선을 부딪치지 않기 위해 노력하면서, 동시에 조심스럽고 의기소침한 음성으로 까마귀음성이 말을 꺼냈기 때문이다.

"지금이라도 내가 해독약을 넘겨준다면, 네가 처음 제안했던 것처럼 우리를 이대로 보내주겠느냐? 너희가 잡은 사람까지 포함해서, 모두?"

"……!"

몽천악과 일행들은 그토록 원했던 바가 까마귀음성의 입에서 술술 흘러나옴에도 한순간 무어라 대답할 생각도 못하고 다만 이채를 떠올린 채 눈만 끔뻑거렸다.

전혀 예상치 못했던 갑작스런 변화였고, 돌변한 태도였기에 그러했다. 숫제 무조건적인 백기를 드는 것과 다름없었던 것이다. 그러나 일행은 이내 현실을 받아들이며 그가 다른 술수를 부리는 것이 아님을 인정했다. 그의 모습에서 바로 알 수 있었던 때문이다. 내상으로 창백하게 변한 얼굴에다가 입가에는 핏자국이 묻어 있는 데 더해 눈빛까지 죽어 있는 것이 기세등등하던 조금 전과는 천양지차였다. 전혀 다른 사람 같았다.

그럴 수밖에 없었다.

몽천악이 제안한 시합이라도 해보고 당했으면 심적 피해가 훨씬 덜했을 테지만, 멀쩡하게 쳐다보는 와중에 어느새 깊은 내상을 입고 혼자 나가떨어진 셈이었으니. 까마귀음성으로서는 언감생심 다른 생각을 하려야 할 수가 없었던 것이다. 이제 자신들의 안전만 보장된다면 해독약 아니라 더한 것도 넘길 수 있었다.

“홍!”

콧방귀를 뀌며 먼저 나선 것은 소강이었다.

“갑자기 왜 이러실까? 죽어도 한 발자국도 못 물러서겠다고 입에 거품을 무시더니? 계속 뻗대보지 않고?”

소강의 노골적인 비아냥거림에도 까마귀음성은 대꾸는커녕 몽천악의 시선을 비끼며 일어선 자세 그대로 꼼짝도 않았다. 마치 몽천악의 처분만 기다린다는 듯이. 그리고 그의 말만 듣겠다는 듯이.

“확인부터 해야 합니다.”

이번에는 남청이었다.

“과연 해독약인지 알 수가 없잖습니까.”

“지금 무슨 소릴 하는 거야?”

그에는 까마귀음성도 발끈하며 반응했다.

“이게 해독약이 아니면? 지금까지 그럼 우리가 뭘 가지고 실랑이를 벌였다는 거야?”

“증명을 하면 됩니다.”

“증명이라니? 어떻게?”

“간단해요.”

말을 받은 사람은 소강이었다.

“직접 실험을 해보면 돼요.”

그리고는 까마귀음성 앞으로 다가가더니 불쑥 손을 내미는 것이었다.

“이리 줘보세요.”

“……!”

한순간 흠칫하며 약병을 쥔 팔을 가슴으로 당기는 까마귀음성이었다. 아무런 보장도 받지 못한 상태에서 선뜻 해약부터 줄 수는 없었던 것이다. 그러나 그의 우려는 곧 해소되었다. 몽천악이 입을 열었던 것이다.

"해약이 분명하다면 모두 놓아주겠소."

까마귀음성은 그래도 한동안 머뭇거리더니 마지못한 기색으로 해약병을 소강에게 건넸다. 그런데 그것을 받아 든 소강이 뜻밖에도 다시 다른 손을 내미는 것이 아닌가.

"장갑과 독도 주세요."

"그, 그것은 또 무엇 하려고?"

펄쩍 뛰는 까마귀음성이었다.

"밑천까지 다 빼앗을 셈이냐?"

그는 소강이 실험한다며 해독약을 달라는 것을 거웅에게 그것을 먹여서 과연 해독이 되는지 지켜보겠다는 뜻으로 생각했다. 해독될 때까지 자신들을 놔주지 않는 안전장치가 있으니 달리 보증이 필요한 일도 아니라는 생각이었고. 그래서 녹피장갑과 독을 달라는 것은 그것을 빼앗아 없애 버리려는 의도로 생각한 것이다. 아마 그 아닌 누구라도 그렇게 생각하는 것이 일반적일 터였다. 그러나 전혀 그렇지가 않았다. 그것은 그야말로 소강을 몰라도 한참 모르는 일방적인 생각일 뿐이었다.

"빼앗기는 뭘 빼앗아요?"

핀잔주듯 소강이 말했다.

"실험한다는 소리 못 들었어요? 해독약만 가지고 무슨 실험을 한단 말이에요? 독부터 먹여봐야 효과가 있는지 없는지 알지요! 조금만 쓰고 금방 돌려줄 테니 그렇게 아까워할 것 없어요."

"도, 독을 먹이다니?"

까마귀음성의 눈이 둥그레졌다.

"누, 누구에게?"

"그야 당연히 저들 중 하나죠."

소강의 시선이 향한 곳은 일행에게 잡혀 있는 십괴들이었다. 그제야 소강의 의도를 안 까마귀음성이 기겁을 했다.

"그, 그게 무슨 소리야? 왜 저들에게 독을 먹여? 환자에게 해약을 먹여보면 바로 알 일이잖아!"

"당신들을 어떻게 믿고 바로 먹여요?"

"아무려면 이 상황에서 우리가."

"여러 소리 할 것 없어요."

까마귀음성의 말을 싹둑 자르는 소강이었다.

"어서 장갑하고 독이 든 병이나 내놔요. 해약이 분명하다면 아무 일도 없을 텐데 뭘 그리 호들갑을 떨어요."

그러다 문득 눈을 끔뻑이더니 의심의 눈초리를 했다.

"가만! 아무래도 수상한데?"

"……!"

"혹시 가짜 아니에요?"

"무, 무슨 소리를……!"

까마귀음성이 급히 머리를 흔들며 반박했다.

"아, 아니야! 진짜 해약 맞아!"

"그럼 됐어요. 줘요."

"……."

그러나 까마귀음성은 미적거리기만 할 뿐 장갑도, 독도 좀처럼 꺼낼 생각을 않았다. 잠시 기다리던 소강이 다시 재촉하려는 순간, 먼저 입을 연 사람이 있었다.

"무언가 숨기는 것이 있지요?"

남청이었다. 그에 까마귀음성이 제격 다시 대꾸했다.

"그런 것 없어! 다만……."

"다만?"

"……."

"다만, 뭐요?"

소강이 재촉했지만 까마귀음성은 곧 입을 열듯이 입술을 우물거리면서도 좀처럼 말을 꺼내지 못했다. 보다 못한 몽천악까지 한 걸음 나서자 그제야 화들짝 말을 흘려냈다.

"사, 사실은 우리도 이번에 처음 써보는 독이거든. 해독약도 당연히 시험해 본 적이 없고……."

"뭐, 뭐라고요!"

"그, 그럴 수밖에 없었어!"

일행의 놀라고 기막혀 하는 모습에 까마귀음성이 다급하게 변명을 늘어놓았다.

"독은 금혼단과 같이 있던 것이거든. 이름도 없이 단지 독을 쓰는 방법만 적혀 있었고. 해독약과 장갑도 마찬가지고. 그리고 본래 우린 독을 쓸 줄 몰라. 혹시나 해서 강호에 나올 때마다 가지고 나왔을 뿐 그동안 쓸 일도 없었고, 쓴 적도 없어. 그러니……."

"해약이기는 해요?"

"그건 확실해."

소강의 물음에 까마귀음성이 얼른 대꾸했다.

"완전히 중독되어 방법이 없을 정도가 되면 머리카락부터 빠지기 시작하니, 그전에 먹이기만 하면 된다고 분명히 적혀 있었어. 일차로 한 알만 먹여도 호전되지만, 그래도 만 하루가 지난 후 또 한 알을 더 먹여야 완전히 회복된다고 했고."

이것 때문이었다.

그는 그래서 선뜻 해약을 주겠다고 하면서도 제 동료를 재료 삼아 먼저 독을 시험하는 부분에서는 꺼려할 수밖에 없었던 것이다. 또 그에 앞서 어떻게든 일행으로 하여금 해독약만 받고 일찌감치 자신들을 풀어주도록 획책할 작정이었고. 그리하여 상세한 해독법은 알려주지 않고 얼렁뚱땅 넘어감으로써 자신들이 당한 수모와 패배에 대한 얼마간의 보상과 위안으로 삼으려 했던 것이다.

"좋아요. 아주 좋아요."

소강이 해사하게 웃으며 말을 받았다.

"그러니까 꿍꿍이속이 있었다, 이 말이지요?"

"그렇지 않아!"

까마귀음성이 펄쩍 뛰는 시늉을 했다.

"해독약을 주며 다 말하려고 했어!"

"설마요."

"지, 진짜야!"

자신의 표정이 얼마나 이상하고, 또 얼굴이 얼마나 붉어지고 있는지도 모른 채 까마귀음성은 소강이 의뭉스럽게 톡톡 던지는 말에 즉각적으로 반응하며 언성을 높였다. 도둑이 제 발 저리다는 속담이 딱 맞는 형국이었다.

"이젠 못 믿죠."

소강이 느물거렸다.

"따라서 더더욱 실험을 해봐야 하고요. 당신도 충분히 이해하지요?"

"……!"

말문이 막힐 수밖에 없는 까마귀음성이었다.

그러자 소강도 이제까지의 태도를 바꾸어 정색을 했고, 줄기줄기 무서운 안광을 내뿜으며 까마귀음성을 직시했다.

"독과 장갑을 내놓으세요. 이것이 마지막입니다. 더 이상 말시키면 실험 대상으로 아예 당신을 택하겠어요. 나는 이미 당신 바로 앞에 있어요. 당장이라도 출수할 수 있고요. 내상을 입은 당신에게서 그 물건들을 뺏는 것도, 그리고 그것을 당신에게 먹이는 것도 그리 힘든 일이 아니에요. 한번 시험해 보실래요?"

까마귀음성은 더 버티지 못했다. 소강의 말이 조금도 거짓이 아니란 것을 알기 때문이었고, 또 그만하면 동료들도 충분히 자신에게 달리 선택의 길이 없다는 것을 알아주었으리라 생각한 때문이기도 했다.

그리하여 그가 마지못한 모습으로 미적미적 꺼낸 물건들을 소강에게 막 내미는 순간이었다.

"소용없는 짓을 하려고 하는군."

갑자기 들려온 음성이 있었다.

절벽 위였다. 언제부턴지 세 사람의 불청객이 등장해 있었다. 그동안의 싸움과 뒤이어진 급박한 상황에 정신이 팔려 아무도 발견하지 못했던 것이다. 혹아 역시 마찬가지였다. 몽천악에게만 주의를 기울이고 있었던 데다, 결정적으로 바람의 방향이 아니었던지라 알아챌 수가 없었다.

하나같이 평범하지 않은 모습들이었다.

말을 한 사람부터 그러했다. 은의(銀衣)에 검은 철선(鐵扇)을 든 초로(初老)였는데, 눈가에 은은한 자광(紫光)이 일렁이는 것이 결코 아무 데서나 흔히 볼 수 있는 인물이 아니었다. 그리고 등에 무려 네 자루의 종류가 각기 다른 칼을 짊어지고도 모자라 무슨 보물이라도 되듯이 또 한 자루의 칼을 품에 안고 있는 봉두난발의 남루한 중년인은 더욱 그러했다. 은의인이 밝고 건강한 양지의 사람이라면 그는 영락없이 춥고 어두운 음지의 인간이었다. 무표정하게 가만히 서 있음에도 음산하고, 차가웠고, 섬뜩한 예기가 발산되고 있었다. 만약 이 사람을 길 한복판에 세워놓는다면, 설사 그것이 아무리 복잡한 대로일지라도, 아마도 오래잖아 행인들의 발길이 뚝 끊어지고 말 터였다.

마지막으로 금포(錦袍)가 매우 잘 어울리는 노인이 있었다. 노인답지 않게 몸이 단단해 보이며, 풍채가 좋다는 것과 특이하게도 머리칼과 눈썹이 똑같이 반백인 것을 제외하면 별달리 큰 특징 있는 모습은 아니었다. 그러나 그것은 얼핏 봤을 때 이야기였다. 자세히 살펴보면 그가 오히려 다른 두 사람보다 훨씬 존재감이 있었다. 보는 것만으로도 웬만한 사람은 오금이 저릴 정도로 위맹함과 위엄이 절로 넘쳐흘렀다. 한 무리의 수장으로 긴 세월 군림한 사람이 아니고선 발산할 수 없는 기운이었다. 하기야 느긋하게 뒷짐을 지고 있는 것에서도 그러했고, 또 다른 두 사람이 좌우로 나뉘어져 은연중 그를 호위하며 시중드는 듯한 모습만 봐도, 적어도 그가 그들의 상전이나 그에 준하는 인물임을 쉽게 알 수 있었다.

"……!"

그들은 몽천악 일행을 비롯한 사람들의 시선이 자신들에게로 향하는 순간 일제히 몸을 날렸고, 순식간에 절벽 아래로 내려섰다.

"아……!"

몇몇의 입에서 탄성이 흘러나왔다.

탄성을 흘리지 않은 사람들도 이채를 떠올리는 것은 마찬가지였다.

그들의 신법 때문이었다.

그토록 깎아지른 듯이 높은 절벽이건만 그런 정도는 아무런 장애도 아니라는 듯이 너무나 표홀했고 유연했으며, 조금의 무리도 없었다. 특히나 금포인은 마치 허공을 디디며 유유하게 미끄러져 내려오는 것 같았다. 달리 무슨 거창한 움직임을 보이지 않았음에도 그러했다. 다른 두 사람도 그렇지만, 그는 더욱 측량하기 힘든 고수라는 이야기가 아니고 무엇이겠는가.

그런데 탄성을 발한 사람들 중에는 그 이유가 그들이 보여준 신법 때문이 아닌 사람들도 있었다. 금소천과 대머리와 남청이 그랬다. 그들에게는 불청객들이 보여주는 그런 신법들이 결코 놀랄 만한 일이 아니었다. 왜냐하면 그들은 그중에서 각기 최소한 한 사람의 신분은 알고 있었고, 그들이 아는 사람에게 있어 그런 신법 정도는 아무것도 아니었던 까닭이다. 따라서 동행들 역시 그러하다고 해서 달리 보일 이유가 없었고. 더불어 또한 그런 이유로 그들은 탄성으로만 그치는 것이 아니라 뒤이어 부지불식간에 한 소리씩을 더 내뱉었다.

"선풍객(扇風客)!"

"집도도인!"

"철 맹주!"

반향은 컸다.

사람들의 눈은 이제 말할 수 없는 놀라움을 담은 채 마치 화등잔처럼 커지고 있었다. 불청객들의 신분은 그 세 마디로 고스란히 드러난 셈이었고, 신분을 알고 나자 그럴 수밖에 없었던 것이다. 설사 이들이 아닌 다른 사람이 이 자리에 있었다 하더라도, 만약 조금이나마 강호를 뒹군 경험이 있는 사람이라면 아마도 누구나 비슷한 반응을 보였을 터였다. 그만큼 그 하나하나가 모두 무게있는 이름이었던 것이다.

우선 금소천이 소리친 선풍객만 해도 그랬다.

현 강호에서 선풍객이란 별호를 지닌 사람은 한 사람뿐이었다. 바로 당금 천하제일세라는 천룡맹에서도 열 손가락 안에 꼽히는 실력자이자 권력자인 순찰당주(巡察堂主) 문야후(文冶厚)가 바로 그였다. 한 자루 철선에 의지해서 안으로는 맹 내의 기강을 바로잡고, 밖으로는 천룡맹의 위엄과 이익을 높이는 데 누구보다 앞장서는 인물. 더불어 의술에도 조예가 깊어 주변의 병자나 상처 입은 사람들을 곧잘 치료해 주는 덕에 달리 의선(醫扇)이라고도 불릴 정도였고, 맹 내에서의 인망도 누구 못지않게 두터운 사람. 그런 그의 예기치 않은 출현 앞에 제 신색을 유지할 사람은 그리 많지 않을 터였다.

그리고 대머리가 부르짖은 집도도인도 마찬가지였다. 그는 적어도 강호상에서는 선풍객보다도 더 유명한 사람이었다. 선풍객의 뒤에 서라면 서러워할 그 무공의 고강함에도 불구하고, 광증(狂症)에 가까운 칼에 대한 집착과 수집벽으로 인해 한낱 병기고의 문지기를 맡고 있을 정도로, 천룡맹 내에서조차 머리를 흔들 만큼 괴팍한 성정과 기행을 일삼는 사람이니 굳이 부언할 필요가 없었다. 본래 대머리는 과거 우연히 그를 한 번 본 것에 불과했다. 그것도 직접적인 대면이 아니었음에도 워낙 그에 대한 인상이 뚜렷했던지라 단번에 기억해 낼 수 있었고, 더불어 놀라 마지않을 수 없었던 것이다.

하지만 그것은 약과였다.

심지어 대머리와 금소천마저도 뒤이어 튀어나온 남청의 외침에는 더욱 기절초풍하지 않을 수 없었다. 안 그래도 자신들이 알고 있는 집도도인과 선풍객을 거느리고 나타난 다른 한 사람, 즉 금포인에 대한 의문을 가지고 있던 차였다. 도대체 누가 있어 저 사람이 상전을 모시듯 할까? 하고. 그런데 철 맹주라니. 집도도인과 선풍객을 동반하고, 또 철 맹주라고 불릴 사람은 세상에 오직 한 사람이 있을 뿐이었다. 무존 철무적. 거의 모든 강호인이 인정하는 천하제일인. 그러니 어찌 그렇지 않겠는가. 다른 사람들 역시 놀라 마지않을 수밖에 없는 것이 당연했고.

"오호! 역가(逆家)를 알다니!"

놀라는 와중에도 급히 예를 취하는 금소천을 일별하며 머리를 끄덕여 보인 문야후가 이내 대머리에게로 시선을 돌리더니 이채를 드러내며 말했다.

"언제 만난 적이라도 있는 건가?"

"직접 대면한 적은 없어."

기죽고 위축되지 않으려 애쓰는 가운데 대머리가 대꾸했다. 그러나 그의 그런 노력과는 달리 어딘지 어색하고 떨리는 음성은 감출 수 없었다.

"오래전에 멀리서 본 적이 있을 뿐."

"그래? 뭐, 하기야 역가도 맹에만 처박혀 있었던 것은 아니고, 또 당신들이라고 항상 인적 없는 곳으로만 찾아 숨어 다니지는 않았을 테니 얼마든지 그럴 수도 있는 일이겠지. 그보다."

말을 끊으며 갑자기 문야후가 남청을 직시했다.

"너는 누구냐? 너처럼 어린아이가 어떻게 맹주님을 단번에 알아본단 말이냐? 그리 강호행이 잦지도 않고, 나오신다고 해도 강호의 명숙이나 요인들과만 대좌하실 뿐, 중인들 앞에 모습을 드러낸 적이 별로 없는 맹주님이신데? 그래서 웬만큼 이름있는 자들도 바로 알아보는 경우가 드물거늘? 대체 사문이 어디냐?"

문야후 등은 까마귀음성이 독을 쓴 후 한참 일행과 실랑이를 벌일 때 도착했고, 그래서 일행의 무공을 목격하지도, 속명단을 먹이는 것도 보지 못한 탓이었다. 만약 그렇지 않았다면 이렇게 남청의 신분을 묻는 일은 없었을 터였다. 문야후 정도 되면 설사 화산의 속명단이 아니더라도, 또 설사 남청이 무공을 숨기려 한다 해도 한눈에 그의 사문을 파악했을 터였다.

"화산의 남청이라고 합니다."

잠시 머뭇거리던 남청이 할 수 없다는 체념의 빛을 떠올리더니 굳이 누구에게라고 할 것 없이 그들 모두를 향해 포권을 취해 보이며 대답했다.

"사부님은 매중유검이시고요."

"화산이라고?"

문야후가 흠칫하며 눈을 끔뻑거렸다.

"고문, 고 장로의 문하고?"

"수련행 중입니다."

그가 무엇을 의아해하는지 짐작 못할 바 아닌지라 남청이 제격 말을 받았다. 그러나 잠시 생각하는 빛을 보이던 문야후는 이내 머리를 저었다.

"고 장로의 제자라면 충분히 이해가 갈 만하기는 하지. 이 년 전에도 맹주님께서 비공식적이기는 하지만 어떻든 화산에 들르신 적이 있으니. 그렇지만 아무래도 믿을 수가 없는걸. 화산 장로의 고명제자가 전혀 화산과 어울릴 법하지 않은 무리들과 동행하면서 수련행이라니. 게다가 아무리 기억을 더듬어보고 되짚어봐도 그의 제자 중에 너 같은 아이는 없어."

문야후는 단정 짓듯이 말하고 있었다. 다른 사람이 아닌 그이기에 가능한 이야기였다. 아니, 강호를 제 손바닥 들여다보듯이 알고 있는 천룡맹의 순찰당 당주이기에 그럴 수 있는 일이었다.

"사사한 지 얼마 되지 않습니다."

"내가 고 장로를 마지막으로 본 게 겨우 이 년 전이야. 설마 그 이후에 제자로 들어갔단 말인가?"

"그렇습니다. 이제 일 년 남짓입니다."

"그렇다면 더욱 말이 안 되지."

문야후는 이제 아예 노골적으로 의심의 눈초리를 했다.

"다른 곳도 아닌 화산이야, 제대로 된 기초를 닦는 데만도 하세월이 걸리는 게 정상인. 한데 제자로 들어간 지 얼마 되지도 않은 사람의 기도가 오히려 사부보다 출중해? 그런데도 이제야 수련행을 하고 있고? 그게 납득될 수 있는 이야기라고 생각해?"

"높이 봐주시니 몸둘 바를 모르겠습니다만."

남청은 어디까지나 침착하게 응수했다.

"그렇지만 그것은 저를 너무나 과대평가하시는 말씀입니다. 저는 아직 사부님의 발끝에도 미치지 못합니다. 그리고 설혹 말씀처럼 제가 어느 정도 성취를 이룬 것이 있다 하더라도 그 모두가 사부님께서 잘 가르쳐 주신 덕분일 따름이고요."

"호오! 언변이 훌륭하군."

"사실을 말씀드릴 뿐입니다."

"아니야, 아니야."

과장되게 손을 흔들며 문야후가 말했다.

"그렇게 어물쩍 넘어가려고 해선 안 되지. 나는 아직 믿을 수가 없거든. 적어도 자네 말이 사실이라는 확신을 나로 하여금 갖게 해주기 전에는 말이야. 그러니 그 문제를 가지고 어디 지금부터 진지하게 이야기를 나누어보세나."

"저는 더 할 이야기가 없습니다."

"이야기를 못하는 것은 아니고?"

"편하신 대로 생각하십시오. 솔직하게 말해도 믿지 못한다면 할 수 없는 노릇이지요."

"지금 내 앞에서."

미간을 찌푸리며 냉큼 말꼬리를 잡던 문야후는, 그러나 이내 입을 다물었다. 다른 까닭이 아니었다. 문득 철무적이 참견을 했던 것이다.

"그렇군. 너였군."

"본 적 있는 아이십니까?"

"너도 봤을걸?"

"그, 글쎄요⋯⋯?"

곤혹스러움을 감추지 못하는 문야후였다.

내심에서는 결코 그런 일 없다고 소리치고 있었지만, 상대는 다른 사람도 아닌 맹주였다. 지위 고하를 떠나 절대로 허튼소리를 할 사람이 아니었다. 문야후가 아는 한 철무적은 세상 어떤 누구보다도 더 깊이, 더 정확히, 더 멀리, 더 많이 보는 사람이었다. 그가 그렇다면 그런 것이었다. 그러니 자연 문야후로서는 무어라 반박할 말을 찾지 못할 수밖에 없었던 것이다.

그것을 짐작하듯 철무적이 머리를 끄덕이며 말했다.

"눈으로는 가려내기 힘든 특수한 역용을 한 데다 변성(變聲)에, 변복(變服)까지 해서 완벽하게 다른 사람이 된 셈이니 설혹 가까운 사이더라도 알아보기가 쉽지 않을 거야. 이미 심안(心眼)을 이룬 나도 가까스로 분간해 낼 수 있을 정도니까."

"아……!"

문야후가 탄성을 발했다.

단순히 철무적의 말에서 이유를 알았고, 또 그것으로 수긍이 되었기 때문만은 아니었다. 아주 오래전 지금의 공후아가 무색할 지경으로 강호를 헤집고 다니던 환영신군(幻影神君)이란 변장과 역용의 귀재가 있었는데, 어느 날 홀연히 도를 이루어보겠다고 화산에 몸을 의탁했다는 고사(古事)를 떠올린 까닭이기도 했다. 그의 역용술이라면 이보다 더한 일이 벌어진다 하더라도 얼마든지 이해할 수가 있었던 것이다.

"그런데……."

문야후가 곧 다시 말을 꺼냈다.

"이 아이는 누구란 말입니까? 남청이란 이름도 그렇고, 속하는 아무리 생각해도 알 수가 없습니다만."

대답 대신 철무적은 남청을 바라보았다.

"옥 장문은 잘 있느냐?"

"……!"

어찌 보면 별다른 뜻 없이 장문인의 안부부터 묻는 듯한 단순한 질문이었다. 그럼에도 남청은 지금까지 그토록 침착하고 의연하게 문야후를 상대했던 것과는 달리 웬일인지 입을 꾹 다문 채 아무 말도 하지 못하고 있었다. 뿐만이 아니었다. 뜻밖에도 눈동자가 심하게 흔들리고 있는 데 더해 얼굴색까지 창백하게 변할 정도로 사뭇 다른 모습을 보여주고 있었다.

"과연 틀림없구나."

그럴 줄 알았다는 듯이 철무적이 말했다. 그에 궁금증을 참지 못하고 끼어든 사람은 문야후였다.

"화산 장문과 관계있단 말입니까?"

"그의 아이야."

"예에?"

문야후의 얼굴에 떠오른 것은 당황과 불신이었다.

화산 장문이 화제가 된 바로 다음 순간 그에 대한 모든 것이 순식간에 머릿속에서 일목요연하게 정리되어 떠오른다 해도 과언이 아닌 그였기에 그럴 수밖에 없었다. 그가 아는 화산 장문은 자식이 둘뿐이었고, 늘그막에 본 외아들은 이제 겨우 열다섯에 불과했다. 아무리 역용술과 변장이 훌륭하다 해도 열다섯 살짜리 소년을 남청 같은 청년으로 만들 수는 없는 노릇이었다. 무공 수준이야 때때로 천재들도 나타나는 법이니 그럴 수 있다고 감안해 주더라도, 살아온 햇수의 차이에서 오는 노숙함이나 풍기는 기운을 바꿀 수는 없는 까닭이기 때문이다. 어디서 티가 나도 날 수밖에 없었다.

그러나 그는 이내 이어지는 철무적의 말에서 자신이 가장 근본적인 문제부터 잘못 짚고 있었다는 것을 깨달았다.

"정확히 말하면 여식이지."

"그, 그럴 수가……!"

문야후의 입이 쩍 벌어졌다.

아마 그의 일생을 통틀어도 이처럼 놀람을 드러낸 적은 몇 번 없을 터였다.

그럴 수밖에 없었다.

강호의 이름난 역용의 고수라도 그에게 걸리면 바로 간파당하는 것은 말할 것도 없고, 나아가 한 번 슬쩍 스쳐 본 사람일지라도 후일에 필요하다면 단번에 짚어낼 만큼 눈썰미가 날카롭고 정확하기로 정평이 나 있는 그가 아니던가. 그런데 얼굴 모습이나 복장만 달리하는 간단한 변장도 아닌, 여자가 안면과 몸매뿐만이 아니라 완전히 성별까지 바꾸어 남자로 분장을 했는데도, 더불어 한참이나 이야기를 나누며 살펴보았음에도 조금도 이상함을 눈치 채지 못한 것이었으니.

"믿, 믿을 수가 없군요……!"

너무도 감쪽같았다.

굳이 되짚어보자면 목소리가 유난히 갈라지고 흐트러지는 것이 유일하게 특이한 점이기는 했지만, 그것으로 무엇인가를 의심하기에는 너무 미진했다. 본래부터 그런 목소리를 타고난 사람이 없으리란 법도 없고, 그 정도가 아니라 웬만큼 굵고 큰 목소리를 지닌 장한이라도 목이 잠기거나 붓거나 하는 경우에는 소리가 그렇게밖에 나올 수 없는 것이었으니까.

결국 그것은 다른 말이 아니었다.

환영신군의 역용술이 그만큼 대단하다는 이야기였다. 하기야 문야후 역시 그래서 놀라움 속에서도 경이와 감탄을 금치 못하고 있는 것이기도 했고.

"이, 이름이 문청(紋靑)이던가?"

문야후가 더듬거리며 남청을 향해 말을 건넸다.

"네 동생이 청천(青天)이고. 그렇지?"

"……."

"그나저나 참으로 놀랍구나. 너무나 사랑하고 아끼는 까닭에 옥 장문인이 결코 홀로 내버려 두는 법이 없을 것 같았는데, 이렇게 장문인의 품을 벗어나 강호를 돌아다니고 있었다니. 더구나 나마저도 이토록 조금의 낌새도 채지 못할 정도로 역용과 변장에도 능숙할 줄이야. 환영신군의 역용절기는 교묘하고 난해해서 제대로 익히기가 쉽지 않다고 들었거늘."

"지, 지금, 무슨 말도 안 되는!"

남청은 여전히 아무 말도 않고 가만히 있는 가운데 문야후의 말끝을 낚아챈 것은 소강이었다. 이어 남청을 향해 다그치듯 쏟아냈다.

"사실입니까? 여자라니요? 아니지요?"

그런 소강의 상기된 얼굴엔 불신과 당혹과 혼돈이 한꺼번에 뒤엉켜 있었다.

그로서는 그럴 수밖에 없었다.

벌써 여러 날을 함께 지낸 사람이었다. 잠도 같이 자고, 식사도 함께 하고, 수련도 더불어 하며 잠시도 떨어진 적이 없었다. 남자가 아닐 수도 있다는 생각은 단 한 번도 해본 적이 없었다. 그렇게 의심할 구석 역시 없었다. 언제나 남자였고, 동료이자 동행이었다. 그런데 뜬금없이 여자라니. 말도 안 되는 소리였다. 그랬다면 몰랐을 리가 없었다.

그러나 소강은 더 묻지 못했다.

"본명이 옥문청이었더냐?"

몽천악이 나선 때문이다.

"화산 장문인의 딸이란 게 사실이고?"

"……!"

아무런 말도, 움직임도 없이 망연히 서 있기만 하던 남청이 그때서야 흠칫 반응하며 몸을 돌렸다. 그리고 무언가 말하려는 듯 입술을 달싹이며 복잡 미묘한 표정을 지었지만, 그러나 이내 눈길을 발아래로 떨어뜨리더니 고개마저 숙여 버리는 것이 아닌가.

몽천악도 더 말하지 않고 물끄러미 그를 쳐다보았다.

남청의 행동이 자신의 질문에 대한 대답을 해주고 있다고 여겼기 때문이다. 더불어 그것으로 그동안 남청에게서 느꼈던 다소 수상하고 이상했던 점들이 모두 이해되는 바였기 때문이기도 했고. 처음 대면했을 때의 사제지간이라기에는 다소 이상함이 있었던 그와 고문과의 관계도 그랬고, 팽연의 끈덕진 질문에도 자신의 정체를 속 시원히 밝히지 못했던 점도 그렇고, 공후아의 뜻 모를 이야기하며, 팽연의 반대에도 불구하고 몽천악을 형님이라고 불러도 자신은 아무 상관이 없다며 말한 어딘가 괴이하고 모호했던 이유도 마찬가지였다. 뿐만 아니라 동행하는 와중에 다른 것은 거의 다 같이 하면서도 유독 목욕만큼은 단 한 번도 함께하지 않았던 것은 더욱 그랬다. 물론 이제 와 돌이켜 보자면 그 외에도 여러 가지가 있었고.

질책이든 질문이든지 간에 무슨 이야기든 더 나오리라고 예상했던 것과는 달리 몽천악이 아무 말도 하지 않고 있자 남청은 제가 도리어 의아함을 참지 못해 슬그머니 고개를 들면서 훔쳐보듯이 몽천악을 쳐다보았다. 그러다 몽천악과 시선이 부딪치자 다시 황급히 시선을 내리깔았다. 그리고는 변명하듯 작게 입을 열었다.

"다, 다른 뜻은 없었어요."

“…….”

“알아채기 전에 굳이 먼저 말할 필요는 없다고 생각했을 뿐이에요. 제가 여자란 것을 알면 형님이 어떻게 나올지도 모르겠고 해서…….”

“한 가지만 묻겠다.”

이윽고 몽천악이 입을 열었다.

“지금까지 진심으로 나를 형님으로 불렀느냐?”

◆제5장◆
쾌락분(快樂粉)

“그야 물론이지요!”

남청이 벌떡 고개를 쳐들면서 동시에 한 치의 망설임도 없이 제꺽 대답했다.

“그리고 앞으로도 언제까지나 그렇게 부를 수 있기를 갈망하고요!”

“그렇다면 하나 더.”

몽천악이 재차 입을 열었다.

“너는 지금 남청이냐?”

“……?”

잠시 의아함을 떠올리던 남청이 이내 무슨 뜻으로 묻는 것인지 알겠다는 듯이 크게 고개를 주억거리며 대답했다.

“당연히 남청이지요! 이 모습으로 형님 앞에 서 있는 한은 언제나 남청입니다! 아니, 설사 다른 모습이 된다 해도 달라질 것은 없습니다! 형님이 저를 남청으로 여기며 대해주는 이상은!"

몽천악은 더 입을 열지 않았다.

다만 머리를 한 번 끄덕여 보일 따름이었다. 마치 그것으로 됐고, 또 그러면 되었다는 듯이.

남청도 그리 다르지 않았다. 어떤 복받치는 감정의 파문을 두 눈 가득 그려내면서 묵묵히 몽천악을 쳐다보고 있었다. 그리고 그런 두 사람을 소강이 조금은 얼떨떨하면서도, 또 어딘가 만족과 불만이 공존하는 듯한 애매모호한 표정을 지은 채 바라보고 있는 가운데, 예기치 않은 잠시간의 짧은 침묵이 흘렀다.

그러나 그것은 곧 깨졌다.

"허, 그것참······."

이제껏 의문과 호기심이 어린 눈으로 지켜보고 있던 문야후가 불쑥 독백처럼 말을 흘렸던 것이다.

"도무지 모를 일이로세. 옥 장문의 금지옥엽이 남자로, 그것도 아리땁기 그지없던 제 본모습과는 완전히 딴판인 추남으로 변용하고 강호를 돌아다니는 것도 이상한 일인데, 사문의 다른 제자들은 전혀 대동하지도 않은 채, 더구나 이제 보니 동행들도 속이고 수련행이라니. 보아하니 오다가다 만난 사이 같지도 않은데? 아니, 가만! 설마 부친 몰래 화산에서 내려온 것은 아닐 테지?"

"······."

"그리고 보니!"

문야후가 돌연 안광을 번뜩였다.

"맞아! 남청이었어! 그랬어!"

다른 사람들이 어리둥절하고 곤혹스런 시선으로 쳐다보는 것에 아랑곳하지 않고 문야후는 어울리지 않게 호들갑스런 몸짓으로 소리치며 일행을 둘러보았다.

"다른 일은 물론이고 계획대로는 아니지만 그토록 찾아 헤매던 흑림 십괴까지도 어떻든 이렇게 쉽게 포착했을 정도로 오늘따라 일이 술술 잘 풀려서 기분이 너무 좋았던 탓이야! 게다가 예상치 못한 화산 제자란 말에 내가 미처 다른 생각을 못했고! 몇 번이나 듣고도, 또 호기심을 느껴놓고도 말이야!"

문야후의 시선이 몽천악에게 꽂혔다.

"신창 봉공과 겨루고, 또 단봉문의 비무초친에서 성가를 날린 후 계속 비무행 중이라는 대도광자 몽천악! 자네가 그 사람 맞지?"

"……!"

"그랬어!"

다른 사람들도 마찬가지였고, 이유는 달랐지만 철무적까지도 이채를 떠올리는 가운데 문야후는 몽천악의 대답은 들어볼 것도 없다는 듯이 말을 이었다.

"바로 너희들이었어! 그래서 남청이란 이름이 익숙하게 들렸던 거야! 안 그래도 자네들을 한번 보고 싶던 차였는데, 이렇게 만나다니! 아주 잘됐어! 궁금한 게 많았거든."

뇌두면 한참은 혼자 더 떠들어댈 태세였지만, 그러나 문야후는 거기서 입을 닫지 않을 수 없었다. 불쑥 말을 끊으며 들어온 사람이 있었던 탓이다.

"우리가 먼접니다."

다름 아닌 몽천악이었다.

"먼저 들을 게 있습니다."

“응? 뭘?”

“무슨 뜻이었습니까?”

“무슨 소리야?”

“처음에 말입니다.”

몽천악이 제꺽 말을 받았다.

“왜 소용없다고 했습니까?”

“아, 그거!”

잠시 어리둥절해하던 문야후가 이내 무엇을 말하는지 알겠다는 듯이 머리를 끄덕였다. 그러더니 이내 까마귀음성에게로 고개를 돌렸다.

“우선 짐작대로인지 확인부터 해보고.”

그때까지도 까마귀음성은 독과 장갑을 꺼내 든 모습 그대로 난감함과 곤혹이 어울린 복잡 다단한 표정을 지은 채 멍하니 서 있었는데, 갑자기 문야후의 시선이 자신에게로 향하자 괜히 움찔하며 마른침을 꿀꺽 삼켰다. 그런 까마귀음성을 잠시 응시하던 문야후의 눈길이 다시 움직이더니 그의 손에 들린 물건들에 머물렀다.

“그것이 혈불교(血佛敎)에서 나온 물건인가?”

혈불교는 과거 사교의 이름이었다.

“헛! 무, 무슨 소리를!”

까마귀음성이 기겁한 음성을 토하며 얼른 제 손의 물건들을 등 뒤로 감추었고, 동시에 세차게 도리질했다.

“혈, 혈불교라니! 나, 나는 그게 뭔지도 몰라!”

어차피 온 무림의 표적이나 마찬가지인 십괴였다. 이제 와서 다시 혈불교의 유물을 얻은 일이 알려진다 한들 거기서 더 나빠질 것도, 어려워질 것도 없었다. 그럼에도 이렇게 질색을 하며 오리발을 내미는 것은 상대가 바로 천하의 천룡맹이기 때문이었다. 더불어 자신들의 종적을 찾고 있었다는 앞선 언급을 들었기에 또한 그러했고. 아무리 든든한 도주로와 도피처가 확보되어 있다고 해도, 또 아무리 간덩이가 부은 십괴라 해도 천룡맹 앞에서는 뒤가 켕기지 않을 도리가 없었다.

"새삼스럽게 발뺌은."

문야후가 피식 웃으며 말했다.

"이미 그것들이 금혼단과 같이 있었다는 것과, 또 얻고 나서 한 번도 쓰지 않았기에 당신도 해독약의 진위 여부를 잘 모른단 이야기까지 들은 마당인걸."

"그, 그런 말, 하, 한 적 없어!"

"오호! 그래? 그럼 이건 어떨까?"

어디까지나 느긋한 문야후였다.

"처음에 당신들 열 명이 모인 것도, 또 돌연 산채를 버리고 의기투합해서 돌아다닌 것도, 나아가 얼마간 종적을 감추었던 것도 다 혈불교의 비밀 터전에 대한 단서를 얻은 때문이었단 것은? 또 그것을 은폐하고, 은밀하게 찾기 위함이었고. 어때? 이것도 아니야?"

"그, 그것은."

"그리고."

문야후는 까마귀음성이 말할 기회를 주지 않았다.

"한동안 사라졌다 나타난 당신들의 무공이 뜻밖에도 수백의 관군과 소림 무승(武僧)들까지도 쉽게 물리치고 금괴를 탈취해서 달아날 정도로 높아진 것과 더불어 그간 그토록 많은 사람들이 찾아다니는 와중에도 계속 사고를 치면서 감쪽같이 종적을 감출 수 있었던 것도, 또한 혈불교의 유적을 찾아 습득했을 뿐만 아니라 그들의 비밀 터전을 피신처로 삼고 있는 반증이라고 생각하는데 말이야. 물론 그전에 중원 곳곳에 흩어져 있는 녹림의 산채들도 크게 한몫을 하기는 했겠지만 말이야. 어디 내 말이 틀린 데가 있어?"

"……."

이번에는 문야후가 바로 말을 잇지 않고 뜸을 들였음에도 까마귀음성은 아무 말도 하지 못했다. 다만 애써 억울하고 황당하다는 표정을 떠올리는 가운데 반쯤 입만 벌리고 있었다. 마치 그럴 줄 알았다는 듯이 문야후는 미소를 지으며 다시 말을 이었다.

"당신들의 불운은 몇 년 전부터 모종의 일로 우리도 그것에 관심을 가지게 되었다는 것을 몰랐다는 거야. 더불어 그로부터 오래지 않아 본 맹의 우수한 정보력으로 모든 사실을 알아내고는 조용히 당신들의 종적을 캐기 시작했다는 것도 몰랐다는 것이고."

"그, 그럼 설마……!"

문득 까마귀음성의 낯빛이 하얗게 변했다. 그러더니 이내 세차게 머리를 흔들어대며 실성한 사람처럼 소리치는 것이 아닌가.

"아니야! 아닐 거야!"

"갑자기 왜 그래?"

짐짓 놀란 표정을 지었지만 문야후의 입가에 걸린 미소는 더욱 야릇해지고 있었다.

"혹시 만금장주가 이번에 서역에서 만금을 얹어주고도 살 수 없을 정도로 엄청나게 값진 보석을 비밀리에 몇 개씩이나 들여왔다는 정보가 마음에 걸려서 그러는 것이라면, 제대로 짚은 거야."

"이, 이런……!"

"내가 시켰어."

까마귀음성이 얼마나 충격적인 표정과 잡아먹을 듯한 시선으로 자신을 노려보고 있는지 뻔히 보면서도 천연덕스러운 표정과 음성으로 말을 잇는 문야후였다.

"쇠 신발이 다 닳도록 온 강호를 헤집고 다녀도 도무지 찾을 수가 있어야지. 혹시라도 소문대로 정말 당신들이 완전히 은거를 한 것은 아닐까 하는 걱정도 되고 말이야. 그래서 고심 끝에 수를 낸 거야. 아주 교묘하고도 은밀하게, 그것도 당신들과 수시로 연락을 주고받고 있을 확률이 가장 높다고 생각되는 노흑채(怒黑寨) 채주 단 한 사람의 귀에만 그 소식이 흘러들어 가도록 공을 들였지. 물론 만금장주가 아주 그럴듯하게 연기하며 뒤를 받쳐 준 탓에 보시다시피 이렇게 효과가 더욱 빠르고 정확하게 나타난 것이기도 하겠지만."

한 호흡 쉰 문야후가 말을 이었다.

"하지만 다 내 계획대로 된 것은 아니야. 오늘 일은 정말 예상 밖이거든. 나는 당신들이 만금장주를 직접 노릴 줄 알았어. 그래서 그의 주변에다 안배를 해둔 채 기다리고 있었고. 그런데 설마 그의 아들을 노릴 줄이야. 꿈에도 몰랐어. 다른 일로 우리가 근처에 있지 않았고, 또 수하들이 저 아이가 피습당한 사실을 재빨리 감지하지 못했더라면 큰일 날 뻔했지 뭐야. 하기야 뭐, 이제 보니 우리가 그토록 급하게 달려올 필요도 없었구면. 다행히 대도광자 일행이 있었고, 이들만 해도 차고 넘치는 것 같으니 말이야. 그러고 보면 결과적으로 오히려 우리가 획책했던 일도 계획보다 훨씬 잘된 셈이고."

"왜, 왜? 천룡맹이 왜?"

그제야 이제껏 동분서주하며 땀을 빼고, 또 쥐가 나도록 머리를 굴린 것이 모두 남의 손바닥 안에서, 그것도 시키는 대로 놀아난 것에 불

과했다는 사실을 깨달은 까마귀음성이 비통하고도 울분에 찬 음성을
토해냈다.

"우린 너희들을 조금도 건드린 적이 없는데? 어째서 이런 짓을 한단
말이냐? 대체 무엇 때문이냐?"

"모종의 일이 있다고 했잖아."

"그게 뭐냔 말이다!"

"그것은 머잖아 저절로 알게 될 테고."

칼자루를 쥔 쪽은 어디까지나 자신이라는 것을 각인시키기라도 하
듯이 문야후는 유들유들하게 웃으며, 역시 그러한 음성으로 말을 받았
다.

"자! 이제 그럼 다시 본론으로 돌아가서, 조금 전에 물었던 것이나
대답해 봐. 당신이 들고 있는 물건들이 거기서 나온 게 맞지?"

"무엇을 원하느냐?"

다른 이야기가 귀에 들어올 리 없는 까마귀음성이었다.

"이제 우리를 어찌할 작정이냐?"

"뭐, 굳이 대답을 듣고 말고 할 것도 없지."

동문서답으로 문야후도 제 이야기만 했다.

"이미 보고 들은 것만으로도 충분히 짐작할 수 있는 일이니. 그들이
금혼단과 더불어 사용한 독은 한 가지뿐이었으니까. 바로 쾌락분(快樂
粉)이지."

"아……!"

짧게 탄성을 발한 사람은 금소천이었다.

알고 있거나 들어본 것이어서가 아니었다. 도무지 어울리지 않는 것
같은 그 이름 때문이었다. 그것을 짐작한다는 듯이 문야후가 가볍게

머리를 까딱이며 말을 이었다.

"그들이 그것을 그렇게 부른 데는 다 이유가 있어. 그냥 분말로 살포하면 호흡을 통해서는 물론이고 살갗에 닿기만 해도 중독되는 지독한 독이기도 하지만, 그와는 달리 그것을 수백 배의 물로 희석하면 한 모금 마시는 즉시 제정신을 못 차릴 정도로 최고의 환상과 즐거움을 주는 환각제가 되기도 하거든."

"그, 그럴 수가……!"

"물론 환각제로 사용한다고 해도 계속해서 장기간 복용한다면 독성이 몸에 쌓여 결국은 직접적인 분말 형태로 당한 것과 진배없는 상황에 이르기는 하지만, 어떻든 그들은 이 쾌락분으로 사람들을 일순간에 교도화시키고 통제했다고 해도 과언이 아니었지. 광신(狂信)의 상태로 몰아넣고, 혼음(混淫)을 일삼고, 재물을 내놓게 하고, 또 배반자를 처단하는 등등으로 말이야."

"놀랍고도 끔찍한 물건이군요."

"그렇기는 하지만."

금소천의 맞장구에 문야후가 슬쩍 미소를 떠올렸다.

"세상에 완벽한 물건은 드문 법. 쾌락분에도 약점은 있지. 만약 그것이 없었다면 당시 혈불교로 인한 혼란은 상상을 초월할 정도로 커졌을지도 몰라. 마구잡이로 뿌려대고 사용했으면 어찌할 방법이 없었을 테니."

"만들기가 어려웠습니까?"

"맞아. 금혼단과 마찬가지로 제조하는 데 긴 시간이 걸리고, 많은 재료가 필요하다는 것 하나와 무엇보다 결정적으로 공기를 접하면 안 된다는 거야. 만드는 즉시 밀봉해야 하고, 또 밀봉을 뜯었을 때는 바로 모두 써야 할 정도로 말이야. 공기 중에 노출되면 채 반 각도 지나지 않아 독성이 모두 사라져 버리거든. 물론 이미 공기와 접한 것을 다시 밀봉해 봐야 아무 소용이 없고.”

“아……!”

“이제 알겠지?”

탄성하는 소강을 돌아보며 문야후가 말했다.

“처음에 내가 왜 소용없는 짓이라고 했는지? 또 왜 내가 이제껏 저들도 처음 사용해 보는 것이란 말에 주목했는지? 이미 한 번 사용한 이상 이제 그것은 더 이상 쾌락분이 아니거든. 그리고 그뿐만이 아니야. 내가 굳이 그런 말을 한 것은 그보다 더욱 중요한 다른 한 가지 이유가 있었기 때문이야.”

“무슨……?”

“쾌락분이든, 금혼단이든 간에 혈불교의 독은 모두가 본래부터 해독약이 없다는 거야. 처음부터 아예 만들지를 않았으니까.”

“그, 그럼 이것은 뭐란 말입니까?”

당황한 얼굴로 제 손에 든 해독약을 들어 보이는 소강이었다. 문야후가 가볍게 머리를 흔들며 대꾸했다.

“해독약이 아니라 굳이 이름을 붙이자면 지연제(遲延劑) 정도 될까? 하지만 그것도 옳은 말은 아니지. 그것도 일종의 독이니. 이독치독(以毒治毒) 알지? 그래서 그것을 먹으면 처음엔 해독되는 것처럼 보이다가 결국은 더 심한 꼴을 당하게 돼. 그런 점이 과거 혈불교가 그토록 경원시되었던 이유이기도 하고.”

“그, 그럼……!”

소강의 얼굴이 와락 일그러졌다.

“해독할 방법이 없단 말입니까?”

“……”

“말씀해 주십시오!”

“그나마 다행인 것은.”

소강과 몽천악 등이 어떤 심정으로 자신의 입을 주시하고 있는지 뻔히 알면서도 뜸을 들이듯 한참이나 애를 태운 다음에야 문야후는 입을 열었다.

“그들의 해독약까지 복용하지는 않았다는 거야. 만약 그것마저 먹었다면 정말 방법이 없었을 텐데. 물론 그래서 내가 말린 것이기도 하지만.”

“방도가 있단 말씀이지요?”

“해독이야 별반 어렵지 않아.”

힐끗 거웅을 일별한 문야후가 대꾸했다.

“쾌락분에 당한 지 한참이 되었는데도 지금도 저 정도로 버틸 수 있는 것을 보면 독을 많이 들이켠 것은 아닐 테고, 그렇다면 음독(陰毒)에 좋은 약재를 푼 뜨거운 물에 한 열흘 정도 몸을 완전히 담근 채 독기를 뽑아내면서 정양하기만 하면 돼.”

“그, 그걸로 된다고요?”

믿기 어렵다는 얼굴로 소강이 반문했다.

그럴 수밖에 없었다. 그것은 일반적인 가벼운 음한지독(陰寒之毒)에 중독되었을 때 풀어내는, 웬만한 강호인이라면 누구나 알고 있고 또 사용하는 방법이었다. 다만 그 기간만 월등히 차이가 날 따름이었다. 보통이라면 하루나 이틀로 족했으니.

“해독은 그것으로 충분해.”

문야후가 머리를 끄덕이며 대꾸했다.

"그러면 천수를 누리는 데는 지장이 없을 거야."

"무언가 다른 것이 있다는 말처럼 들립니다만."

일말의 불신과 불안을 감추지 못하는 속에서도 안도를 떠올리는 소강과는 달리 오히려 더 무거운 기색을 하고 몽천악이 말꼬리를 잡았다.

"감추지 말고 다 말해주십시오."

"문제는 여독(餘毒)이야."

다시 얼마간 뜸을 들인 문야후가 말했다.

"아무리 독을 잘 풀어내도 여독이 있어. 그것도 본래의 것과 또 다른 성분으로. 더구나 단전에 쌓여서 말이야. 워낙 복잡하고 지독한 독인지라 그러해. 결국 여독까지 몰아내자면 단전을 완전히 비우는 수밖에 없다는 이야기고. 본신의 모든 내력도 함께 밖으로 흘려보내지 않으면 안 된다는 거지. 내공이 조금이라도 남아 있으면 여독도 잔존할 수밖에 없으니까."

"그, 그런……!"

탄식 같은 소리를 뱉는 소강은 물론이고 일행 모두의 얼굴이 흙빛으로 변했다. 문야후의 말은 해독은 어렵지 않지만 대신에 무공은 잃을 수밖에 없다는 것이었으니 그럴 수밖에 없었다. 강호인에게 있어 무공은 삶의 전부나 마찬가지가 아니던가. 차라리 생명을 버릴지언정 무공은 잃고 싶지 않은 것이 강호인의 생리였다. 거웅이라고 다를 리 없었다. 아니, 더하다고 봐야 옳았다. 무공과 먹는 것을 빼면 그에게 남는 것은 아무것도 없었으니까.

"여독을 제거하지 않으면요?"

"어차피 무공을 쓸 수는 없어."

소강의 질문에 문야후가 머리를 흔들었다.

"아무리 여독이라고 해도 독은 독이야. 단전에 독이 쌓여 있는데 어떻게 내력을 써? 내력을 조금만 움직여도 대번에 간섭하면서 발작을 일으킬 텐데. 설혹 어찌어찌해서 쓸 수 있다고 해도 그것은 생명을 갉아먹는 짓이나 같고 말이야. 그보다는 차라리 모조리 비워낸 깨끗한 상태에서 처음부터 새로 내력을 연마하는 것이 현명하지."

"다른 수는 없습니까?"

소강이 더 이상 입을 열지 못하고 얼굴 가득 절망을 떠올릴 때, 다시 몽천악이 나섰다.

"내공을 잃지 않고 해독하는 방법 말입니다."

"없어. 아니, 없는 것이나 마찬가지네."

"그게 무슨 소립니까?"

"말 그대로일세."

문야후가 빈 입맛을 다시며 대꾸했다.

"없다고 해도 무방할 정도로 지난하단 이야기네. 그러니 굳이 입 아프게 말할 필요가 없다는 것이고. 그리고……!"

말하다 말고 문득 문야후가 이채를 드러내며 눈을 끔뻑였다. 달리 그런 것이 아니었다. 자신도 인지하지 못하는 어느 사이에 몽천악을 대하는 어투가 하대에서 평대로 바뀐 것을 느꼈기 때문이다. 그러나 그는 그것을 길게 생각하고 있을 여가가 없었다.

"다른 말은 듣고 싶지 않습니다."

몽천악이 바로 말을 낚아챈 탓이다.

"방법이 있다면, 그것으로 됐습니다. 아무리 힘들고 어려워도 상관없습니다. 무엇을 어떻게 하면 됩니까?"

"……."

"가르쳐 주십시오."

"……."

문야후의 입은 좀처럼 열리지 않았다.

그런데 다음 순간이었다. 불쑥 몽천악을 거들고 나선 사람이 있었다.

"말해줘라."

철무적이었다.

"선택은 그들의 몫이다."

"알겠습니다, 맹주님."

일순간 당혹과 당황을 떠올리던 문야후가 이내 예를 취하며 대답했다. 그리고 몽천악과 다시 마주 섰다.

"우선 두 가지가 필요하네. 첫째는 관(管)으로 된 가늘고 긴 침을 단전까지 곧바로 찔러 넣어 여독을 빼내면서도 사람은 멀쩡하게 살아 있게 할 정도로 침술이 극에 이른 의원. 둘째는 그렇게 하는 와중에 단전의 손상과 내력의 손실을 막아주고, 또 그래도 얼마간은 남아 있을 수밖에 없는 독성을 말끔히 제거할 소림의 대환단(大還丹)이나 그 이상 가는 천고의 영단."

"아……!"

누군가 탄식을 흘려냈다.

문야후가 말한 두 가지 조건이 너무나 놀라운 것이기에 그러했고, 나아가 그것을 구비하는 것이 얼마나 힘들고 어려운지 아는 데서 또한 그러했다. 보통 사람이라면, 아니, 보통 사람이 아니더라도 그 두 가지 중 하나만이라도 구경해 본 사람조차 천에 하나 만에 하나일 터였다.

하물며 두 가지를, 그것도 그냥 구경만 하는 것이 아니라 완전히 손에 넣어야 하는 일이었으니.

"거기에 더해."

문야후가 말을 이었다.

"가장 중요한 한 가지가 더 있어야 하네."

"더 중요한 것이라면……?"

"천운(天運)."

달랑 한마디를 뱉어내면서 문야후는 무슨 선언이라도 내리는 사람 같았다. 의외의 대답에 다른 사람들은 물론이고 몽천악조차 눈만 끔뻑일 따름이었다. 잠시 그런 사람들을 둘러보던 문야후가 다시 말했다.

"앞서 말한 두 가지가 완벽하게 구비되더라도 성공할 확률은 채 삼 할도 되지 않네. 그러니 가장 중요한 것은 천운이 아니겠는가. 그래서 일세. 내가 굳이 이 해독 방법을 언급하려 하지 않은 것은. 들어봐야 마음만 아플 따름일 테니 말일세. 누가 있어 이 조건을 충족시킬 수 있단 말인가. 그것도 며칠의 단시간 내에. 더구나 천운까지 따라주어야 하는 일이니."

"쉽지는 않군요."

"그러니 말일세."

몽천악의 말에 이제야 알겠느냐는 얼굴로 문야후가 맞장구쳤다. 더욱이 내심으로는 이놈아! 뭐가 쉽지는 않아, 아예 불가능한 일이지! 하고 놀리기까지 하면서. 그러나 그는 오래지 않아 자신의 그런 생각이 얼마나 잘못되었고, 얼마나 섣부른 판단을 했는지 깨달아야 했다.

신호탄은 금소천이었다.

"저희 장으로 가는 것이 급선무인 것 같습니다."

"의원은 해결되었다고 봐도 좋겠지?"

"침술에도 정통하신 분입니다."

몽천악의 물음에 금소천이 확신에 찬 어조로 대꾸했다.

"그분이라면 할 수 있을 것입니다. 만약 그분이 할 수 없다면 현 중원에서 그것이 가능한 사람은 아무도 없다고 봐도 좋을 것입니다."

"의(醫) 노사(老師)!"

불현듯 소리친 사람은 문야후였다.

그도 그제야 만금장에 신의가 한 사람 몸을 의탁하고 있다는 것을 떠올린 까닭이다. 언젠가 한 번 대면해 의술을 논한 적이 있었고, 자신도 감복했던 사람이었다. 그래서 그 스스로는 의 노(醫老)라고 불러달라는 것을 자신은 굳이 의 노사라고 공경해서 불렀고.

"아시고 계시는군요."

금소천이 문야후를 바라보며 미소를 지었다.

"그분이라면 할 수 있지 않겠습니까?"

"그렇군. 그가 있었군."

문야후가 연신 머리를 끄덕거렸다.

"그럴 거야. 그라면, 어쩌면 가능할 수도 있을 거야."

"그런데 꼭 대환단 같은 영단이라야 합니까?"

"응?"

"혹 귀물(貴物)로 치는 오래된 산삼(山蔘)이나 화리(火鯉), 하수오(何首烏), 영지(靈芝) 등등과 같은 천연의 영약으로 대체할 수는 없습니까? 아니면 그것들을 같이 사용하더라도 말입니다. 그럴 수만 있다면 한결 쉬울 텐데. 웬만큼 희귀한 약재라도 저희 장에는 다 있고, 없으면 구하면 되니……."

"그건 불가능해."

대번에 고개를 젓는 문야후였다.

"그런 것으로 대체하자면 최소한 전설로나 내려오는 만년화리(萬年火鯉)나 삼왕(蔘王) 정도의 영약이 필요한데, 과연 그것을 구할 수 있겠나? 설사 황궁이라도 불가능할걸? 세상에 나온 적이 있어야 어떻게 해보지. 그리고 운 좋게 어떻게 구했다 치더라도 그것으로 치료가 될지 장담할 수도 없는 노릇이고. 물론 천연의 영약이 약효로야 더 좋을 수도 있지만, 반면에 그것은 어느 정도 독성이나 부작용도 같이 동반하거든. 보통 사람이나 무인이 보신(補身)이나 내공의 증진을 위해 복용하는 것이야 또 별문제겠지만, 중독된 환자에게 사용하는 것은 위험해. 어떤 역효과가 나올지 몰라."

"……!"

"그리고 내가 대환단을 거론한 것은 현 세상에서 그 이상의 영단은 없다고 해도 과언이 아니기 때문이야. 강호에 알려진 이름난 영단도 많고, 또 어지간한 문파라면 모두 비전의 영약을 지니고 있지만, 그런 것들을 대환단과 비교할 수는 없어. 어떤 사람들은 무당의 자소단(紫蘇丹)을 대환단과 같은 반열로 놓는 경향이 있는데, 그것은 뭘 몰라도 한참 모르는 짓이야. 몇 개, 아니, 수십 개를 더한다 해도 단 하나의 대환단에도 미칠 수가 없어."

그런데 문야후의 입에서 자소단 이야기가 나오자 슬그머니 고개를 떨어뜨리는 사람이 있었다.

다름 아닌 남청이었다.

그는 거웅을 치료하려면 영단이 있어야 한다는 말에 혹시나 화산의 속명단으로 그 역할을 대체할 수 있지 않을까 은근히 기대하던 바였기에 그러했다. 대환단과 비교할 수는 없지만 그래도 많이 처지지는 않는다는 자부심이 있었고, 그래서 한 개로 부족하다면 화산엘 다녀오는 한이 있더라도 몇 개든 구해올 용의까지 있었던 것이다. 그런데 속명단보다 낫다는 자소단조차 전혀 소용없는 것으로 치부되고 있었으니.

"자소단이 인정할 만한 대단한 영단임은 분명한 사실이지만, 그렇다고 대환단과 같이 놓는다는 것은 어불성설이야. 절대 따라갈 수가 없어. 왜냐하면 대환단에는 나도 지금까지 서책에서 그 이름을 본 적밖에 없는 영약인 인형설삼(人形雪蔘)과 만년금구(萬年金龜)의 내단이 함께 들어가 있거든. 모든 불순물과 독성을 제거하고 순전히 약효만 살려서, 그것도 다른 좋은 무수한 약재들과 상호 보완하고 상승 작용을 일으키도록 소림비방으로 적절하게 배합하고 가공해서 말이야. 그러니 효과가 어떻겠어? 특히나 무인에게 맞추어 제약한 것이고."

잠시 숨을 돌린 문야후가 말을 이었다.

"사실 아주 오래전, 그 전설의 두 영약을 구한 그때 외에는 소림도 대환단을 다시 만든 적이 없어. 만들 수가 없었다는 게 옳겠지. 대환단을 만들려면 그 두 영약이 가장 중요한데 그것을 구할 수가 없으니까. 그래서 소림에서조차 대환단은 극비야. 과연 아직까지 남은 게 있는지, 남아 있다면 몇 개인지, 또 어디에 보관하고 있는지 아무도 몰라. 오직 장문인 혼자만이 알고 있을 뿐."

"결국 대환단이 있어야 한다는 말이군요."

문야후의 이야기가 끝난 후에도 멍하니 그를 바라보기만 하는 다른 사람들과 달리 몽천악은 바로 말을 꺼냈다.

"소림으로 가지 않으면 안 된다는 말이고요."

"소, 소림엘 찾아간다고?"

화들짝 놀라는 얼굴로 반문하는 문야후였지만 몽천악은 어디까지나 태연했다.

"가야지요."

"가서는?"

"대환단을 구해야지요."

"어, 어떻게?"

"방법이 있겠지요."

"하……!"

문야후가 이놈이 지금 제정신인가 하는 얼굴에다 그와 한가지인 소리를 내며 입을 쩍 벌렸다. 하기야 그만이 아니었다. 일행을 제외한 모두가 어이없다는 표정이기는 마찬가지였다. 말이 좋아 소림엘 가고, 대환단을 구한다는 것이지 실현 가능한 일이 아니었기에 그럴 수밖에 없었다.

"차라리 황궁 보고를 털게. 그게 나을 걸세."

"황궁에도 대환단이 있습니까?"

문야후의 말을 곧이곧대로 받아들여서는 너무도 진지하게 이야기하는 몽천악이었다.

"소림에서 구하지 못하면 그리로 가야겠군요."

"허허허."

문야후가 더 할 말이 없다는 듯이 헛웃음만 흘렸다.

그런데 그때였다. 이제껏 조식을 취하며 독과 싸우는 가운데 적어도 겉보기엔 별 미동을 않던 거웅이 불현듯 크게 한 번 부르르 몸을 떠는 것이 아닌가. 그에 놀란 일행이 황급히 그에게로 이목을 집중하며 걱정스런 기색을 떠올렸을 것은 당연지사.

“걱정할 것 없어.”

문야후가 말했다.

“난마처럼 날뛰며 퍼지는 독을 내력으로 제어하려다 보니 생기는 자연스러운 현상이니. 아마 갈수록 더 자주 일어날 거야.”

“아……!”

“그나저나 놀랍군.”

거웅을 주시한 그대로 한 걸음 다가서는 가운데 고개를 갸웃거리며 문야후가 중얼거렸다.

“상승의 경지에 오르지 않은 이상 쾌락분은 내공으로 어찌할 수 있는 것이 아닌데, 조금도 자세가 흐트러지지 않고 이렇게나 오래 버티다니. 지금쯤이면 누구라도 인사불성이 되어야 정상이거늘. 너무 긴 시간이 지난 탓에 쾌락분의 독성이 약해진 건가? 공력이 벌써 조화지경에 든 것 같지는 않은데? 이상하군.”

“속명단을 먹었습니다만.”

“속명단을?”

남청의 말에 문야후의 눈이 둥그레졌다.

그로서는 그럴 만한 반응이었다. 화산의 속명단도 그리 흔한 것이 아니었다. 화산 최고의 영약이었고, 수많은 화산의 문인들 중에서도 선택받은 사람이 아니면 구경조차 해보지 못하는 것이었다. 당장 남청만 하더라도 제 아버지가 지녔던 것을 첫 강호행의 선물로, 그리고 혹시라도 남청 자신만이 아니라 고문이나 다른 제자들에게라도 갑자기 위급한 상황이 발생했을 때 쓰라고 챙겨주지 않았더라면 결코 가지고 있지 못했을 터였다. 그러니 강호상에서의 그 가치와 희귀성이 어떨지는 말할 것이 없었다. 그런데 그것을 선뜻 다른 사람에게 먹였다고 말하고 있었다.

그런 까닭에 그는 한참이나 그렇게 둥그레진 눈을 하고 거웅과 남청을 번갈아 쳐다보고 있었는데, 그것을 다른 뜻으로 오해한 사람이 있었다.

남청이었다.

"혹시 속명단이 나쁜 영향이라도……?"

"그럴 리가 있나. 이자가 횡재를 한 셈이지."

그제야 문야후가 본색을 회복하며 말했다.

"어떻든 그렇다면야 충분히 이해가 가는 일이지. 그리고 최소한 한동안은 독 때문에 목숨을 잃을 일도 없다고 봐도 무방하고. 한데 속명단까지 먹여놓고는 왜 이렇게 계속 쓸데없는 짓을 하게 두고 있어?"

"무슨 말씀이신지……?"

"내력으로 독에 대항하는 것 말이야."

남청의 반문에 문야후가 답답하다는 얼굴을 했다.

"속명단의 약효가 알아서 독기와 대항하게 두면 되는 것을. 어차피 내력으로는 안 돼. 도리어 방해만 될 뿐이야. 얼른 내력을 거두게 해."

"그러면 바로 정신을 잃을 텐데요?"

"그게 오히려 낫다니까."

문야후가 인상을 썼다.

"그리고 어차피 저러다 정신을 잃을 수밖에 없고, 또 한 번 잃으면 깨어날 일도 없어. 그러니 누가 나서서 얼른 수혈이나 짚었다 풀어줘. 제 딴에는 온 내력을 끌어올려 독기를 제어하려 애쓰느라 주변의 어떤 소리도 들리지 않을 테고, 따라서 스스로는 할 수 없는 노릇일 테니 말이야. 내가 해줄까?"

“하, 하지만……!”

남청이 어쩔 줄 모르는 모습으로 떠듬거릴 때였다.

성큼 몽천악이 다가서더니 제꺽 거웅의 수혈을 짚어버리는 것이 아닌가. 그러자 거웅은 그대로 쓰러져 버렸다. 남청과 소강의 입에서 자신도 모르게 아! 하는 탄성이 새어 나왔다. 하지만 그들도 이내 안도의 빛을 떠올렸다. 정신만 잃었다 뿐이지 기색도, 숨소리도, 조식을 취할 때와 조금도 다름이 없었던 것이다. 오히려 얼굴은 더 편안해 보였고. 몽천악도 그것을 확인하고 나서야 다시 수혈을 풀어주고는 몸을 돌리더니 문야후를 마주했다.

“시간이 얼마나 있겠습니까?”

“본래는 길어야 대엿새였겠지만.”

잠시 생각하던 문야후가 대꾸했다.

“속명단을 복용했으니 적어도 열흘 정도는 이상이 없을 것이네. 더구나 워낙 신체가 좋은 데다 내력도 상당한지라 얼마간 더 늘어날 수도 있고.”

“소림에 다녀올 시간은 충분하군요.”

“……!”

문야후의 얼굴이 다시 어이없음과 황당함으로 뒤덮였지만 몽천악은 더 이상 그를 쳐다보지도 상대하지도 않았다. 대신에 몸을 돌려서는 남청과 소강을 바라보았다. 그러자 그가 무슨 소리를 할 것인지 직감한 그들은 거의 동시에 소리쳤다.

“혼자서는 안 됩니다!”

“저도 같이 가겠습니다!”

“그건 안 돼.”

몽천악이 정색을 했다.

"두 사람은 거웅과 금 소장주의 안전에 만전을 기하면서 최대한 빨리 만금장으로 가야 해. 거웅을 신의에게 보이고, 또 안정을 취하게 하면서 내가 돌아올 때까지 보살펴 줘야 해. 그게 얼마나 중요한 일인지는 너희도 알지? 너희가 그렇게 해야 나도 마음 놓고 다녀올 수가 있어."

이어 그는 두 사람이 무어라 말할 기회를 주지 않고, 곧장 금소천에게로 시선을 돌렸다. 그리고 무어라 말을 하려는 순간, 먼저 입을 연 것은 금소천이었다.

"다른 염려 마시고 다녀오십시오, 대협. 제가 할 수 있는 모든 것을 다 하겠습니다. 또 저 나름대로 영단도 백방으로 구해보겠으니, 행여 약을 구하지 못한다 하더라도 먼저 장으로 돌아와 주시기를 부탁드립니다."

그도 이미 몽천악이 무슨 말을 할지 알고 있었던 것이다.

◆제6장◆

구전금단(九轉金丹)

몽천악은 달리 무슨 말을 꺼내지는 않았다. 다만 홀로 강호에 나온 이래로 좀처럼 취해 보인 적 없는 포권을 취함으로써 자신의 마음을 대신했다. 그리고 그는 그때까지도 그 표정 그대로 자신을 바라보고 있는 문야후와 다시 마주했다.

"십괴는 마음대로 하십시오."

"……!"

"해독할 방법을 비롯해 많은 것을 가르쳐 주고, 또 도움을 준 보답으로는 한참 못 미친다고 생각하지만, 지금의 우리로서는 달리 더 드릴 것이 없습니다."

"보답이라니!"

문야후가 손을 내저었다.

"그런 소리 말게. 공치사네. 오히려 내가 고마워하고 감사해야 마땅할 일일세. 우리가 해야 할 일을 대신해 주었지 않나. 게다가 자네들이 아니었으면 금 소장주 신변에 무슨 일이 벌어졌을지 모르는 것을. 그에 비해 내가 한 것이라곤 단지 몇 마디 말이 다였네.”

그러나 언행은 그렇게 하면서도 만면에 떠오른 반색을 감추지 못하는 문야후였다. 사실 그에 대해 내심 걱정을 하고 있었고, 이리저리 머리를 굴리던 그였기에 그러할 수밖에 없었다. 맹주까지 모시고 나온 마당이었다. 체면과 위신을 생각하지 않을 수 없고, 따라서 강제로 어찌한다는 것은 생각도 못할 상황에서 만약 몽천악이 십괴를 내주지 않겠다고 뻗댄다면 참으로 난감한 일이었던 것이다.

하지만 그는 곧 그러한 기색을 감추고 말했다.

“그런데 정말 소림으로 가겠단 말인가?”

“다른 방법이 없잖습니까?”

“간다고 얻을 수 있을 줄 아는가?”

“어떻게든 얻어낼 것입니다.”

“불가능한 일이네.”

문야후가 답답하다는 얼굴로 머리를 저었다.

“아마 장문인 근처에도 못 갈 걸세. 아니, 장문인은 고사하고 자네가 대환단을 얻으러 왔다는 것을 아는 순간부터 소림의 산문조차 통과할 수가 없을 것이네.”

“알려진 것처럼 소림이 그렇게 강합니까?”

“소문 이상이라고 봐도 좋을 걸세.”

한순간 어이없다는 표정을 짓던 문야후는 몽천악의 얼굴에서 진심을 읽고는 자신도 안색을 굳히며 대꾸했다.

“언제부터 천하의 소림이던가. 힘으로 어찌해 볼 요량이라면 애초에 포기하게. 알려진 고승들만 해도 용담호혈이 따로 없는데, 알려지지 않은 고승, 기승(奇僧)이 더 많이 우글거리는 곳이네. 한마디로 말해 계란으로 바위치기나 다름없네. 설사 자네 혼자가 아니라 자네 정도 되는 사람 수십 명이 간다 해도 말일세.”

“그러니 더 가보고 싶습니다만.”

“허……”

문야후의 입이 쩍 벌어졌다.

그렇지만 그는 이내 정색을 하고 타이르듯이 말했다.

“결국은 무공을 포기하고 해독하는 방안을 택할 수밖에 없을 것을 뭣 하러 괜한 헛수고에, 또 사서 고생을 한단 말인가. 혹시 의 노사라면 얼마간이나마 내공을 보전하거나, 아니면 빠르게 되찾는 방법이라도 알고 있을지 모르니 차라리 얼른 만금장으로 가서 의 노사부터 만나보게. 그게 더 현명하네.”

“그것은 최후의 방법입니다.”

조금도 흔들림이 없는 몽천악이었다.

“공력을 잃지 않는 다른 방법이 없는 것도 아닌데, 힘들고 어렵다고 그냥 포기할 수는 없지 않겠습니까. 내가 할 수 있는 최선을 다해봐야지요.”

“그러다 자네가 크게 다칠 수가!”

말하다 말고 문야후가 갑자기 입을 다물었다. 이어 급히 한 걸음 물러서며 몸을 돌리더니 철무적을 향해 가볍게 머리를 조아리는 것이 아닌가. 달리 그런 것이 아니었다. 그때까지 묵묵히 보고만 있던 철무적이 가볍게 한 손을 들었고, 그것을 본 탓이었다.

“무슨 하교라도……?”

“대환단 외에는?”

“예?”

“그 외에는 무엇이 있지?”

“현재로서는 없다고 봐야 합니다.”

철무적이 무슨 의도로 묻는지를 헤아리기 위해 잠시 머뭇거리던 문야후가 이내 대꾸했다.

“화타(華陀)의 신단(神丹)이나, 또 마시기만 하면 신선이 된다는 등선감로(登仙甘露)처럼 대환단에 버금가거나 그 이상인 영약이 없는 것은 아니나 모두 실전되었거나 혹은 전설 같은 이야기일 뿐인지라.”

“구전금단(九轉金丹)은?”

말을 자르며 철무적이 물었다.

“그것은 어떨까?”

“옛?”

문야후가 화들짝 놀란 얼굴을 했다.

그럴 수밖에 없었다. 금소천이나 남청조차 눈만 끔뻑거리며 의아한 눈으로 철무적을 쳐다볼 정도로 다른 사람은 잘 모르고 있지만, 그만은 그것이 무엇인지 알고 있기에 그러했다. 천룡맹이 형성되기 전에도 철가는 성세를 구가하고 있었고, 그때 만들어진 철무적 가문의 비전 영약이었다. 철가의 선조 중 하나가 천운이 닿아 만년삼왕을 습득했고, 또 우연찮게 선도(仙道)의 비방까지 지니고 있었던지라 세상에 나올 수 있었던 것이었다.

“그, 그것이라면 얼마든지 가능합니다.”

여전히 놀람을 감추지 못한 채 문야후가 떠듬거렸다.

“결코 대환단에 못지않으니. 그, 그렇지만 제가 알기로는 당시 단 세

개밖에 만들지 못했고, 또 이미 오래전에 다 소모하고 없다고."

"남은 게 있어."

철무적이 또 말을 잘랐다.

"내가 가지고 있고."

"아……!"

"선조부께서 쓰지 않고 넘겨주신 것이야. 혹시라도 무공을 익히는 도중에 어려운 관문이라도 만나면 이것으로 뛰어넘으려는 뜻이었지만, 선조부나 선친처럼 나도 지금까지 필요가 없었어. 앞으로는 더욱 필요가 없을 테고. 사실 일정 궤도에 오르면 영약 따위는 아무 소용도, 필요도 없거든. 오히려 방해가 될 뿐. 하기야 그 이전에라도 마찬가지고. 다른 힘을 빌려 공부를 높여본들 스스로의 힘으로 뚫어낸 것에는 비할 바가 아니지. 나아가 더욱 높이 오르려고 하면 결국은 혼자 다시 뚫어내지 않으면 안 되고."

잠시 말을 멈춘 철무적의 시선이 몽천악에게로 건너왔다.

"그렇지?"

"……!"

몽천악이 흠칫했다.

갑작스런 질문이어서도, 선뜻 대답할 수가 없어서도 아니었다. 처음 철무적이 나타났을 때부터 그는 다른 사람들과 달리 은연중 그와 시선이 맞부딪치는 것을 피하고 있었는데, 순간적으로 정면충돌을 했기 때문이다.

그가 시선을 피했던 것은 신창이나 팽화산의 그것과는 또 다른 기운이 철무적에게서 발산되고 있었고, 그것이 껄끄러워서였다. 그의 기운은 측량할 수 없는 무언가 미증유의 거대한 힘이었다. 그것이 무한한 압박감을 주며 밀려왔고, 또 촘촘한 그물을 형성하며 옭아매는 것 같았다. 그것은 살 떨리게 두려운 것이기도 했지만, 또한 강한 투기를 끓어오르게도 만드는 것이었다. 그 기운만으로도 철무적이 얼마나 강한지, 그리고 얼마나 버거운 상대인지 직감할 수 있었지만, 그러나 초입이기는 해도 이미 조화지경에 든 몽천악이기에 과거 신창과 처음 조우했을 때처럼 그렇게 고양이 앞의 쥐 꼴이 될 일은 없었다. 그가 껄끄러워한 것은 그런 것이 아니었다. 도리어 마주 보다가는 투기를 이기지 못해 필연적으로 그와 손을 섞고 말 것만 같은, 그 자신도 어디에서 오는지 모를 강한 예감을 느꼈기 때문에 그러했다. 그래서 마주 볼 수가 없던 것이다.

그리고 손을 섞는 것 자체가 두려운 것이 아니었다.

강호를 돌아다니는 이유가 무엇이던가. 철무적 같은 상대는 또 없었다. 물론 자신의 무공이 완성된 다음이라면 더욱 좋겠지만, 그래서 양씨 남매가 천룡맹으로 가자는 것도 사양했지만, 그렇다고 이렇게 만나서까지 피할 까닭은 없었다. 아니, 평소의 그였다면 오히려 기를 쓰고 그와 일전을 나누려 들었을 터였다. 만나지 않았다면 몰라도 만난 이상 이런 기회를 허투루 날려 보낼 수는 없는 노릇이었다. 설혹 많이 모자라고, 또 그리하여 어딘가 심하게 부러지거나 아예 목숨마저 잃는 최악의 경우에 이른다 할지라도 말이다. 그런 것은 얼마든지 감내할 수 있었다. 그럼에도 굳이 피한 이유는 단 하나, 거웅 때문이었다. 거웅부터 살려놓지 않고는 자신이 어떻게 될지도 모르는 이런 위험한 일전을 결할 수가 없었던 것이다.

그런데 그렇게 피하고자 했던 철무적의 눈과 정면으로 마주하고 나자 마음과는 달리 몽천악은 전혀 시선을 돌리지 못했다. 그리고 그렇게 눈 한 번 깜빡이지 않고 서로를 쳐다보는 와중에 그의 입에서 나온 말 역시도 철무적이 물은 것과는 상관없는 다른 소리였다.

"주시겠습니까?"

"당연히 줘야지."

철무적의 눈가에 미소가 어렸다.

"주지 않을 것 같으면 이럴 이유가 없지."

그리고는 품에서 복주머니처럼 생긴 작은 주머니를 꺼내더니 그 속에서 또 옥병을 내보였다. 옥병 속에 금빛 단환이 들어 있었다. 다시 옥병을 주머니에 넣은 철무적이 그것을 내밀었다.

"받아라."

"……!"

장내에 있는 다른 사람들 모두가 놀랍고 의외라는 표정을 감추지 못하는 가운데, 문야후는 더욱 아까움과 아쉬움이 범벅된 복잡한 표정을 지으며 제가 받기라도 하겠다는 듯이 부지불식간에 손을 움찔거릴 지경이었지만, 그러나 몽천악은 그것을 향해 다가서지도 손을 내밀지도 않았다. 대신에 입을 열었다.

"무엇을 원하십니까?"

"그냥 준다면?"

"받을 수 없습니다."

"그럼 십괴에 대한 보답이라면?"

"그에 대한 것은 이미 끝났습니다."

대꾸하는 몽천악의 음성은 마치 심하게 목이라도 마른 사람처럼 갈라져 있었다. 그렇지만 그 태도나 음성에 실린 무게는 변함없었다. 보고 있는 문야후가 기가 질릴 정도로 너무도 당당했고, 의연했다.

"다른 요구를 해주십시오."

"무엇이라도?"

"제 힘으로 가능하다면."

"네 신체를 원할 수도 있다."

"얼마든지 드리지요."

"……!"

이채를 드러내던 철무적이 힐끗 거웅을 일별했다.

"저 아이는 더욱 특별한 인연이었더냐?"

몽천악은 여전히 시선조차 돌리지 않고 대꾸했다.

"다른 두 사람이라도 마찬가지였을 것입니다."

"……!"

소강과 남청의 눈에 어떤 격동의 빛이 스쳐 갈 때, 잠시 물끄러미 몽천악을 응시하던 철무적이 머리를 끄덕이더니 다시 주머니를 내밀며 말했다.

"받아라."

"조건부터 말씀하십시오."

"내가 뭘 원하는지 모르겠느냐?"

"……!"

이채를 드러내는 속에서도 몽천악이 눈만 끔뻑거리고 있자 철무적도 대답을 기다리지 않고 말을 이었다.

"처음 보는 순간 알았다, 곱게 돌아가기는 틀렸다는 것을. 모처럼 가슴이 뛰고 손이 근질거리는 놈을 만났는데, 어찌 그냥 보낸단 말이냐. 너 역시 그래서 이제껏 내 시선을 피한 것이 아니더냐?"

"……!"

"신창의 말을 들었을 때는 그저 그러려니 했었는데, 직접 보니 그의 말이 오히려 부족했다고 느껴지는구나. 이미 상당한 심득(心得)을 얻었구나. 이삼십 년이 아니라 그 반이면 족하겠다. 아니, 훨씬 더 빠를 수도 있겠고. 그래서 그의 당부는 잊기로 했다. 나중은 나중의 일. 내가 참지 못하겠으니 미리 수인사를 나누어보자꾸나. 사실 너를 위해서도 그 편이 어쩌면 도움이 될 것 같고 말이다."

"비무를 하자는 말씀이십니까?"

"바라는 바가 아니더냐?"

이어 철무적이 주머니를 흔들어 보였다.

"이것이면 네가 거리낄 일도 없을 테고."

"저만 이득을 보는 일 같습니다만."

맞는 말이었다. 사실 비무가 됐든, 싸움이 됐든 간에 철무적 같은 고수와 손속을 나누어보는 자체가 기연이나 마찬가지인 일이었다. 거기다 무가지보라 해도 과언이 아닌 구전금단까지 얹혀 있었다.

"그럼 나중에 내 부탁이라도 하나 들어주려무나."

"어떤……?"

"글쎄, 그건 그럴 일이 있을 때 이야기하기로 하고. 그보다 팔 아프니까 얼른 이것이나 가져가라."

이번에는 몽천악도 두말 않고 구전금단이 든 주머니를 받았다. 물론 감사의 예를 취하는 것도 잊지 않았고. 이어 그는 손짓으로 남청을 불러서는 그것을 건넸다. 행여나 싸우는 도중에 훼손이라도 되면 큰일이었기에 그러했다. 그런데 뜻밖에도 남청은 주머니를 건네받으면서 몽천악의 손까지 한꺼번에 부여잡고는 잠시간 놓지 않는 것이 아닌가. 게다가 그런 그의 손길은 가늘게 떨리고 있었고, 몽천악을 바라보는 두 눈 역시 어떤 근심과 불안의 기색을 역력히 드러내고 있었다.

다른 까닭이 아니었다.

철무적과의 비무는 결코 일반적인 의미의 비무가 될 수 없다는 것을 알기 때문이다. 본래 철무적은 가벼운 대련이나 비무란 것을 모르는 사람이었다. 그에게는 생사투 같은 대결만이 있었다. 상대가 누구든 일단 붙으면 오직 싸움에만 몰입했다. 상대의 모든 것을 끌어내려고 노력했고, 더불어 자신도 전력을 다해 상대했으며, 나아가 상대의 무공을 완전히 파해하거나 파괴하지 않고는 멈추지 않았다. 그것은 철무적 본인으로서도 어쩔 수 없는 선천적인 그의 습성이었다. 싸움에 들어가기만 하면 스스로도 제어가 불가능했던 것이다. 어쩌면 그런 것이 지금의 철무적을 만들어낸 것일지도 모르지만, 어떻든 그래서 그와 싸운 상대들은 죽거나 폐인이 되는 게 다반사였다.

그 주변의 친인이라고 다르지 않았다.

신창 같은 이만 봐도 그랬다. 이미 그 이전부터 친구였던 그는 단지 서로의 무공을 인증 비교해 보고자 했을 따름이었다. 또 겉보기엔 간발의 차이로 졌을 뿐이었다. 하지만 그는 거의 이 년을 요양한 끝에야 본신을 회복할 수 있었다. 엉망진창이 된 몸도 몸이지만 자신의 무공이 그의 손속 앞에 완전히 파괴되는 것을 경험한 데서 오는 마음의 상처 또한 심각한 수준이었기에 그러했다. 그가 그럴 정도였으니 외부인은 더욱 말할 것이 없었다. 십중팔구는 재기가 불가능했다. 하기야 그래서 그와 겨루고, 또 살아남은 사람들이 그에게 깊은 원한을 지닌 채 와신상담하거나 아니면 아예 세상을 등지는 것일 터였다. 또 그런 까닭에 어느 순간부터 그에게 덤비는 사람이 아예 없어졌는지도 모르는 일이고.

강호인 모두가 아는 그러한 사실을 몽천악이라고 듣지 못했을 리 없었다. 따라서 남청의 염려가 무엇인지도 모르지 않았고. 그러나 그는 일말의 표정 변화나 흔들림 없이 다만 가만히 한 번 고개를 끄덕이더니 말했다.

"걱정 마라."

"……."

몇 번이나 무어라 입을 열려 입술을 오물거리던 남청은 그에 결국 아무 말도 하지 못하고 몽천악의 손을 놓았다. 대신에 억지로 짓는 것임을 알 수 있는 미소를 떠올려 보이고는 이내 몸을 돌렸다.

"나도 칼을 쓰도록 하지."

남청이 물러서고 나자 철무적이 말했다. 그리고는 돌아보지도 않고 집도도인을 향해 손을 내밀었다.

"한 자루 다오."

본래 철무적의 독문병기는 조화봉(造化棒)이라는 것으로, 한철로 만들어졌음에도 불구하고 길이를 사용자가 마음대로 조절할 수 있는 기병이었다. 하지만 무존이란 칭호를 받은 이래로 그는 거의 그것을 사용한 적이 없었다. 병기의 종류는 물론이고 그 유무(有無)에도 구애받지 않을 정도로 경지에 오른 까닭이었다. 그래서 보통은 한 쌍의 육장(肉掌)으로 상대했고, 그것을 견딘 사람조차 지난 수십 년 동안 단 한 사람도 없었다.

그런데 그가 칼을 쓰겠다고 말하고 있었다.

누구보다 놀란 사람은 문야후와 집도도인이었다. 그들은 새삼스럽게 몽천악을 쳐다보았고, 또 맹주를 쳐다보면서 경이와 곤혹을 감추지 않았다.

단순히 칼을 쓰겠단 말을 들은 때문만이 아니었다.

근래에 들어서는 맹 내에서는 말할 것도 없고 외부에서도 좀처럼 손을 쓸 일이 없고, 또 쓰지도 않는 철무적이었다. 하물며 스스로 비무를 하겠다고 나선 경우는 지난 십여 년 동안 본 적도, 들은 적도 없었다. 그 경지가 너무 올라가다 보니 이제 싸울 상대도 없을뿐더러 흥미 자체도 잃은 것이 아니겠느냐는 말과 함께 이러다 우화등선(羽化登仙)이라도 할까 걱정이라는 꼭 농담만은 아닌 우스갯소리가 맹 내의 인물들 사이에서 돌 지경이었다. 그런데 직접 비무를 청하는 것도 모자라 칼까지 쓰겠다니. 두 사람으로서는 자신들이 잘못 들은 게 아닌가 의심할 정도로 놀라지 않을 수 없었고, 또 몽천악을 새롭게 보지 않을 수가 없었던 것이다.

그래서 또한 곤혹을 떠올린 것이기도 했다.

비록 범상치 않게 느껴지는 바가 없는 것은 아니지만 아무리 그래도 그들이 보기에 몽천악은 이제 겨우 강호에 이름을 올린 피라미였다. 맹주가 이렇게까지 인정하고 대우하는 게 그리 이해가 되지도 않았고, 또 탐탁치도 않았다. 그리고 설사 상대가 정말 그럴 만한 인물이더라도 이런 식으로 대뜸 맹주가 나서서는 안 되었던 것이다. 적어도 자신들 중 하나가 먼저 나가서 실력을 검증한 다음에 나서도 나서야 했다. 그것이 순서였고, 절차였다. 나아가 자신들이 나선다면 결코 맹주에게는 기회가 없을 것이라고 내심 장담하고 있었고.

특히나 집도도인은 더했다.

그도 칼이라면 사족을 못 쓰는 만큼이나 칼을 쓰는 사람과 싸우는 것을 좋아했고, 실력은 말할 것이 없었다. 오죽했으면 몽천악의 사부도 그를 백 개의 비무첩 중에서도 월등한 십대도객의 하나로 꼽았겠는가.

하기야 기실은 몽천악도 벌써부터 그와 싸우고 싶어 안달이 날 지경인 것은 마찬가지였다. 만약 거웅의 목숨이 경각에 달린 일이 아니었다면, 그래서 조금도 다른 데 신경을 쓸 시간이 없지 않았다면, 처음 그의 신분을 알았을 때 바로 비무첩을 내밀며 그와 비무부터 하려 들었을 터였다. 그리고 거웅에 대해 한시름 놓은 이제는 철무적과의 비무가 있었다. 그와의 비무를 앞두고 다른 사람과 먼저 싸운다는 것은 어불성설이었다. 무엇보다 철무적이 허락하지 않을 터였다. 다른 사람과 싸우고 난 뒤에 손을 쓴다는 것은, 설령 그것이 아무런 여파를 미치지 않는다 할지라도 그로서는 용인할 수 있는 일이 아니었다. 그리고 백번 양보해서 설사 그가 개의치 않는다 해도 몽천악 자신이 당장 그렇게 할 수가 없었다. 조금도 신경을 분산시키지 않고 모든 힘을 쏟아 부으며 일심으로 달려들어도 될까 말까 한 상대였기에 그럴 수밖에 없었다.

어쨌거나 그런 내심과는 달리 문야후나 집도도인은 어떤 불복의 빛도 내보이지 않았다. 당연한 일이었다. 지엄한 맹주가 아니던가. 그가 이미 결정한 이상 따르는 수 외에는 다른 방법이 있을 수 없었다. 그리고 그의 안목은 자신들이 따를 바가 아니었기에 더욱 그러했고. 게다가 비무의 결과가 어떨지, 몽천악이 어떤 꼴을 당할지 짐작 못할 바 아니기에 굳이 내심을 드러낼 까닭이 없기도 했다.

“이번에 얻은 것을 써보시겠습니까?”

집도도인이 성큼 한 걸음 나서더니 품에 안고 있던 칼을 두 손으로 공손히 받들어 내밀었다. 그러나 철무적은 머리를 흔들었다.

“네가 평소 쓰던 것으로 줘.”

보도를 수집하는 데 광적인 집도도인이었지만 특이하게도 자신이 싸울 때는 결코 보도를 쓰지 않았다. 아주 흔한 것도 아니지만, 그렇다고 귀한 것도 아닌 청강도를 썼다. 부러지거나 훼손되면 다시 구입했고.

집도도인이 얼른 보도를 갈무리하고 등에 멨던 청강도를 끌러내는 사이 철무적이 슬쩍 입꼬리를 말아 올리는 미소를 지으며 말을 이었다.

"무엇이라도 상관없는 일이기는 하다만, 그렇지만 그것은 네놈이 그렇게 소원하던 도룡보도가 아니더냐. 이제야 겨우 손에 넣은 것을 혹시라도 내가 부러뜨리기라도 한다면 무슨 원망을 들으려고?"

"도룡보도라고 하셨습니까?"

갑자기 소스라치듯이 터져 나온 몽천악의 음성에 사람들의 시선이 의혹을 담고 그에게로 몰릴 것은 당연지사. 철무적이 물었다.

"왜 그러나?"

"단봉문의 그 도룡보도란 말입니까?"

"그렇다만."

"어떻게 구하셨습니까?"

급히 다시 묻는 몽천악이었다.

"쟁탈전이 벌어졌다고 들었는데? 혹시……!"

"바로 거기서 가져왔다."

철무적이 머리를 끄덕였다.

"안 그래도 오랜만에 강호에 나올 일이 있던 차에 저 칼에 미친놈이 하도 애원하는 데다, 놔두면 계속 강호가 소란스러울 것 같아 우리가 거두어들이기로 한 것이다. 벌써 수많은 사상자가 생기고 있었던 터라 지금 와서 돌이켜 봐도 백번 잘했다는 생각이고."

"다른 사람들은 어떻게 되었습니까?"

"우선 영문부터 알자."

달리 여가도 주지 않고 계속해서 제 질문만 급박하게 해대는 몽천악의 행태에 철무적이 마뜩찮은 심정을 내비치듯 미간을 찌푸리며 말했다.

"혹시 너도 저 칼에 흑심이 있었더냐?"

"그런 것이 아닙니다."

"아니면?"

"칼을 쫓아간 분 때문입니다."

몽천악이 힐끔 도룡보도를 일별하며 대꾸했다. 그리고는 주오기에 대한 것과 그가 뒤쫓아간 상황을 간략하게 이야기해 주었다. 더불어 자신의 염려가 무엇인지도.

"그가 너와 숙부의 연을 맺었을 줄이야……."

철무적이 머리를 주억거렸다.

"그렇지만 그는 보지도 못했는데?"

이어 문야후와 집도도인을 돌아보았다.

"너희는 보았느냐?"

"못 봤습니다."

"그는 없었습니다."

집도도인에 이어 문야후가 대답했다.

"익히 알려진 인물이니 근처에라도 있었다면 수하들이라도 발견을 했을 테고, 그랬다면 보고하지 않았을 리가 없습니다."

"……!"

이제 곤혹스러운 것은 몽천악이었다. 잠시 생각하던 그는 이내 문야후에게 말했다.

"당시의 정황이 어떠했는지 알려주시겠습니까?"

"별것도 없었네. 누군가 한 사람이 칼을 획득해서 도망가면 우르르 다른 사람들이 쫓아가고, 그러다 다른 인물이 낚아채서 달아나면 또 모두가 그를 쫓아가고 하는 그런 상황이었네. 우리가 나타나자 그것으로 끝이었고."

"처음 칼을 가졌던 사람들은 어떻게 되었습니까?"

"단봉문의 여식과 보표 말인가? 그들은 없었네. 수하들이 알려온 바에 의하면, 쫓는 사람이 많아지자 도룡보도를 사람들 한가운데로 던져 버리고는 그대로 모습을 감추었다고 하더군."

"아……!"

탄성을 발하는 몽천악의 얼굴에 그제야 얼마간 안도의 빛이 떠올랐다. 보도를 취하는 것은 나중에라도 할 수 있는 일. 우선은 단봉문의 두 사람을 놓치지 않기 위해 주오기가 그들을 뒤쫓았으리라고 추측했던 까닭이다. 적어도 주오기라면 보도를 취해봐야 수많은 사람들의 표적이 될 수밖에 없다는 것을 뻔히 알면서 그 이전투구 속에 끼어들었을 리가 없었다.

문야후가 물었다.

"더 궁금한 것은 없는가?"

"이제 됐습니다."

몽천악이 가볍게 머리를 숙여 보이며 감사를 표할 때였다. 집도도인에게서 청강도를 건네받은 철무적이 그것을 슬쩍 허공에 떨쳐 보며 중얼거렸다.

"참으로 오랜만이군."

"아……!"

사람들의 입에서 탄성이 흘러나왔다.

그냥 아무렇게나 휘두른 것 같은데도 칼의 궤적을 따라 마치 찬란한 유성의 빛무리 같은 도광이 일렁이는 데 더해 순간적으로 주변 공간마저 일그러뜨리는 듯한 무서운 파괴력을 느낀 때문이었다.

몽천악이라고 그것을 못 보고, 못 느꼈을 리 없었다. 하지만 그는 조금도 흔들리지 않았다. 오히려 한층 더 굳건한 모습으로 대산을 들어서는 예의 대결에 돌입하는 자세를 취했다. 그에 철무적도 천천히 칼끝을 몽천악에게 겨누었다. 때를 같이해서 사람들은 누가 무슨 이야기를 꺼내지 않았음에도 마치 약속이라도 한 듯이 모두가 한결같이 슬금슬금 뒷걸음질치기 시작했다. 그리고 거의 십여 장이나 물러서고서야 멈추었다. 비무 공간을 만들어주는 당연한 행동이기도 했지만, 그전에 단지 마주 섰을 뿐인데도 가까이에서 버티고 싶어도 버틸 수 없게 만드는 두 사람에게서 뿜어져 나오는 무형의 기운 때문이기도 했다. 하기야 그래서 몽천악의 곁에서 결코 떨어지지 않을 것처럼 자리를 지키던 흑아 역시 마지못한 움직임으로 사람들과 같이 물러서는 것이기도 했고.

그런데 그렇게 사람들이 물러나서 걸음을 멈추는 순간이었다.

문야후가 불현듯 무언가 생각났다는 표정을 짓더니, 이내 까마귀음성 등을 향해 고개를 획 돌리는 것이 아닌가. 그제야 그들을 제압하지도 않은 채 그냥 두고 있었다는 사실에 생각이 미친 것이고, 그리하여 혹시라도 두 사람의 대결 중에 그들이 도망칠 기도를 하지나 않을까 걱정해서 무의식중에 행한 행동이었다. 기실 그때까지도 까마귀음성 등 네 사람은 앞에서 받은 충격에서 헤어나지 못하고 있었고, 더불어

장내의 상황도 상황인지라 다른 생각을 못한 채 제자리에서 꼼짝도 않
고 있었다.

하지만 문야후가 돌아보는 순간에는 아니었다.

그들도 바보는 아니었고, 그것이 무엇을 뜻하는지 모르지 않았다.
기실 문야후로서는 당장 그들을 어찌할 생각으로 한 행동은 아니었지
만, 그러나 십괴의 입장에서는 결국은 한가지였다. 그리하여 그들은
화들짝 놀란 모습으로 누가 먼저랄 것도 없이 재빨리 몸을 날렸다. 상
대가 상대이고, 또 성공할 가능성이 낙타가 바늘구멍을 통과하는 것처
럼 희박하다 해도 일단은 사력을 다해 시도는 해봐야 했다. 어차피 천
룡맹의 손에 떨어지면 끝이었다. 앞선 문야후의 말로 미루어 온갖 수
모와 고문을 다 당하며 천룡맹이 필요한 모든 것을 다 내놓고, 또 실토
하지 않으면 안 될 터였고, 더불어 그 뒤에도 곱게 죽지 못할 터였다.
중인들 앞에서 구경거리가 된 채 능지처참이나 당하지 않으면 다행이
었다. 따라서 이미 제압당해 있는 다른 여섯은 차후의 문제였다. 자신
들이라도 살아야 했고, 설사 자신들 중에서도 단지 한두 사람만이 온전
히 도망칠 수 있다 해도 아무런 상관 없었다. 누구든 한 사람이라도 살
아남으면 그것으로 충분했다. 그래서 일주곡만 벗어나면 사방으로 나
뉘어서 달아날 생각이었고.

그러나 헛수고였다.

그들은 일주곡을 벗어나기도 전에 하늘을 뒤덮는 쇠그물 세례를 받
아야 했고, 꼼짝없이 갇히고 말았다. 누가 뒤쫓아오는 것에만 신경 쓰
고 있었기에 앞을 제대로 살피지 못한 탓이었다. 하기야 아무리 앞에
도 주의를 기울이고, 그리하여 그물은 어떻게 피할 수 있었다손 치더라
도 거기까지였을 터였다. 그들은 어째서 문야후 등이 지금까지 태평했

으며, 또 바로 쫓아오는 시늉조차 않는지부터 생각했어야 했다. 그물에 뒤이어 어느 틈에 은신해 있었는지 여기저기서 수십 명도 더 돼 보이는 그림자가 속속 모습을 드러내더니 순식간에 그들을 에워쌌다. 그것도 하나같이 범상치 않은 기도를 보이는 자들이었다. 천룡맹의 인물들이 아니고 누구이겠는가. 다른 사람도 아닌 맹주의 행차였다. 수행원이 없을 리는 만무했다. 하물며 순찰당주까지 같이 움직이고 있었다. 애초에 십괴가 도망친다는 것은 불가능한 일이었다.

"모두 데려가라."

문야후가 명령했다.

그러자 그야말로 말이 끝나기가 무서웠고, 일사천리가 따로 없었다. 까마귀음성 등 네 사람을 제압하고, 그물을 갈무리하고, 또 다른 여섯까지 데려가며 그들이 완전히 모습을 감추는 데는 채 반 각도 걸리지 않았다.

그렇지만 그런 소동에도 몽천악과 철무적의 자세는 조금도 변함이 없었다. 시선도 마찬가지였다. 서로에게서 한시도 눈길을 떼지 않았다.

그리고 어느 순간이었다.

"오너라."

철무적이 말했다.

기다렸다는 듯이 몽천악은 움직였다.

여느 때라면 상대가 먼저 출수하기를 기다려 대응했을 테지만, 그럴 수가 없었다. 칼을 마주하는 순간 철무적은 이전까지와는 또 달랐다. 태산이었고, 대해였다. 더구나 은연중 옥죄어오던 무형의 기운이 한층 더 막강해져서 엄습해 왔다. 가만히 있다가는 그 기세에 그대로 속절

없이 짓눌러 버리고 말 것만 같았다. 그리하여 몽천악으로서는 선택의
여지가 없었던 것이다.

그렇지만 그의 공세는 결코 산만하지도, 다급하지도 않았다. 그의
신형은 굳건함과 장중함을 유지하면서도 섬전처럼 빨랐고, 그의 칼은
더욱 무서운 위용을 보였다. 십 장 밖의 사람들까지도 한순간 움찔하
게 만들 정도로 무시무시한 도강풍의 회오리가 전권을 완전히 감싸는
가 싶더니 번개 같은 쾌격이 철무적을 덮쳤다.

묵천도 중에서도 가장 파괴적인 뇌자결이었다. 전력을 다했을 것 역
시 말할 것이 없고, 팽화산이 보여준 것을 조화지경에 이르면서 얻은
심득의 일부까지 실려 있었다. 하지만 당장 상대를 어찌하겠다는 것도
아니었고, 또 그렇게 할 수 있으리란 기대도 하지 않았다. 상대는 다른
이가 아닌 철무적이었다. 우선 상대에게서 발산되는 엄중한 무형의 기
운부터 누그러뜨리고, 또 태산처럼 견고하기만 한 상대의 자세를 조금
이라도 흔들 수 있으면 그것으로 만족이었다. 아무리 철무적이라도 이
런 공세라면 피하든지 막든지 간에 전력을 다해 대응하지 않을 수 없
을 터였고, 일단은 그것이 중요했다. 그렇게 흔들어놓아야 연이은 제
이, 제삼의 공세가 제 몫을 할 수 있었다.

그러나 철무적은 그의 의도대로 움직여 주지 않았다.

전혀 자세를 흐트러뜨리지 않은 채 가만히 기다리고 있다가 대산이
면전으로 파고드는 급박한 순간에야 슬쩍 칼만 움직였다. 그것도 대산
과 맞부딪치는 것이 아니라 교묘하게도 대산의 옆면에 슬쩍 붙이면서
밀어내는 것이 아닌가. 아니, 그것이 아니라 가볍게 붙였다 뗐다고 하
는 것이 더 맞을 터였다. 그것은 그 자체만 놓고 봐도 불가사의라고밖
에 표현할 수 없는 일이었다. 내려치는 칼날에 마치 한 마리 나비가 앉

았다 다시 날아가는 것과도 같은 형국이었으니. 훨씬 늦게 출수하고, 또 느리게 움직인 것 같으면서도 어떻게 그토록 무서운 속도로 쇄도하는 대산에 마치 미리 약정되고 예정되어 있었던 것처럼 정확하고도 자연스럽게 자신의 칼을 붙일 수 있단 말인가.

게다가 그 결과는 더욱 놀라웠다.

치익, 하는 소음이 인다 싶은 다음 순간 대산이 아예 방향을 잃고 한참이나 옆으로 비켜가고 있었다. 나비가 날갯짓으로 칼날을 튕겨낸 것과 다름 아니었다. 철무적이기에 가능한 일이었다. 세상의 그 어떤 빠른 움직임도 눈앞에 잡아놓고 보는 것처럼 일목요연하게 볼 수 있는 심안(心眼)과 초절한 공력, 그리고 혹독한 수련 끝에 이루어낸 마음과 한가지로 반응할 수 있는 고도로 발달되고 정밀화된 육신, 이것의 삼위일체였다.

만약 여느 다른 사람이 이런 경우를 당했다면 너무나 혼비백산하고, 그래서 더는 상대하고 싶은 엄두가 나지 않기 십상이겠지만, 그러나 몽천악은 아니었다. 물론 그라고 어찌 놀라는 바가 없고, 또 가슴이 철렁 내려앉는 느낌을 받지 않았겠는가마는, 그는 이내 그것을 투지와 투기로 바꾸었다.

"타핫!"

그리하여 그는 드물게도 기합성까지 내지르며 다시 대산을 전개했다. 뇌우보를 기반으로 점자결과 쾌자결을 연이어 펼쳤고, 더욱 무서운 기세였다. 바깥에서 보는 사람들에게는 오직 전권을 휘감고 돌며 난무하는 대산의 그림자와 거기에서 발생하는 도강풍밖에 보이지 않았고, 또 그것으로 인한 무시무시한 소리만이 들렸다. 그래서 설마하면서도 문야후의 얼굴에 언뜻언뜻 어떤 불안의 그림자가 비칠 정도였고,

다른 사람들도 모두가 입을 쩍 벌린 채 경이의 눈으로 지켜보고 있을 정도였다.

하지만 실상의 결과는 많이 달랐다.

철무적은 여전히 미동도 않은 채 칼만 슬쩍슬쩍 움직였고, 그것으로 끝이었다. 매번 몽천악은 방향 잃은 대산을 황급히 거두어들이거나, 아니면 그 상태에서 바로 다른 초식으로 변환시키지 않으면 안 되었다. 주오기나 신창 등 그동안 여러 사람과 부딪치면서 얻었던 것은 물론이고, 조화지경에 들면서 터득한 여러 가지 심득도, 그리고 상대의 반응과 동작을 감지하는 예지 능력도 소용이 없었다. 그뿐만이 아니었다. 평소와는 달리 몇 초 지나지 않아서 벌써 온몸이 땀투성이가 되고 있었다. 사력을 다하는 탓도 있지만, 그보다는 철무적에게서 발산되는 무형의 기운으로 형성된 장막이 그만큼 그를 힘들고 피곤하게 만드는 까닭이었다. 가까이 다가가면 갈수록 그것은 더욱 질겼고, 예리했으며, 추호의 방심도 용납하지 않았다. 온 심력과 기력을 기울여 그것의 침습을 방비하는 것이 우선이었고, 그러면서 또한 전력을 다한 공세도 전개해야 했으니, 자연 내력과 체력의 소진이 다른 때보다 훨씬 급속도로 이루어질 수밖에 없었다. 그렇다고 당장 그의 공세가 무뎌진 것은 아니었다. 오히려 계속해서 부딪치며 적응하다 보니 어떤 면에서는 훨씬 영활하기까지 했다. 물론 그렇다고 해도 상황은 변함이 없었고.

그런데 얼마나 지났을까.

"헛!"

몽천악의 입에서 돌연 경악성이 흘러나왔다.

달리 그런 것이 아니었다. 철무적의 칼이 대산에 닿는 순간 이제까지와는 달리 강력한 흡인력이 발생해서는 그대로 대산을 붙들어 맸던 까닭이다. 그러나 아무리 그렇더라도 일반적이라면 서로의 병기에 실린 역도가 있는 이상, 다음 순간 대산과 칼이 교차되면서 미끄러져야 정상일 터였다. 아니면 몽천악의 의지에 따라 대산이 회수되기라도 하든지. 그러나 그렇지가 않았다. 마치 무슨 강력한 아교라도 발라진 것처럼 대산을 그대로 붙들면서 완전히 정지시켜 버렸다. 몽천악으로서는 어찌할 수가 없었다. 대산을 전진시킬 수도, 후퇴시킬 수도 없었다. 아무리 내력을 쏟아 부어도 마찬가지였다.

원인이야 어떻든 결국 두 사람은 칼을 교차한 채 모든 동작을 정지했고, 장내도 거짓말처럼 한순간에 고요를 되찾았다. 그렇지만 그것도 잠깐이었다. 영문을 모르는 구경꾼들의 두런거림이 있었던 것이다.

"어, 어떻게 된 일이지?"

"숨 고르기인가?"

"설마 내력 대결은 아닐 테지?"

하지만 그들도 곧 입을 다물었다.

다시 변화가 있었던 것이다.

철무적이 어떤 작은 움직임도 보이지 않았음에도 불구하고 돌연 몽천악의 몸이 움찔거린다 싶더니, 다음 순간 마치 보이지 않는 무엇인가에 갑자기 크게 얻어맞기라도 한 사람마냥 제 혼자 뒤로 튕겨지며 비칠비칠 물러서는 것이 아닌가. 게다가 그런 와중에도 억지로 끌어당겨 가슴에 세우고 있는 대산을 움켜쥔 손과 그리고 입가에서도 한줄기 피가 흐르고 있었다.

달리 그런 것이 아니었다.

겉보기완 달리 둘 사이에 보이지 않는 한차례 치열한 공방이 있었고, 몽천악이 손해를 본 결과였던 것이다.

　기실 몽천악은 처음 아무리 해도 대산을 뗄 수가 없자 도무지 믿을 수 없을 정도로 엄청난 상대의 공력에 놀라고 당황했지만, 곧 그것이 아님을 깨달았다. 비록 철무적이라도 인간인 이상 순수한 내력만으로 이런 현상을 만들 수는 없었다. 다른 사람도 아닌 이미 조화지경에 든 자신이 아니던가. 설사 자신보다 공력이 몇 배 높다고 해도 해낼 수 있는 일이 아니었다. 그리하여 얼른 마음을 가라앉히고 유추한 결과, 자신의 공력을 이화접목(移花接木)과 진기도인(眞氣導引)의 수법으로 교묘하게 이용하고 있다는 결론을 내렸다. 정확히 짚은 것이었다. 계속 대산에 쏟아 붓던 내력을 실험 삼아 일순간 거두자마자 철무적의 칼에서 나오던 흡인력 역시 사라지는 것을 느꼈으니까.

　몽천악으로서는 바라 마지않던 바였고, 기다리던 순간이었다. 옳다구나 하고 그는 미리 준비하고 있던 묵천도의 분자결을 통해 철무적의 칼에 일시에 경력을 쏟아 부었다. 자신의 수법이 부지불식간에 파해된다면 누구라도 최소한 한순간이나마 당황할 수밖에 없을 일. 하물며 몽천악의 공력에 기대고 있다가 그것이 갑자기 없어짐에 따라 실 끊어진 연 꼴이 되어버린 철무적의 칼이었다. 분자결이라면 그런 칼을 통해 충분히 철무적의 본체까지 흔들어놓을 수 있을 터였다. 몽천악은 그렇게 생각했다.

　그러나 철무적은 한 수 위였다.

　몽천악이 분자결을 시전하는 순간, 마치 기다렸다는 듯이 그보다 더욱 빠르고 막강한 경력이 철무적의 칼에서 노도처럼 밀려들었다. 철무적은 이미 모든 경우에 다 대비하고 있었던 것이다. 그리하여 그것은 채 힘을 다 싣지 못한 분자결을 허물고는 몽천악의 가슴까지 진탕시켰고. 그러니 당연한 결과라고 할 수 있었다.

거의 대여섯 걸음이나 뒷걸음질친 연후에야 신형을 멈춘 몽천악은 대산을 고쳐 쥐면서 크게 심호흡부터 했다. 심신을 안정하고, 나아가 전의를 끌어올리는 행동이기도 하지만, 가장 중요한 목적은 그것으로 간단히 진기를 유통시키면서 내상을 다스리려는 것이었다. 어지간한 내상 정도는 한 호흡이면 거뜬했다. 소진된 내력도 두 호흡이면 웬만큼 다시 채울 수 있었다. 조화지경에 든 몸이기에 가능한 일이었다.

그러나 철무적은 기다려 주지 않았다.

몽천악이 한 번의 심호흡도 채 끝내기 전에 그는 그대로 칼을 휘둘렀다. 그런데 뜻밖에도 제자리에 서서 그대로 휘두르는 것이 아닌가. 몽천악이 물러난 관계로 칼이 닿기에는 한참이나 먼 거리임에도 그러했다. 뿐만이 아니었다. 몽천악 역시 안색이 변하면서 다급하게 대산을 들어 막는 자세를 취하는 것이 아닌가.

달리 그런 것이 아니었다.

이내 철무적의 칼이 찬연하게 빛나면서 칼끝이 쭈욱 늘어나는가 싶더니 그대로 한 자가량이 툭 끊어져서는 빛살처럼 몽천악에게로 쏘아져 가는 것이었다. 다름 아닌 탄강(彈罡)이었다. 병기로 강기를 만드는 데 그치지 않고 그것을 쏘아 보내기까지 하는 강기무공의 결정체. 근자에는 물론이고 과거에도 과연 연성한 사람이 있었나 싶을 정도로 전설처럼 입에서 입으로 전해 내려오는 공부. 그것의 현신이었다.

"안 돼!"

"피해요!"

소강과 남청의 입에서 단말마 같은 외침이 먼저 터져 나왔다. 그리고 그들의 외침이 끝나기도 전에 폭음이 천지를 울렸다.

쾅!

사람을 구분할 수 없을 정도로 몽천악을 뒤덮으며 자욱한 먼지가 일어나는 가운데, 구경하던 사람들은 모두가 한순간 오만상을 찡그렸다. 흑아도 털듯이 머리를 흔들어댔고. 하늘이 울리고 땅이 흔들릴 정도의 무자비하게 큰 소리도 소리지만, 무엇보다 그 소리에 실린 역도 때문이었다. 만약 문야후가 늦지 않게 금소천의 수혈을 짚으면서 제 옷자락으로 귀를 막아주지 않았다면, 내공이 약한 그는 아마도 고막이 터져버리거나 내상을 입고 혼절하는 경우를 당하고 말았을 터였다.

"아……!"

잔뜩 걱정스런 모습에 더해 여차하면 몽천악을 향해 몸을 날리려는 모습까지 보이던 소강과 남청은 물론이고, 문야후와 집도도인마저도 한가지로 누가 먼저랄 것도 없이 탄성을 흘려냈다.

먼지가 가라앉으면서 몽천악의 모습이 보인 까닭이었고, 더불어 비록 입가에 흐르는 피의 양이 조금 더 많아지기는 했지만 그가 대산으로 탄강을 막아가던 자세 그대로 제자리에서 생생하고도 투지에 찬 눈을 하고는 굳건히 버티고 있는 것을 본 때문이었다. 대산도 멀쩡했고. 참으로 놀랍고 기이한 일이 아닐 수 없었다. 그러나 그들은 그에게 더 주목할 겨를도 없이 다음 순간 다시 한 번 탄성을 질러야 했다.

"아!"

앞선 것과는 내용이 전혀 다른 급박하고 경악에 찬 것이었다.

그럴 수밖에 없었다.

몽천악의 신형이 드러나자마자 철무적이 지체없이 다시 칼을 휘둘렀기 때문이고, 그에 따라 더욱 무서운 속도와 사나운 기세로 탄강이 연이어 몽천악에게로 쏘아져 나가는 무시무시한 광경을 본 때문이었다.

쾅, 쾅, 쾅!

구경하던 사람들이 질린 얼굴로 귀까지 막는 것에 아랑곳없이 번천지복의 굉음이 열 몇 번이나 연속적으로 대기를 찢어발겼다. 협곡을 이루고 있는 절벽과 산이 요동치고, 몽천악 주변이 온통 흙먼지로 화했다.

그러나 결과는 마찬가지였다.

몽천악은 단지 몇 걸음 정도 더 뒤로 밀려나고, 입가의 혈흔이 조금 더 많아졌다 뿐이었다. 그의 태도나 자세는 변함이 없었다. 그에 사람들은 다시 한 번 경이로운 얼굴을 하지 않을 수 없었고, 더불어 놀람을 드러낸 것은 그들만이 아니었다.

"설마 전력을 감추고 있었더란 말이냐?"

철무적이 손길을 멈추고는 의외라는 눈을 했다.

"근년에 들어 우연히 얻은 것이고, 또 엄밀히 따지자면 잡기에 불과한 것이기는 하다만, 그래도 그토록 쉽게 막아낼 만한 것은 아닌데? 더욱이 조금 전까지의 네 수준으로 봐서는 더욱 쉽지 않은 일이고."

눈이 휘둥그레진 것은 구경꾼들이었다.

탄강을 잡기로 치부해 버리는 철무적의 말 때문이었다. 검강이나 도강을 한 자 이상 뽑아내는 경지조차 쉽게 이룰 수 있는 것이 아니었다. 하물며 탄강이었다. 그 출현이 강호에 알려지면 당장 무신의 강림으로까지 받아들여질지도 모르는 일이었다. 하지만 사람들은 그런 생각과는 달리 내심으로도 아무런 불복을 표할 수가 없었다. 탄강을 아무렇지도 않게 연속적으로 펼치는 것으로도 모자라 그것을 모조리 막아내면서도 멀쩡한 인간들을 보고 있었으니.

더불어 문야후와 집도도인에게는 또 다른 이유가 있었다. 그들이 아는 철무적은 한 번 비무에 들어가면 싸움이 끝나기 전에는 손을 멈추는 사람이 아니었다. 상대가 완전히 전의를 상실하고 백기를 들거나, 쓰러져서 꼼짝달싹도 못할 정도가 될 때까지 집요하면서도 무자비하게 몰아붙였다. 지금까지 그와 겨룬 이들 중 성한 사람이 거의 없는 것도 그런 까닭이었고. 그런데 비무 도중에 자의로 손속을 멈춘 것에 더해 말까지 하고 있었다. 그들로서는 도무지 믿을 수가 없었던 것이다. 더구나 이어지는 상황에서는 더욱 그럴 수밖에 없었고.

◆제7장◆
대천성(大天星)

"무슨 말인지 모르겠습니다."

도리어 제가 의아함을 드러내며 몽천악이 대꾸했다.

"저는 단지 당신의 칼과 다름없다고 생각하고 대응했을 따름입니다만."

말 그대로였다.

몽천악은 애초에 탄강이 무언지도 몰랐다. 그래서 강기덩어리가 무서운 속도로 날아오는 것을 보면서도 단지 괴상한 공부라고만 생각했고, 또 이런 공부도 있구나 하는 정도의 감흥밖에 떠올리지 않았다. 그러다 보니 그에 현혹되지 않고 상대가 직접 칼을 찔러오는 것과 마찬가지로 여겼고, 그리하여 자신도 강기를 끌어올려 대산을 감싸는 가운데 정면으로 맞서는 것이 아니라, 철무적이 그랬던 것처럼 이화접목의 수법을 이용해 비스듬히 사각으로 응대함으로써 탄강을 막아냈던 것이

다. 사실 공력의 차이가 있는지라 정면으로 막으려 들다가는 큰 손해
를 볼 수밖에 없었으니 몽천악으로서는 당연한 일이라 할 수 있었다.

"과연!"

잠시 무엇을 살피기라도 하듯 몽천악을 빤히 쳐다보던 철무적이 이
내 머리를 끄덕였다.

"내가 잘못 보지 않았구나. 너를 보자마자 내 호승심이 발동을 한
것이 우연이 아니었다. 처음 접하는 것이었을 터임에도 단번에 탄강의
요체를 꿰뚫어 보고는 대처하다니. 사실 무슨 강기니. 탄강이니 하고
요란하고 거창하게 떠들어봐야 다 본신의 연장이 아니더냐. 무형의 내
기(內氣)를 유형으로 변화시켜 어떤 형태로 드러내는 것에 불과하고.
물론 취합되고 응축된 힘에서 나오는 속도와 파괴력은 무시할 수 없지
만, 그래 봐야 상대도 강기를 운용하는 경지에 이르렀다면 결국은 서로
의 공력과 경지의 차이에서 강약이 드러나고 마는 것을. 그러니 오히
려 시전하고 나면 제어가 불가능한 탄강이야 그 절반의 공력으로도 맞
설 수 있는 일이지. 물론 최소한 자신도 어느 정도 강기를 운용할 능력
은 있어야 하고, 또 맥을 짚는 정확한 대응이 동반되어야 하겠지만."

"……"

몽천악은 묵묵히 듣고만 있었다.

사실 자신은 단지 본능적으로 대응했을 따름이었기에 달리 가타부
타 할 말이 없었던 탓이다. 더불어 철무적의 말을 듣다 보니 그제야 이
해가 되고 느껴지는 바가 있었기에 또한 그러했다.

"이제는 나도 실감하겠다."

철무적이 다시 입을 열었다.

"싸우면서 진화하고, 싸울수록 강해진다는 말에 설마 그럴 리가 있

겠는가 하면서 그저 조금 뒷심이 강한 것이려니 했는데, 그것이 아니구나. 참으로 기대가 된다. 앞으로 얼마나 더 나를 즐겁게 만들어줄지.”

말과 함께 철무적은 이제껏 한 손으로 들고 있던 칼을 두 손으로 고쳐 잡으며 자세를 취했다. 그러자 지금까지의 기세와는 비교도 되지 않는 기운이 그와 그의 칼에서 솟아나며 사방으로 확산되기 시작했다.

“나로서도 그에 걸맞은 대접을 하지 않을 수 없는 일. 나도 이제부터는 독문공부라 할 수 있는 대천성(大天星)을 운용하겠다. 어디 한번 본격적으로 어울려 신나게 놀아보자꾸나. 간다!”

“헛!”

누구보다 앞서 헛바람 소리를 내며 반응을 보인 사람은 문야후였다. 집도도인 역시 소리만 내지 않았다 뿐 그와 한가지였고. 대천성 때문이었다. 그것은 철무적의 근간이자 전부라고 해도 과언이 아닌 공부였다. 일종의 심결(心訣)이자 내공이면서 동시에 어떤 병기로도 구현해낼 수 있는 무공이기도 했다. 무엇보다 너무나 파괴적이고 무서운 위력을 지닌 까닭에 철무적도 경지에 들어서고 나서는 좀처럼 쓰지 않던 공부였다. 하기야 쓸 일이 없기도 했지만. 어떻든 그러니 문야후나 집도도인으로서는 놀랄 수밖에 없었던 것이다. 철무적이 몽천악을 거의 같은 수준에 놓고 본다는 것과 같았으니.

그사이 철무적은 다시 일변했다.

그에게서 발산되던 무형의 기운이 이내 유형으로 바뀌었다. 눈부신 은빛 광채가 그의 칼은 물론이고 그의 전신에서 뿜어져 나오고 있었다. 대천성의 공력이었다. 소강이 제 칼을 극성으로 펼칠 때면 흘러나오는 붉은 운무와 비슷한 종류라고 할 수 있지만, 그 격은 천양지차였다. 그것은 무한한 살기와 위험을 노골적으로 드러내는 가운데 어떤 장막이라도 되는 것처럼 일정 간격을 두고 그의 신형과 칼을 완전히 감쌌고, 점점 빛의 세기가 강해지고 있었다. 곧 구경하던 사람들은 물론이고 몽천악조차 그의 신형을 구분한다는 것이 불가능해졌다. 단지 사람이 칼을 들고 있는 형상의 빛무리만이 존재할 뿐이었다. 더불어 그럴수록 거기에서 흘러나오는 예기와 살기도 끊임없이 더욱 강해지고 엄중해지는 것이었다. 자연 몽천악도 잔뜩 긴장한 채 전력을 끌어올려서는 두 손으로 대산을 세워 들고 준비하지 않을 수 없었다.

그리고 어느 순간이었다.

빛무리가 둥실 하고 허공으로 떠오른다 싶더니 그대로 몽천악에게로 쇄도했다. 마치 빛살이 뻗어오는 것 같았다. 동시에 몽천악도 움직였다. 뇌우보를 전개해서는 오히려 제가 먼저 공격을 하는 것처럼 상대의 칼로 짐작되는 빛무리를 쳐갔다. 물론 정면으로 부딪치는 것은 아니었다. 사량발천근(四兩撥天斤)이니, 이화접목이니, 전사니 하는 작은 힘으로 큰 힘을 상대할 수 있는 모든 수법을 동원해서였다. 이미 앞선 격돌에서 현격한 공력의 차이를 절감한 그로서는 그럴 수밖에 없었다.

탕, 하고 대산과 빛무리에 둘러싸인 철무적의 칼이 부딪쳤다.

"큭."

짧게 억눌린 소리를 뱉어낸 것은 몽천악이었다. 자신이 할 수 있는 모든 수법을 동원했음에도 그 충격은 상상을 초월했다. 얼마나 강했던지 그사이 피가 멎었던 손은 물론이고 다른 손마저 찢어져 피가 맺힐 정도였고, 한순간 신형을 휘청거리며 뒤로 튕겨나듯 물러나야 할 정도였다. 하지만 그는 한순간이나마 그것을 되돌아보거나 연연할 겨를이 없었다. 얼른 다시 뇌우보를 시전해 옆으로 몸을 날리지 않으면 안 되었다. 대산과 부딪치면서 잠깐 둥실 떠올랐던 철무적의 빛무리가 숨 돌릴 틈도 주지 않고 다시 덮쳐 왔던 것이다. 우선은 피하고 봐야 했다.

그러나 철무적은 용납하지 않았다.

허공을 수놓듯 움직이는 그의 신형은 몽천악이 전력으로 뇌우보를 전개하는 속도 못지않았고, 그래서 이내 몽천악의 면전으로 칼을 들이밀었던 것이다. 몽천악으로서는 울며 겨자 먹기로 부딪치는 외에 달리 방법이 없었다. 그렇지만 몽천악도 순전히 수동적이고 어쩔 수 없는 반응으로만 그렇게 했냐 하면 그렇지는 않았다. 언제나 치열하게 생각하고, 노력하며, 온 힘을 다해 부딪치는 가운데 어떤 상황에서든 할 수 있는 모든 것을 쏟아내려 애쓰는 사람이 아니던가. 그는 그 짧은 순간에도 최선의 대응을 고민했으며, 그리하여 상대의 힘을 거스르지 않는 방법을 생각해 냈고, 그 결과는 천양지차였다.

다시 탕, 하고 도무지 칼과 칼이 부딪치는 것 같지 않은 소리가 울려 퍼졌고, 몽천악은 역시 이번에도 뒤로 튕겨났다. 앞서보다 훨씬 먼 거리였다. 그렇지만 오히려 그가 받은 충격은 덜했다. 상대의 힘을 억지로 거스르려 하지 않고 예봉만 막아내면서 그 반탄력으로 물러났기에 그러했다. 손의 상처도 더 진행되지 않았고, 무엇보다 뒤이어지는 상대의 공세에 당황하거나 피하는 데만 급급하지 않고 재빨리 자세를 갖추며 대응할 수 있는 여력을 남기고 있었다는 점이다. 그래서 숨 돌릴 틈조차 주지 않고 계속해서 이어지는 철무적의 공세에 다시 대응할 수 있었고. 물론 그래 봐야 위태위태하기 그지없는 가운데 간신히 상대의 공세를 저지해서는 다만 일격에 일패도지하지 않은 게 고작이라고 봐야 마땅할 정도지만. 또 누가 봐도 몇 수 안에 당장 쓰러진다고 해도 이상할 것이 없는 형국이기는 했지만. 어떻든 몽천악은 나름대로 최선을 다해 끈질기게 버티고 있는 셈이었다.

"역가야, 어떻게 이런 일이 있을 수 있지?"

둘의 공방을 지켜보던 문야후가 시선을 돌리지도 않은 채 불쑥 말했다.

"어째서 저자가 아직도 쓰러지지 않고 있지? 다른 것도 아닌 대천성인데? 그것도 벌써 여러 수가 지났는데? 설마 맹주님께서 봐주기라도 하는 건가?"

그러나 집도도인은 아무 대꾸도 하지 않았다. 전장에 시선을 고정한 채 그를 돌아보지도 않았다. 문야후 역시 애초에 무슨 대답을 듣고자 한 것은 아닌 듯 기다리지 않고 이내 다시 입을 열었다.

"하기야 그럴 리가 없겠지. 일단 불이 붙으면 스스로도 감당이 안 될 정도로 싸움에 몰입하고, 또 그렇게 자신과 상대가 모든 것을 쏟아내며 싸우는 것을 즐기시는 분이니. 그리고 보면 과연 맹주님께서 상대하고 싶을 정도로 저자가 상당하다는 이야긴가? 그것참……."

"형님은 강합니다."

말꼬리를 잡은 것은 남청이었다.

"상대가 아무리 맹주님이라도 쉽게 어찌 될 분이 아닙니다. 비록 지금은 사정없이 몰리고 있지만, 그러나 어쩌면 머지않아 대등하게 겨루는 순간이 올지도 모릅니다. 저렇게 처음엔 고전하다가도 항상 돌파구를 찾아내곤 하니까요. 그러면 싸움은 거기서부터입니다. 승패 역시 아무도 모르는 일이고요."

"지지 않아요!"

소강이 말을 받았다.

"결코 형님은 지지 않습니다. 반드시 반전의 계기를 만들 것입니다."

"하……!"

어이없고 기가 막힌다는 얼굴을 하고 문야후가 처음으로 전장에서 시선을 떼서는 두 사람을 돌아보았다.

그런데 그의 눈 깊숙한 곳에 떠올라 있는 것은 뜻밖에도 경이의 이채였다. 그만이 아니었다. 집도도인도 돌아보지는 않았지만 일순간 그런 빛을 떠올리고 있었다. 달리 그런 것이 아니었다. 두 사람이 얼마나 몽천악을 신뢰하고 있고, 또 그에 대해 확신을 가지고 있는지 느꼈기 때문이다. 그것은 자신들이 맹주에 대해 가지고 있는 것과 그리 다르지 않은 것이었다. 그들로서는 도무지 믿을 수가 없는 일이었다. 다른 사람도 아닌 천하제일이라고 자타가 인정하는 무존과 싸우고 있었다. 그런데 어떻게 그런 터무니없는 생각을 가질 수 있단 말인가.

'역시 어린아이들인가……!'

내심의 단정을 끝으로 문야후는 다시 시선을 전장으로 돌렸다. 하고 싶은 말이 없는 것은 아니지만, 지금은 그럴 때가 아니었다. 우선은 전장에 집중해야 했다. 고수의 격전을 구경할 흔치 않은 기회를 놓칠 수는 없었다. 혼자 수십 번 수련하는 것보다 더 많은 것을 얻을 수가 있었다. 그래서 집도도인도, 그리고 남청이나 소강도 한시도 시선을 떼지 않는 것이었고.

전장의 상황은 여전했다.

철무적은 허공을 부유하는 현란한 빛무리였고, 그것이 쭈욱 늘어나듯 쇄도할 때마다 몽천악은 가까스로 막아내면서 또한 연신 물러나고, 피하고 있었다.

하지만 그런 양상도 잠시였다.

어느 순간부터 철무적이 만들어낸 빛무리가 더욱 빨라지고, 강해지고, 날카로워지기 시작하더니 종내에는 마치 빛의 장막처럼 몽천악의 주변을 완전히 휘감는 것이었고, 또 그런 가운데 사방 아래위 가리지 않고 마구잡이로 빛의 화살 같은 공세를 퍼붓는 것이었다. 상황은 급전직하로 흐르지 않을 수 없었다.

적어도 몽천악에게는 그러했다.

더 이상 부딪치는 상대의 힘을 이용해 물러나며 대응하는 것도 쉽지 않았다. 그러기에는 상대의 손속이 너무 빨랐고, 또 제이, 제삼의 공세가 그의 그러한 대응을 사전에 봉쇄하며 물밀듯이 밀려왔다. 대번에 손발이 어지러워졌다. 간신히 주요 대혈만 방어하면서 피하기에도 급급했다. 그것도 간발의 차이가 다반사였다. 자연 여기저기 생채기가 생기는 것은 어쩔 수가 없었다. 그런 상처 정도가 아니라 실상은 그가 빛무리에 꿰어 쓰러지는 것도 시간문제였다. 누가 봐도 그랬다. 오죽했으면 남청과 소강이 자신도 모르는 사이 아아! 하고 안타깝고 비감에 찬 탄성을 발했겠는가. 하지만 그렇다고 그들이 내심의 마지막 희망까지 버린 것이냐 하면 그렇지는 않았다. 만약 그랬다면 그렇게 두 눈 부릅뜬 채 뚫어져라 보고 있지는 못했을 터였다. 더불어 부서져라 주먹을 쥐는 것도, 또 어금니를 짓깨무는 짓도 하지 않았을 터였다.

몽천악은 그런 그들의 기대를 저버리지 않았다.

종내에는 완전히 휘황한 빛에 싸여 꼼짝달싹도 못한 채 수십 가닥의 빛무리에 그대로 관통당하는가 싶은 절체절명의 순간, 기적이 일어났다. 갑자기 대산에서 철무적이 만들어내는 광채에 못지않은 회색빛 광채가 일렁거리며 뿜어져 나오는가 싶더니, 이어 사방에서 덮치는 빛무리들을 모조리 막아내는 것이 아닌가. 그것도 전혀 밀리지도, 피하지도 않으면서. 조금 전까지만 해도 현격한 공력의 차이와 대천성의 위력 때문에 단 하나 막는 것도 갖은 수법을 다 동원해야 했던 그가 아니던가. 그러고도 한참이나 뒤로 물러나야 했고. 그런데 돌연 사람이 달라진 것처럼 신위를 발휘한 것이다.

다른 이유가 아니었다.

"등경(登境)이란 말인가!"

믿을 수 없다는 얼굴을 하고 문야후가 놀람에 찬 소리를 내지른 것처럼 상승의 경지에 또 한 계단 더 올라선 것이었다.

그렇지만 그것은 몽천악으로서도 천만뜻밖인, 참으로 우연히 이루어진 일이었다. 그는 언제나 그랬듯이 위기일발의 상황이 지속되는 속에서도 철무적과 자신의 공부와 무리에 대해 치열하게 골몰했을 따름이었다. 대천성을 비롯한 철무적이 시전하는 공부들의 원리는 무엇일까? 어째서 묵천도가 통하지 않는 것일까? 내 공부에는 무엇이 부족한 걸까? 어떻게 하면 상대의 공세에 효과적으로 응대할 수 있을까? 등등의. 그러던 어느 순간이었다. 번개라도 맞은 것처럼 어떤 편린이 뇌리를 강타했고, 모든 난제가 주마등처럼 펼쳐지고 풀어지면서 홀연히 한 차원 더 높은 경지로 올라선 것이다. 그러자 몸도 저절로 상응한 것이고. 마치 고승이 수십 년 고행하고 공부해도 그 기미조차 잡지 못하던 득도를 어느 날 문득 별일도 아닌 것에서 이루어내는 것과 같았다.

기실 무엇보다 철무적의 공이 크다고 할 수 있었다. 그가 그토록 몽천악을 몰아붙이지 않았다면, 또 대천성이라는 절세의 절학으로 무학의 또 다른 경지와 영역을 보여주지 않았다면 불가능했을 일이었다.

"말도 안 돼……!"

제가 말해놓고는 도리어 제가 화들짝 깨는 몸짓을 하면서 머리를 흔드는 문야후였다. 다른 사람들이라고 그리 다르지 않았다. 모두가 눈을 휘둥그렇게 뜬 채 입을 쩍 벌리고 있었다. 물론 드러내는 빛은 천양지차였다. 문야후와 집도도인은 경악과 불신과 전율이었지만, 소강과 남청은 환호와 경탄과 감동이었으니까.

어떻든 전장의 상황은 또 일변했다.

놀란 듯 잠시 움찔하던 철무적이 더욱 거세게 공세를 펼쳤고, 몽천악도 이제는 지지 않고 맞부딪치고 있었다. 허공을 수놓는 화려한 은빛 빛무리와 사방 일 장여 공간을 점한 채 그에 대항하는 회색빛 도광이 뚜렷이 경계를 그으며 어울렸다. 연신 탕, 탕, 하는 충돌음이 일어나고, 또 살벌하고도 흉험한 살기가 난무했다. 비록 공세를 펼치는 쪽은 철무적이고, 그래서 몽천악이 수세인 것은 한눈에 보이는 사실이지만, 그러나 그것으로 우열을 논할 수는 없었다. 갈수록 몽천악의 문호는 굳건해지고, 대산은 영활해졌다. 침착하게 하나하나 철무적의 공세를 풀어내고 있었으며, 팽팽하게 균형을 유지하고 있었다.

그러나 그것도 오래가지 않았다.

변화를 구한 사람은 철무적이었다. 그가 돌연 삼 장여 뒤로 물러나더니 이제까지와 달리 뿌리라도 내린 듯 지면에 두 발을 딛고 서는 것이 아닌가. 그리고는 슬쩍 칼을 내밀어 몽천악을 겨누는 자세를 취했고, 그러자 다음 순간이었다. 그가 발현하는 은빛 빛무리가 더욱 눈부시게 확산되었고, 동시에 그가 겨눈 칼끝에서 눈을 뜨고 바라보기도 어려울 정도로 밝게 빛나는 별빛 같은 빛덩이들이 하나둘 생성되면서 흐르듯이 몽천악을 향해 날아오는 것이 아닌가. 다름 아닌 대천성의 정화이자 진정한 대천성이었다. 지금까지의 대천성은 약과에 불과하다고 할 수 있는. 벌써 수십 년 전에 연성했지만, 그럼에도 그동안 단한 번도 펼치지 않았던 것이고. 시전할 필요도, 기회도 없었던 것이다. 그래서 문야후나 집도도인도 그것이 무엇인지 알지 못했고, 몽천악은 말할 것이 없었다.

하지만 몽천악은 그것이 얼마나 무서운 것인지는 단번에 알았다. 주먹만 한 빛덩이에 불과했지만 그 하나하나에 담긴 힘은 미증유의 가공스러운 것이었다. 얼마나 무서웠던지 보는 순간 온몸에 소름이 돋고 머리털이 곤두설 지경이었다. 그것이 무려 다섯 개였다. 더구나 각기 목표를 달리해서, 그것도 시차를 두고는 흐르듯이 면전으로 몰려오고 있었다.

"……!"

몽천악은 질끈 어금니를 깨물었다.

피할 수는 없었다. 건곤일척의 한 수로 마지막 승부를 내고자 하는데 등을 돌린다는 것은 있을 수가 없었다. 하기야 피하고자 한다고 피할 수 있는 것도 아니었다. 몽천악이 피하려 움직이는 순간 빛덩이는 그야말로 빛이 되어 폭사될 것이었다. 세상에 빛을 피할 수 있는 사람은 없었다. 그리하여 그는 전신에 남아 있는 모든 힘을 다 짜냈고, 대산에 주입했다. 그러자 놀랍게도 철무적과 마찬가지로 대산만이 아니라 그의 몸까지도 잿빛 기운에 휩싸이는 것이 아닌가. 그리고 그 순간이었다. 다섯 빛덩이가 그런 그를 향해 섬광처럼 폭사된 것은.

몽천악은 사력을 다해 대산을 휘둘렀다.

콰콰쾅!

지축을 뒤흔드는 굉음과 함께 한 사람이 실 끊어진 연처럼 뒤로 날았다.

몽천악이었다.

"형님!"

경악성과 함께 재빨리 튀어나간 남청이 그를 받았고, 얼른 제 무릎에 머리를 놓고 뉘었다. 그리고 몽천악의 머리를 감싸 쥐면서 울먹였다.

"형님! 정신 차리세요!"

몽천악의 기식이 엄엄했던 것이다. 의식불명인 가운데 칠공에서 피를 흘리고 있었고, 또 가슴이 사선으로 길게 함몰된 상태였다. 깊이도 족히 한 치는 넘을 것 같았다. 다행히 빛덩이의 직접적인 타격은 막았지만, 그것을 막는 와중에 대산이 속절없이 밀리면서 제 가슴을 치는 것은 어찌할 수가 없었던 것이다. 그러면서도 몽천악은 결코 대산을 놓지 않고 있었고. 그렇지만 어떻든 그것은 행운이었다. 아무리 등경하면서 얻은 기운으로 감쌌다 해도 어지간한 병기였다면 빛덩이를 막아낼 수도 없었을 터였고, 또 어찌 어찌 막았다 할지라도 산산이 부서지면서 그대로 전신을 꿰뚫리고 말았을 터였다. 그랬다면 이 정도가 아니라 즉사를 피할 수 없었다.

"꼭 이래야만 했습니까?"

몽천악을 살피며 눈물짓던 남청이 철무적에게 항의하듯 악을 썼다.

"까마득한 후생이고, 비무가 아니었습니까?"

철무적은 그때까지도 마지막 공세를 취하던 자세 그대로 제자리에 선 채 마치 넋이라도 빠진 사람처럼 멍하니 몽천악을 바라보고 있던 참이었다. 그런 그에게서는 어떤 부상의 징후도 찾을 수 없었다.

"그런 말은 필요없어요."

뜻밖에도 말을 받은 사람은 소강이었다.

처음 그는 남청에 조금도 뒤지지 않고 움직였지만, 자신으로서는 어찌해야 할 바를 몰라 슬쩍 한 걸음 처짐으로써 몽천악을 남청에게 양보했고, 그리하여 남청의 뒤에 서 있었다. 적염도까지 빼 들고 있었고. 그것은 몽천악의 상세를 보다가 울컥해서 철무적에게 달려들기라도 할 심산으로 그러했지만, 이내 생각을 고쳐먹지 않을 수 없었다. 철무적의 넋 빠진 듯한 눈조차도 제대로 응시할 수가 없었던 것이다. 마치 무저갱 같았다. 알 수 없는 두려움이 밀려왔고, 가슴이 쿵덕거리는 것이 도무지 진정이 되지 않았다. 그래서 시선을 얼른 다시 몽천악에게로 돌렸고, 그런 자신이 밉고 한심스러워서 이를 앙다무는 것과 함께 칼을 쥔 손에 힘을 줬다 풀었다 하면서 마음을 삭이려 애쓰는 중이었고.

"칼로 진 빚은 칼로 말할 수 있을 뿐이에요."

소강이 결연한 음성으로 천천히 말을 이었다.

"그럴 리는 없겠지만, 만약에, 만에 하나라도 본인이 못하는 경우가 생긴다면, 그러면 당신이나 내가 해줘야 하고요. 언제가 되더라도."

"옳은 소리다."

철무적이었다. 그제야 본색을 회복한 그가 칼을 집도도인에게 던져주며 말했다.

"그게 무인의 자세이자 숙명이다."

이어 걸음을 옮겨서는 몽천악에게로 다가왔다.

그런데 바로 그때였다.

돌연 커헝, 하는 울부짖음과 함께 흑아가 이빨을 드러내며 맹렬하게 그에게로 돌진하는 것이 아닌가. 이제까지 몽천악과 남청의 주변을 돌면서 앓는 소리를 내던 흑아였지만, 기실은 벌써부터 기회를 노리고 있었던 것이다. 비록 멍하니 있다고는 해도 칼을 들고 있는 철무적에게서 발산되는 기운은 감히 흑아로서는 엄두를 낼 수 있는 것이 아니었기에 기다렸던 것이고.

순식간에 철무적의 앞에 이른 흑아는 그대로 펄쩍 뛰어오르며 입을 쩍 벌렸다. 목을 노리는 것이었다. 갑작스런 상황에 헛! 하는 경악성이 문야후는 물론이고 남청의 입에서까지 흘러나왔지만 철무적은 태연하기만 했다. 옮기던 발걸음조차 멈추지 않은 채 가볍게 슬쩍 손을 들어 올렸고, 다음 순간 흑아는 털썩 땅바닥으로 떨어지더니 죽은 듯이 꼼짝도 않았다. 그에 한순간 소강과 남청의 눈에서 확, 하고 불길이 일었지만 이내 사그라졌다. 이어지는 철무적의 말에서 그가 흑아의 수혈을 짚은 것에 불과하다는 것을 안 때문이었다.

"너도 한숨 자거라."

그리고 그는 몽천악의 앞에 이르러 상세를 살피듯 한 번 훑어보더니 문야후에게로 손을 내밀었다.

문야후가 눈을 끔뻑거렸다.

"무, 무엇을……?"

"요상단."

문야후가 재빨리 품속을 더듬기 시작했다.

그런데 그것을 보면서 복잡한 표정을 짓는 사람이 있었다. 남청이었다. 몽천악의 상세는 엄중했다. 이대로 두면 하루도 버티지 못할 터였다. 그래서 당장 목숨이라도 이어놓으려면 최소한 속명단 정도의 영약은 있어야 했다. 그런데 제가 지니고 있던 것은 이미 써버렸으니. 그리하여 여차하면 구전금단이라도 먹이고 볼 요량이었다. 지금 급한 것은 거웅보다 몽천악이었으니까. 한데 뜻밖에도 철무적이 한눈에 알아보고는 도움의 손길을 뻗치려 하고 있었다. 다른 곳도 아닌 천룡맹이었다. 평범한 요상단일 리 없었다. 특히나 고위인사들이 쓰는 요상단은 속명단 못지않은 것이었다. 그렇지만 따지자면 몽천악을 이렇게 만든 사람이 아니던가. 그의 도움을 받아야 하고, 또 그것에 감사할 수밖에 없는 상황에 처함 셈이었으니 남청으로서는 그럴 수밖에 없었던 것이다.

"여기 있습니다."

이윽고 문야후가 기름종이에 꼼꼼하게 싸인 손톱만 한 단환을 공손히 내밀었다. 그것을 받은 철무적은 바로 기름종이를 벗기더니 몽천악의 입을 벌리고 털어 넣었다. 그리고는 그의 인후를 쳐서 강제로 삼키게 했고, 이어 몽천악을 일으켜 앉히더니 그의 단전에 한 손을 대고는 눈을 감았다. 요상단의 기운을 빠르게 퍼뜨리면서, 또한 진기요상도 병행하는 것이었다.

긴장과 초조함이 가득한 얼굴로 남청과 소강이 지켜보는 속에 얼마나 흘렀을까. 울컥, 하고 몽천악이 토혈을 했다. 시커멓게 죽은 울혈이었다. 그러자 철무적도 곧 단전에서 손을 뗐다. 남청이 얼른 나서더니 여전히 인사불성인 몽천악의 입과 앞섶에 흘러내린 피를 제 옷으로 닦아내고는 다시 아까처럼 제 무릎에 머리를 기대게 하며 눕혔다.

"고비는 넘겼다."

철무적이 몸을 일으키며 말했다.

"상처가 곪거나 하지도 않을 테고. 다만 본신을 회복하자면 고생은 좀 하겠지만."

"감사합니다."

"고맙습니다."

남청과 소강이 누가 먼저랄 것도 없이 깊이 머리를 숙이는 진심 어

린 감사를 표했다. 요상단 때문이기도 했지만, 그보다는 완전히 내부
가 진탕되고 헝클어진 몽천악에게 진기요상을 베풀어 울혈을 토하게
하는 것이 얼마나 많은 공력을 소모하는 일이며 힘든 일인지 아는 까
닭이었다. 조금이라도 잘못되면 환자는 물론이고 본인까지도 화를 입
을 수 있는 일이었다. 그래서 자신들로서는 선뜻 행할 수가 없었던 일
이고.

“……!”

두 사람의 태도에 철무적은 이채를 떠올렸다. 하지만 그뿐, 그는 말
없이 시선을 돌리더니 다시 문야후에게 손을 내밀었다.

“무슨……?”

“요상단.”

“예? 무, 무엇하시려고요?”

문야후의 눈이 둥그레졌다. 그러다 이내 의도를 짐작한 듯 몽천악을
돌아보며 얼굴을 찡그리더니 말했다.

“저자에게 주어 재차 복용시키려는 것이라면, 굳이 그러실 필요가
없다고 사려됩니다. 비록 여전히 중태이고, 따라서 하나 더 먹으면 아
무래도 호전 속도가 빨라질 것이기는 합니다만, 그래 봐야 대국에는 큰
영향이 없습니다. 두 개를 먹인다고 두 배의 효과를 볼 수 있는 것이
아니니까요. 저자 같은 경우는 더욱 그렇고 말입니다. 맹주님의 도움
을 받아 이미 요상단 하나를 온전히 섭취하고 울혈까지 토해낸 이상
그것으로 충분합니다. 어차피 이들은 만금장으로 갈 테고, 거기엔 의
노사가 있습니다. 그의 도움을 받는다면 아마도 일이 년 안에는 본모
습을 되찾을 수 있을 것입니다. 그러니.”

“몇 개나 있지?”

철무적이 말을 잘라 버리자 어쩔 수 없다는 체념의 표정으로 문야후가 대꾸했다.

"다섯 개를 가지고 나왔습니다."

"다 줘."

"예에?"

과장되게 화들짝 놀란 모습을 보이는 문야후였다.

기실 천룡맹의 상급 요상단은 고위인사들이라고 해도 쉽게 얻거나 가질 수 있는 것이 아니었다. 그것은 화산 문인들에게 있어서의 속명단과 그리 다르지 않았다. 만들기도 쉽지 않았고, 만든다 해도 개수가 한정되어 있기 때문에 문야후 같은 이도 잘해야 일 년에 한두 개 배당받는 것이 다였다. 이번에 특별히 맹주를 모시고 나오는지라 의약당주(醫藥堂主)를 협박하다시피 해서 다섯 개나 얻어 나온 것이었다. 물론 맹주가 요상단을 필요로 할 일은 있을 수가 없다는 생각이었고, 그래서 어떻게든 반납할 때 한두 개는 넘겨주지 않고 자신이 챙길 궁리를 하고 있었고. 그러니 철무적의 요구는 그에게 있어 청천벽력이나 마찬가지였던 것이다.

그리고 무엇보다 내키지 않는 것은 상대가 천룡맹의 인물도 아닌데 주고자 한다는 점이었다. 더구나 알고 보니 자신으로서는 감히 엄두조차 내지 못할 만큼 무섭고 두려운 자가 아닌가. 그런데 요상단을, 그것도 한두 개도 아닌 무려 다섯 개나 준다니. 만약에 후일 적이라도 되는 경우엔 호랑이에게 날개를 달아주는 격이었다.

그렇지만 어쩌겠는가. 다른 사람도 아닌 맹주가 원하는 일이었다. 문야후는 거의 울 것만 같은 얼굴로 남은 네 개의 요상단을 품에서 꺼내서는 마지못한 손길로 건넸다. 그의 그런 표정과 태도에는 아랑곳없이 냉큼 그것을 받아 든 철무적은 곧장 남청에게 내밀었다.

"받아라."

"……!"

"한 개의 약효가 최소한 삼 일은 가니, 삼 일에 하나씩 먹이도록 해라. 다섯 개면 아마 회복 시기를 절반은 앞당길 수 있을 것이다."

"……."

뜻밖에도 남청은 손을 내밀 듯 말 듯 망설이기만 할 뿐이었다. 기실 그의 내심 같아서는 백 번 받고도 남았지만, 못내 마음에 걸리는 것이 있었던 탓이다. 몽천악이 정신을 잃지 않고 있다면 그가 과연 받았을까 하는 생각이 그것이었다. 이미 하나를 받았고, 그것으로 목숨에 대한 걱정은 이제 하지 않아도 되었다. 그렇다면 몽천악의 성정으로 보아 절대로 또 받을 리가 없었다. 더구나 다른 것도 아닌 정당한 비무였고, 거기서 입은 상처가 아니던가. 이미 받은 하나도 빚으로 생각하기 십상이었다. 그렇다면 남청 자신도 받아서는 안 되었다. 하지만 또 그러기엔 요상단의 유혹이 너무나 컸다. 더구나 회복을 절반은 앞당긴다고 하지 않는가. 그러니 그로서는 쉽게 거절할 수도 받아들일 수도 없는 상황이었던 것이다.

그런데 그때였다.

몽천악의 눈꺼풀이 움찔움찔하더니 어느 순간 눈을 뜨는 것이 아닌가. 겨우 실눈이었고, 처음엔 초점조차 잡히지 않았지만 곧 시선을 철무적에게 고정했다. 그리고는 조금씩 입술을 움직이기 시작했다. 처음엔 아무런 소리도 새어 나오지 않고 단지 입술의 꿈틀거림만 있었다. 하지만 오래지 않아 미약하고도 불분명한 웅얼거림이나마 그래도 음성으로 흘러나오기 시작했다.

"마지막…… 그것이…… 무엇……?"

그렇지만 다른 사람은 물론이고 심지어 남청조차도 몽천악의 입에서 흘러나오는 소리가 어떤 말인지 전혀 분간하지 못했다. 다만 한 사람은 아니었다. 철무적이었다.

"대천성."

그가 대꾸했다.

"그 하나하나가 진정한 대천성이다."

"아……!"

"네 탓이다."

철무적이 말했다.

"네가 그토록 나를 놀라게 할 줄은 몰랐다. 싸우는 가운데 계속 강해지면서 따라붙다니. 그에 너무 흥이 난 나머지 나도 모르게 대천성을 전개하고 말았다. 그것도 무려 다섯 개나 뽑아냈고. 하나의 대천성이라도 과연 막아낼 자가 있을까 의심스러웠고, 그래서 이제까지 남에게는 펼친 적이 없었으면서도 말이다. 하기야 그러지 않았다면 너를 쉽게 이길 수도 없었을 테지만."

"며…… 몇…… 개나……?"

"십 년 전에 열 개까지 만들어보았다."

다른 사람에게는 웅얼거림에 불과한 몽천악의 말을 잘도 알아듣고, 또 유추해서 대답하는 철무적이었다.

"그 이후로는 굳이 더 연성하지 않았다. 쓸 일도 없고, 그것이 아니라도 충분하다고 생각했으니까. 또 사실이 그러했고. 하지만 이제는 생각이 달라지는구나. 맹으로 돌아가면 다시 한 번 참오해야겠다. 나중의 만남을 더욱 즐겁게 기다리기 위해서라도."

“……!”

철무적을 바라보는 몽천악의 눈에 어떤 빛이 담겼고, 또 눈꼬리가 파르르 떨렸다. 그것을 보며 철무적은 드물게도 작게 미소를 지었다.

“다시 만나야지?”

“반…… 드…… 시…….”

여전히 작고 느리기는 했지만 이번에는 다른 사람들도 분명히 알아들을 수 있는 음성이었다.

그에 철무적의 눈에 떠오른 것은 이채였다.

몽천악에게서 다음을 기약하는 분명한 의지와 기꺼움에 더해 자신의 마음과 마찬가지인 어떤 기대까지도 읽을 수 있었던 때문이다. 철무적으로서는 처음이었다. 자신과 대결하고 난 다음 이런 태도를 보이는 사람은 만난 적이 없었다. 보통은 증오와 절망을 드러냈고, 그러면서도 또한 자신의 시선조차 제대로 받지 못했다. 지금의 몽천악보다 훨씬 가벼운 상처를 입은 사람들도 그러했다. 더불어 그들은 모두가 결코 다음의 대결을 원하지 않았던 것은 말할 것이 없었고.

곧 만족한 얼굴로 철무적이 머리를 끄덕였다.

“역시 기대를 저버리지 않는구나. 기다리마.”

“…….”

몽천악의 입술이 다시 우물거렸지만, 그러나 더 이상 어떤 소리도 흘러나오지 않았다. 나아가 곧 입술의 움직임도 멈추었고, 이어 눈꺼풀도 스르르 닫혔다. 다시 의식을 잃은 것이다. 그런 그를 물끄러미 바라보던 철무적이 다시 요상단을 남청에게 내밀며 말했다.

“빨리 나아서 오라고 해라.”

“……!”

"그것이 구전금단에 대한 나의 또 다른 요구이자 부탁이기도 하다고 전하고."

남청은 받지 않을 수 없었다.

철무적은 오래지 않아 일행을 이끌고 자리를 떴다. 제일 늦게 떠난 사람은 문야후였다. 금소천의 수혈을 풀어준 후 여러 가지 둘만의 이야기를 나누느라 그럴 수밖에 없었다. 그리고 남청에게도 무슨 말인가 하고 싶은 눈치였지만, 여전히 무릎을 몽천악의 머리에 내준 자세 그대로 앉아서 그를 보살피는 데만 주력하는 모습에 포기할 수밖에 없었고, 다만 송별 인사를 받는 것으로 만족해야 했다.

그런데 그들의 모습이 사라지고 나자마자였다.

그때까지 오연하게 버티고 서 있던 소강이 돌연 길게 한숨을 내쉬면서 마치 탈진이라도 일으킨 사람처럼 털썩 바닥에 주저앉는 것이 아닌가. 그리고는 바로 조식에 들어가는 것이었다.

달리 그런 것이 아니었다.

한순간이나마 철무적을 향해 칼을 빼 들며 살기를 발산했던 것이 원인이었다. 그 같은 고수에게는 자연 발생적으로 형성되는 기운이 있고, 그것은 외부의 어떤 자극에도 민감하게 반응하는 것이었다. 만약 소강이 지금보다 훨씬 강하든지, 아니면 반대로 약하다면 상관없었을 터였다. 그랬다면 큰 영향을 받지 않고 무시할 수 있거나, 아예 느끼지 못해 신경 쓰지 않아도 되거나 했을 테니까. 하지만 소강은 그렇지가 못했다. 그래서 그 순간부터 그가 사라질 때까지 끊임없이 그의 기운에 간섭을 받아야만 했다. 살기를 거둔다고, 또 그를 아예 쳐다보지 않는다고 해서 사라지는 기운이 아니었다. 물론 주체는 그 자신이었다. 한번 그 기운을 느끼면서 얽히고 나자 아무리 그에 신경 쓰지 않으려 해도 그럴 수가 없었다. 그것이 시시각각 압박하며 옥죄어오는 것으로 여겨졌다. 그리하여 끊임없이 그것에 촉각을 곤두세우며 대응하지 않을 수 없었고. 그러니 자연 진이 다 빠지고 만 것이다.

소강이 조식을 끝낸 것은 한참이 지나서였다.

일어나자마자 그는 새삼스럽게 다시 한 번 몽천악을 바라보았고, 그런 그의 눈 속에 어리는 것은 감출 수 없는 존경과 감탄이었다. 자신으로서는 철무적의 의도하지도 않은 기운 하나도 감당하지 못해 쩔쩔맬 지경인데, 그런 철무적으로 하여금 밑천까지 다 드러내게 하며 거의 대등하게 싸웠다 해도 과언이 아니었으니 그럴 수밖에 없었던 것이다.

"곧 해가 떨어질 것 같습니다만."

소강도, 남청도 묵묵히 몽천악만 바라보고 있는 가운데 조심스럽게 침묵을 깬 사람은 금소천이었다.

그러고 보니 벌써 노을이 짙어지고 있었다.

"우리도 움직여야 하지 않겠습니까?"

흘깃 하늘을 일별한 소강이 머리를 끄덕였다. 그리고는 남청을 돌아보며 말했다.

"그분은 당신이 모셔요."

이어 그는 흑아의 수혈을 풀어주더니, 흑아가 무사히 일어나는 것을 보고는 곧 거웅에게로 갔다. 그리고는 그를 번쩍 들어서 안는 것이었다. 제 몸보다 족히 네댓 배는 더 크고 무거울 듯한 거웅이었지만 그는 마치 솜뭉치라도 드는 것 같았다. 거웅으로 하여금 최대한 자연스럽고 편안한 자세를 취하도록 만드는 것은 물론이고 제 자신도 그러했다. 남청도 마찬가지였다. 그도 그사이 일어서서는 몽천악을 안아 들고 있었다.

그에 입을 쩍 벌린 사람은 금소천이었다.

"그, 그렇게 들고 산을 내려간다고요?"

그는 애초에 이런 식으로 두 사람을 옮긴다는 생각은 해본 적이 없었다. 남청과 소강은 자신보다도 몸집이 작았다. 그런데 거웅은 말할 것도 없고 몽천악조차도 족히 자신의 두 배가 넘었다. 익히 본 바가 있기에 소강과 남청의 공부가 어떤지는 알지만 사람을 운반하는 이런 일은 또 달랐다. 아무리 고수라도 쉬운 일이 아니었다. 하물며 다른 경우도 아닌 절대 안정이 필요한 중환자가 아니던가. 일정 경지에 오른 고수가 얼마만한 능력을 발휘할 수 있는지 모르는 데서 오는 혼자만의 사고였지만, 어떻든 그래서 그는 자신이 먼저 내려가 사람이나 마차를 불러오지 않으면 안 된다고 생각하고 있었다. 나아가 어디로 어떻게 가면 빨리 구해올 수 있을까 궁리하던 참이었고.

그리하여 그는 얼른 말을 이었다.

"산 아래까지만 해도 상당히 먼 거립니다. 차라리 제가 마차를 구해 와서 바로 지부로 가는 것이."

"염려 말고 앞장이나 서요."

금소천의 말을 소강이 싹둑 잘랐다.

"산길에 사정없이 흔들릴 마차를 이용하는 것보단 이 편이 훨씬 나아요. 그리고 이것이 시간도 절약하는 길이고요. 그러니 다른 걱정 하지 말고, 당신은 어떻게든 빨리 달릴 생각이나 해요."

"……!"

멍하니 소강을 쳐다보는 금소천이었다.

하지만 이내 그는 소강의 당부처럼 죽자 사자 달리지 않으면 안 되었다. 그가 태어난 이래로 이토록 열심히 뜀박질을 한 예는 없었다. 물론 처음부터 그랬던 것은 아니었다. 출발할 때만 해도 그는 여유가 있었다. 적당히 달리면서 뒤도 살폈다. 아무리 그래도 사람인데 조금만 달려도 남청과 소강이 뒤처지지 않을 수가 없을 것이라고 추측했고, 그렇게 되면 보조를 맞추어주려는 심산이었다. 하지만 한참을 가도 숨소리 하나 거칠어지지 않는 가운데 은연중 더 빨리 달리라고 채찍질이라도 하는 것처럼 바짝 자신의 뒤에 붙어서 압박하는 데는 결국 앞만 보고 젖 먹던 힘까지 다 내서 달리지 않을 수 없었다.

그리하여 산을 다 내려와 첫 마을에 이르렀을 때는 그야말로 거품을 물고 실신할 지경이었다. 하지만 그는 조금도 쉴 틈이 없었다. 얼른 말을 구해야 했고, 어둠을 뚫고 지부로 달려야 했다.

지부에 이르고 나서도 쉴 틈이 없기는 마찬가지였다. 때마침 다음 날 오전에 서주에서 광무를 거쳐 가는 만금장 소속의 쾌선이 있다는 소식이었고, 그렇다면 굳이 비선을 부를 까닭이 없었기에 부랴부랴 마차를 준비시켜서는 서주로 출발할 수밖에 없었던 것이다. 물론 그전에 만금장으로 전서를 보내고, 또 지부에 그간의 사정을 간략히 설명하며 자신을 수행하다 죽은 사람들의 시신을 수습하도록 당부하는 등의 제가 하지 않으면 안 되는 일들을 했을 것은 말할 것이 없고.

그런데 그는 지부에 사정 설명을 하면서 천룡맹과 십괴에 대한 일은 쏙 빼놓았다. 다만 누군지도 모르는 흉악한 무리에게 습격을 당했고, 몽천악 등은 우연히 그것을 목격하고는 자신을 구해주다가 부상을 당한 것이라고 적당히 얼버무렸다. 다른 이유가 아니었다. 떠나기 전에 문야후가 당부했던 것이다. 십괴의 일에 대해서는 만금장주 외에는 당분간 비밀로 해달라고. 그렇다 보니 십괴를 감추면서 천룡맹에 대한 이야기를 하기가 마땅치 않은 노릇이었던지라 아예 같이 뺀 것이다.

사실 금소천의 신분으로 굳이 한낱 작은 지부에까지 미주알고주알 전말을 보고할 필요가 없기도 했고.

그렇지만 전서에는 아니었다.

장주만이 볼 수 있는 비밀 전서임을 나타내는 봉인을 찍어서 보냈고, 따라서 제 아버지 외에는 감히 볼 생각을 못할 터였기에 그럴 필요가 없었던 것이다.

광무에 이른 것은 그로부터 이틀이 다 되어서였다.

배에서 내린 일행은 이미 연락을 받고 부두에 대기하고 있던 호화로운 사두마차로 인도되었고, 그것을 타고 바로 만금장으로 향했다.

만금장은 명불허전이었다.

하나의 성이라고 해도 과언이 아닐 정도로 어디까지인지도 모를 담장이 끝없이 길게 뻗어 있었다. 곳곳에 고루거각이 즐비했고, 잘 가꾸어진 수림과 각종 공간이 과하지도 모자라지도 않게 그 사이사이에서 알맞게 자리하고 있었다. 나아가 숲이 있고, 거암과 기암괴석이 있고, 호수가 있고, 산이 있었다. 물론 분주히 오가는 사람들도 많았다.

정문을 그대로 통과한 마차는 한참을 더 달리더니 인적이 뜸해지면서 나타난 또 다른 대문 앞에 멈추었다. 장주 일가가 거주하는 내장(內莊)일 터였다.

◆제8장◆
의 사부(醫師傅)

　내장 대문 앞에는 화복을 입은 염소수염의 중년인이 기다리고 있었는데, 마차가 멈추자마자 소리쳤다.

　"내리실 것 없습니다, 소장주님! 그대로 죽림원(竹林院)으로 가십시오! 장주님께서는 지금 중요한 손님을 만나고 계십니다! 그 일이 끝나는 대로 장주님께서도 그리로 갈 테니 우선 환자들을 의 사부님께 보이고 보살피고 계시라는 전언입니다!"

　"알겠습니다, 조(趙) 집사님."

　마차는 곧 방향을 틀어 내장의 담장을 끼고 달리기 시작했다. 얼마큼 가자 길은 호숫가로 이어졌고, 그것을 지나고 나자 야트막한 구릉 하나를 온통 뒤덮고 있는 죽림이 나타났다. 길은 거기서 끝이었고, 출입금지 팻말이 붙어 있었다. 그리고 팻말 곁으로 사람 하나 간신히 드나들 정도의 소로가 구불구불 나 있었다.

“여기서부터는 걸어가야 합니다.”

금소천의 말에 따라 모두가 마차에서 내렸다. 물론 거웅은 소강이, 몽천악은 남청이 안아 들었을 것은 말할 것이 없고. 그런데 금소천은 출입금지 팻말 곁으로 나 있는 소로로 향하는 것이 아니라 그보다 한참이나 아래의 아무리 봐도 길도 보이지 않는 곳으로 일행을 인도하는 것이 아닌가. 소강과 남청이 내심 의아하게 생각할 때, 금소천이 돌아보며 말했다.

“팻말 옆의 길은 속임수입니다. 그 길로 들어섰다가는 하루 종일 죽림을 헤매다가 결국은 다시 바깥으로 나오고 맙니다. 다른 곳도 마찬가지고요.”

“진이 펼쳐져 있단 말이군요!”

“그렇습니다.”

남청의 탄성 어린 말에 금소천이 머리를 끄덕였다.

“워낙 조용한 것을 좋아하고, 또 세상일에 관여하기를 싫어하는 분입니다. 이곳을 거처로 정하고는 진부터 설치했을 정도로 말입니다. 하기야 오죽했으면 신의께서 본 장에 오신 지 벌써 이십 년이 다 되었지만 그 존재를 아는 사람이 손으로 꼽을 정도이겠습니까. 자연 여기를 드나들 수 있는 사람도 저와 아버지를 비롯한 몇몇이 전부이고요. 그렇다고 괴팍하거나 편벽한 분은 아니니 다른 염려는 마십시오. 불청객에게는 예외입니다만.”

“……!”

“대숲으로 진입하는 순간부터는 제가 내딛는 걸음에만 주의를 기울이며 그대로 따라 밟아야 합니다. 설사 대나무가 앞을 가로막더라도 신경 쓰지 마시고요.”

　말하다 말고 그의 눈길이 문득 흑아에게 머무르더니, 이내 곤혹으로 물들었다.

　"이놈은 어떻게 하지요?"

　흑아는 여전히 몽천악의 주변을 따르고 있었다. 오는 길에도 내내 그랬다. 잠도 몽천악의 곁에서 잤고, 먹을 때도 마찬가지였다. 언제나 몽천악에게서 조금도 떨어지지 않으려 했다. 금소천은 말할 것도 없고, 남청이나 소강이라도 그것은 어찌할 수가 없었다.

　"어떻게 하다니요?"

　무슨 소리냔 얼굴로 소강이 말했다.

　"당연히 같이 가야지요."

　"저도 그러고 싶고, 또 주인에 대한 충정을 생각해서라도 같이 데려가는 게 마땅하겠지만, 그러나 진은 짐승이라고 해서 예외가 없습니다. 말 못하는 짐승에게 내 발걸음을 따라 걸으라고 할 수도 없는 노릇이고, 달리 내가 안고 들어가고 싶어도 그럴 수도 없지 않겠습니까? 이놈이 응하지를 않을 테고, 그렇다고 억지로 붙잡으려 들다가는 물리기 십상일 테니."

　"그런 염려 마세요."

　금소천의 말을 자른 사람은 남청이었다.

　이어 그는 흑아에게로 시선을 돌리더니 금소천의 눈이 휘둥그레지는 것에 아랑곳없이 손가락질과 눈짓을 섞어가며 마치 어린아이에게 설명하듯이 차근차근 말했다.

　"네가 주인 곁에 계속 함께 있으려면, 너도 우리와 같이 죽림을 통과해야 한다. 죽림에는 얼마간의 위험이 있다. 그러므로 죽림을 통과할 때는 내가 시키는 대로 해야 한다. 할 수 있겠느냐?"

몽천악을 안고 있는 탓에 남청의 손가락질과 눈짓이 일목요연하고 정연하지 못했음에도 흑아는 대번에 반응했다. 끼잉, 하는 소리와 함께 머리를 크게 아래위로 흔드는 것이었다. 그에 금소천의 입이 쩍 벌어졌을 것은 인지상정이었다. 남청은 이번엔 슬쩍 발을 들썩여서는 흑아의 주의를 그것으로 돌리며 말을 계속했다.

"내가 딛는 걸음을 그대로 따라 밟아야 한다. 다른 데는 절대로 딛어서는 안 된다."

흑아는 이번에도 알아들었다.

그에 남청도 머리를 끄덕이며 말했다.

"좋다. 그럼 어디 시험해 보자."

이어 발끝에 힘을 주어 표식을 내면서 크게 몇 걸음 내딛더니 돌아섰다. 그러자 다음 순간, 남청이 무어라 말을 꺼내거나 손짓을 하기도 전에 흑아가 재빨리 걸음을 옮기더니 혹은 한 발로, 혹은 두 발로 꼭 표시된 곳만 밟으며 남청에게로 오는 것이 아닌가.

그것은 금소천만이 아니라 소강이나 남청에게도 놀랍기 그지없는 일이었다. 흑아가 얼마나 영민하고 사람 말을 잘 알아듣는지 모르는 바 아니지만, 그래도 이토록 단번에 이해하고 행할 줄은 몰랐던 것이다. 평소 흑아는 몽천악만 따랐고, 그래서 다른 사람의 말은 들은 척도 하지 않는 것이 예사였기에 더욱 그러했다.

흑아의 문제가 해결되자 금소천은 곧 죽림으로 진입했다. 몇 걸음 들어가지 않아 소강과 남청은 날렵한 짐승들도 잘 다니지 못할 정도로 빽빽하게 들어찬 것으로 보이던 대나무의 대다수가 허상이란 것을 깨달을 수 있었다. 금소천은 오히려 빽빽한 곳으로만 움직였고, 그럼에도 아무런 저항에 부딪치지 않았던 것이다. 더불어 그가 디딘 자리를

자신들이 따라 디딜 때에 대나무들이 스르르 사라졌다가 걸음을 떼고
나면 다시 솟아나는 것에서 확인할 수가 있었고.

금소천은 수없이 들락거렸을 것임에도 한 걸음 한 걸음 매우 신중했
다. 더구나 곧장 나아가는 것이 아니라 좌로 혹은 우로 몇 번이나 방향
을 틀었고, 그럴 때마다 더욱 조심스러웠다. 또한 그로서는 뒤따르는
사람의 동정도 한 번씩 살피지 않을 수 없었고, 그래서 불과 십여 장의
죽림을 통과하는 데 거의 한 식경이나 걸렸다.

죽림을 지나고 나자 한 폭의 그림이었다.

"아아……!"

남청의 입에서 절로 탄성이 흘러나왔다.

두 채의 산뜻하고 정갈한 모옥, 기화이초와 키 낮은 수림이 어우러
진 화원, 그 주변의 곳곳에 서 있는 매화나무들, 돌로 쌓은 낮은 둑으로
구분지어진 몇 개의 작은 약초밭, 그것을 휘돌아 흐르는 개울, 사람 키
보다 더 큰 바위 등이 병풍을 둘러 세운 듯한 죽림에 고즈넉이 감싸인
채 참으로 조화롭고 안온한 풍경을 자아내고 있었으니 어찌 그렇지 않
겠는가.

"의 사부님!"

두리번거리던 금소천이 화원의 한쪽에서 가지치기를 하며 나무를
다듬고 있는 노인을 발견하고는 소리쳤다.

대나무처럼 깡마른 백발노인이었다. 그는 이미 알고 있었던 듯이 조
금도 놀라는 기색이 없었다. 구부렸던 허리를 느긋하게 펴더니 옷자락
을 툭툭 털어낸 다음에야 일행을 바라보았다. 그리고 때맞춘 금소천의
포권에 가벼운 고갯짓으로 응대한 후 시선을 다른 사람들에게로 돌렸
다. 남청과 소강을 거쳐 흑아에게서 잠시 머무르던 그의 시선이 몽천

악과 거웅에게 모아졌고, 말했다.

"그 사람들인가?"

"그렇습니다."

"방으로 가세."

말과 함께 의 사부는 왼편의 모옥을 턱짓했고, 자신도 이내 몸을 돌려 그리로 걸음을 옮기기 시작했다. 동시에 금소천을 앞세운 일행도 움직였다.

모옥 전체가 하나의 방이었다.

한쪽 벽면은 온통 책장으로 짜여 있었고, 칸칸마다 책으로 가득했다. 그리고 반대편 벽엔 작은 서랍이 빼곡히 들어찬 장이 채우고 있었는데, 약재를 넣어두는 장 같았다. 은은한 약향(藥香)이 풍겨 나오는 것도 그렇고, 서랍마다 약재의 이름이 적혀 있는 것도 그랬다. 더불어 책장 앞에는 책을 읽을 때 필요한 책받침과 촛대를 비롯한 문방사우가 갖춰진 탁자가 있었고, 약재장 앞에는 약초를 썰고 빻는 도구들과 저울이 놓인 탁자가 자리했다. 아마도 약실(藥室)이자 서재(書齋) 겸용으로 쓰고 있는 모양이었다.

"내려놓게."

의 사부의 지시에 따라 남청과 소강은 포단이 깔린 방 중앙에 얼마간 거리를 두고 몽천악과 거웅을 나란히 눕혔다. 그러자 의 사부는 두 사람의 안색부터 살펴보더니 이내 진맥에 들어갔다.

"치료하실 수 있겠지요?"

진맥이 끝나자마자 금소천이 조급하게 물었다.

"의 사부님께 이런 정도는 문제가 아니지요?"

"급하기는……."

의 사부가 짐짓 눈총을 주었다.

"우선 자초지종부터 이야기해 보게."

"그, 그러니까……."

잠시 더듬거리던 금소천이 곧 상황을 정리해서는 두 사람이 중독되고 부상당한 경위에 대해 자세하게 모두 이야기해 주었다. 조금이라도 빠지는 것은 남청과 소강이 보충해 주었고. 의 사부는 입을 열지는 않았지만 시종 놀라움을 감추지 못하는 표정으로 경청했다. 누군들 어찌 그렇지 않겠는가. 십괴에, 집도도인에, 문야후에, 철 맹주가 망라되는 이야기였다. 하물며 철무적과의 비무까지 있었다. 나아가 의원이라면 절대로 그냥 들어 넘기지 못할 쾌락분에, 요상단에, 속명단에, 구전금단까지 있었다. 이야기가 끝나자 기다렸다는 듯이 남청은 제가 가지고 있던 구전금단과 요상단을 의 사부 앞에 내놓았다.

"오호! 이것이 아직 세상에 남아 있었던가!"

이채를 띤 채 구전금단을 꺼내 살피고 냄새를 맡고 하던 의 사부는 오래잖아 그것을 본래대로 주머니에 갈무리하더니 한 개를 뺀 나머지 요상단과 함께 남청에게 내밀었다. 남청이 의 노사와 그가 내민 손을 번갈아 쳐다보며 눈을 끔뻑거렸다.

"왜……?"

"당장은 요상단 하나만 있으면 되고……."

다른 손에 들고 있던 한 개의 요상단을 들어 보이며 말끝을 흐리던 의 노사가 문득 쓴 입맛을 다시더니 다시 입을 열었다.

"솔직히 말하자면, 실은 내가 근래 들어 건망증이 심해져서 일세. 손에 들고도 깜빡깜빡하는 경우가 많으니 혹시라도 내가 가지고 있다가 어디에다 뒀는지 못 찾는 일이라도 생기면 곤란하지 않겠나? 그리고 어차피 자네들도 환자 곁에 있어야 할 테고, 나 역시 환자를 돌보면서 나를 도울 사람도 필요하고 하니 자네가 소지하고 있다가 달라고 할 때에 주면 되네."

잠시 말을 끊었던 의 사부가 이내 다시 이었다.

"내가 본래 조용한 것을 좋아해서 외인이 내 거처에 기거하는 것을 싫어하나, 소장주의 은인들이라는 데다 또 상황이 상황이니만큼 허락함세. 단, 환자들이 의식을 찾고 거동을 시작하면 그들과 함께 바로 나가야 하네."

"명심하겠습니다."

목례와 함께 남청이 영약들을 받아 들 때, 기다렸다는 듯이 바로 나선 사람이 있었다.

"이제는 설명해 주십시오."

금소천이었다.

"상태가 어떻습니까? 치료하실 수 있습니까?"

"이 사람은 가슴의 상처만 치료하면 되겠네."

의 사부는 먼저 몽천악을 가리켰다.

"그러면 탕약을 만들어 꾸준히 먹이는 외에는 내가 특별히 더 손쓸 것은 없겠네. 처음에 철 맹주가 조치를 잘 취해놓은 데다, 요상단도 먹었고 하니 말일세. 다만 흩어진 본신의 진력을 회복하려면 상당히 긴 시간이 필요할 걸세. 물론 본인의 의지와 노력 여하에 따라 얼마간은 줄일 수도 있는 문제고."

"그럼 이 사람은요?"

"이 사람이 문제네."

금소천을 따라 거웅에게로 시선을 돌리며 의 사부가 자못 난감하고 침중한 안색으로 말했다.

"내력을 그대로 보존시킨 채 여독을 제거하라니. 그것도 독 성분도 모르는 상태에서 행하라니. 참으로 쉽지 않은 일이네. 몇 달 정도라도 여유가 있다면 내가 어떻게든 완전한 해독약을 만들든지, 아니면 내력을 잃지 않는 다른 해독 방법을 찾든지 해볼 텐데 그럴 시간이 없지 않은가. 현재로서는 선풍객이 말한 방법 외에는 없네. 즉, 그것은 운이 따라줘야 한다는 말과 같고."

"확률이 얼마나 되겠습니까?"

"글쎄……."

의 사부가 잠시 고개를 갸웃거렸다.

"반반 정도에 불과할걸?"

"반반이라고요?"

금소천이 눈을 둥그렇게 떴다.

그로서는 의 사부의 너무나도 침중하고 난색인 표정에 비해 의외의 대답이었기에 그러했고, 또한 이미 문야후로부터 삼 할도 채 안 된다는 소리를 들은 바 있었기에 또한 그러했다.

하지만 그것을 알 리 없는 의 사부는 그의 그런 반응을 다른 뜻으로 해석했다. 그리하여 그는 조금은 풀죽은 음성으로 말을 받았다.

"너무 적지?"

"예?"

금소천이 곤혹스런 표정과 음성으로 반문했지만, 의 사부는 여전히 그에는 주의를 기울이지 못하고 이제는 자책하듯 한숨까지 불어냈다.

"구전금단까지 있는데도 반반이라니."

"그, 그게 아니라 삼 할이라고 들었기에……."

“삼 할이라니?”

의 사부가 흠칫 시선을 들었다.

“누가? 선풍객이?”

“그는 삼 할도 안 된다고 했습니다.”

대꾸한 것은 남청이었다.

“그래서 거기에 목숨을 거느니 차라리 일반적인 해독 방법으로 안전하게 다 비워내고 새로 내공을 연마하는 게 낫다고 했고요.”

“목숨을 걸다니?”

의 사부가 눈을 끔뻑거렸다.

“목숨을 왜 걸어? 실패하면 죽기라도 한대?”

“아니, 그럼 실패해도 죽지 않는단 말씀입니까?”

반문하는 남청은 물론이고 금소천이나 소강도 하나같이 눈을 둥그렇게 뜨며 놀람과 곤혹을 감추지 못했다.

“무슨 그런 바보 같은 소리를!”

의 사부가 혀를 찼다.

“내력을 보존할 수 있느냐 없느냐가 문제지, 죽기는 왜 죽어? 다른 것도 아닌 죽은 사람도 맥만 붙어 있으면 살려놓을 수 있다는 구전금단까지 있는 마당인데. 설사 실패해도 최소한 보통 사람보다는 훨씬 강건한 신체로 만들어놓을 수 있는 것을. 대체 문야후 그 사람은 무슨 의방(醫方)을 생각했기에 그런 소리를 했지? 비록 아직 모자라는 점이 많기는 해도, 그래도 그렇게나 터무니없는 진단을 내릴 사람은 아니던데?”

“어쩌면 나름대로의 배려였을지도 모르겠습니다.”

남청이 문득 씁쓰레한 미소를 지으며 말했다.

“누가 봐도 불가능해 보이는 일이었으니, 그래서 괜한 헛수고 말라는 뜻으로 말입니다. 더구나 처음에 그는 의 사부님의 존재도 생각하지 못했고, 또 구전금단도 몰랐으니까요. 그리고 나중에는 아마도 자신의 말을 번복할 수가 없었을 테고요. 맹주도 있는 앞이었으니.”

“그렇다면야 이해가 가지만……”

의 사부가 머리를 끄덕였다.

“어쨌거나 큰 시름을 던 셈입니다.”

남청이 깊이 예를 취하며 말했다.

“이제 의 사부님만 믿겠습니다.”

“쉬운 일이 아니라니까. 나는 다만 할 수 있는 최선을 다할 뿐일세.”

“그것이면 충분합니다. 감읍할 따름이고요.”

“저희가 도울 일은 무엇입니까?”

화제를 바꾸며 끼어든 사람은 금소천이었다.

“저도 이분들이 깨어날 때까지는 여기서 돕겠으니 시키실 일이 있으면 무엇이든 시켜주십시오.”

“우선 쉬어야 하지 않겠는가?”

이채를 드러내며 의 사부가 말했다.

“먼 여정에 급히 오느라 많이 지쳤을 텐데? 기색으로만 보아도, 다른 두 사람은 무공이 높아서 그런지 별반 표시가 나지 않지만, 소장주는 아무래도 많이 피곤한 것처럼 보이네만.”

“전혀 그렇지 않습니다.”

무슨 소리냔 얼굴로 금소천이 씩씩하게 대답했다.

“배와 마차로 이동했는데 무에 그리 지칠 일이 있겠습니까. 건량으로 채웠긴 하지만 배도 아직 든든하고요. 그러니 아무 염려 마시고 말

쓱만 하십시오."

"소장주가 그럴 필요는 없어요."

소강이 불쑥 말꼬리를 잡았다.

"여기는 우리로도 얼마든지."

"무슨 말씀을!"

말을 자르며 금소천이 펄쩍 뛰는 시늉을 했다.

"모두가 저 때문에 벌어진 일입니다! 제 생명의 은인들이시고요! 그런데 어찌 제가 두 손 놓고 나 몰라라 할 수 있단 말입니까! 그리고 어떻든 한 사람이라도 더 있으면 그만큼 일도 빨리하고 쉬울 것이 아니겠습니까! 의 사부님도 편하실 테고요! 이래 봬도 몇 차례 의 사부님을 도와 약초도 손질하고, 탕약도 끓였으며, 나아가 단약까지도 만들어본 몸입니다."

"그 말은 옳네."

의 사부가 머리를 끄덕였다.

그리고는 두 사람이 더 말할 기회를 주지 않고 당장 일어나서 약재장으로 가더니 주섬주섬 몇 가지 약재를 골라 그릇에 담아서는 금소천에게 건네며 말했다.

"이 모옥 뒤편에 돌아가면 화덕이 있고, 또 큰 독이 있을 걸세. 독을 화덕에 올리고 물을 육 할쯤 길은 다음 이 약재들을 넣고 데우게. 김이 모락모락 올라올 정도로 데워지거든 내게 알리고."

"알겠습니다."

문야후로부터 들은 것도 있기에 시키는 일이 무엇을 위함인지 짐작못할 바 아닌 금소천은 제꺽 대답하고는 약재 그릇을 받아 밖으로 나갔다. 그 뒤를 소강이 따랐고, 남청은 그대로 방에 남았다. 의 사부가 그렇게 하도록 했던 까닭이다. 그들이 나가고 나자 의 사부는 바로 몽천악의 곁에 바싹 다가앉았다. 그리고 그의 입을 벌리더니 남겨둔 요상단을 밀어 넣었다. 그리고는 목을 문질러 완전히 넘기게 한 다음, 그의 가슴을 풀어헤쳤다. 외부적으로는 찢어지거나 터진 곳이 없었지만, 오히려 그런 상처보다 더욱 처참한 면이 있었다. 가슴을 가로지른 함몰된 상처와 그 주변이 온통 울긋불긋한 피멍으로 물들어 있었고, 상당히 부어올라 있었던 때문이다.

잠시 그것을 살피던 의 사부가 물었다.

"도중에 정신을 차린 적이 있는가?"

"예, 있습니다."

"몇 번이나?"

"세 번이었습니다."

"시간은 얼마나?"

"모두 일각도 넘기지 못했습니다."

"말은 하던가? 한두 마디라도?"

"하긴 했지만……."

남청이 말꼬리를 흐렸다.

"무슨 소린지 알아듣지 못했습니다. 너무 낮고 불분명한 음성이었는지라."

"그랬을 거야."

의 사부가 머리를 끄덕였다.

"가슴의 갈비뼈가 내려앉으면서 폐와 심장을 압박한 탓이야. 하기야 뼈가 마디마디 부러지면서 꺾이기만 했지 조각나거나 제자리를 이탈한 것은 없고, 그래서 폐를 찌르는 불상사가 일어나지 않은 것만도 다행이

라고 여겨야겠지만. 하지만 어떻든 그로 인해 호흡과 혈류의 움직임에
는 영향을 받지 않을 수 없고, 그렇다 보니 자연 말을 하는 것은 물론
이고 의식이 돌아오는 것도 힘들었던 게지."

"그, 그럼 어떻게……?"

남청이 울상을 했다.

함몰된 가슴의 뼈를 되돌릴 방법이 없어 보였기에 그러했다. 한두
개도 아닌 거의 전부라고 할 만큼 가슴을 완전히 가로지르는 상처였고,
게다가 일정한 간격으로 함몰된 것이었다. 생살을 찢어서 뼈가 드러나
게 한 다음 하나하나 맞추어 고정한 후 다시 봉합하는 방법 외에는 없
을 것 같았다. 하지만 그것은 불가능한 일이었다. 그렇게 하고도 살아
남을 인간은 없었다. 다른 것은 차치하고, 당장 그사이 흘리지 않으면
안 될 피 때문에도 견디지 못할 터였다.

"이런 거야 일도 아니지."

대수롭지 않은 듯이 말한 의 사부는 다시 약재장으로 가 여기저기를
쑤석거리더니 두 가지 물건을 찾아냈다. 하나는 한 치 반 정도 되는 침
들로 가득한 침통(針筒)이었고, 다른 하나는 꼭 굵은 장침(長枕)을 구부
려 놓은 듯한 가늘지만 날카롭기 그지없는 쇠갈고리였다. 이어 그는
이번엔 서재 탁자로 가더니 큰 촛불에 불을 붙였다. 그리고는 갈고리
와 침통에서 꺼낸 침들을 잠시 그을린 후 제자리로 돌아와 앉았다.

"……?"

남청의 얼굴에 의문이 떠올랐다.

하지만 그는 굳이 그것을 입 밖으로 꺼내어 묻지 않았다. 어디에 어
떻게 쓰려는 것인지 짐작 가는 바가 아주 없는 것도 아니었고, 그게 아
니라도 곧 저절로 알게 될 터였기 때문이다.

그런데 그때였다.

의 사부가 막 갈고리를 상처 부위에 가져가는 순간, 뜻밖에도 몽천악의 눈꺼풀이 움찔거리더니 눈을 뜨는 것이 아닌가. 눈을 떴다고 해봐야 실눈에 불과하고, 또 눈의 초점도 흐릿하고 불명확하기는 했지만 그래도 사람의 그림자는 구분하는 듯 남청과 의 사부에게로 시선을 옮기기까지 하는 것이었다.

"형님!"

남청이 놀라 소리쳤다.

그리고는 이내 시선을 돌려 의 사부를 바라보았다. 그러나 의 사부는 이미 그럴 것을 알고 있었다는 듯 아무런 표정 변화가 없었다.

"어, 어쩌지요?"

"어쩌다니? 뭘 말인가?"

"하필 이럴 때 깨어났으니 말입니다."

"하필이 아닐세."

의 사부가 머리를 저으며 태연히 대꾸했다.

"요상단을 먹었으니 깨어나는 게 당연하네. 그렇다고 그것을 먹이지 않을 수도 없는 노릇이고. 치료를 위한 체력과 원기를 보충하고, 또 치료 도중에 혹시 일어날지 모를 위험이나 부작용을 방비하기 위함이니."

"그, 그렇다면 다시 정신을 잃을 때까지 기다려서."

"그럴 필요 없네. 그래 봐야 소용없는 일이고."

의 사부가 남청의 말을 자르며 말했다.

"치료가 끝난 뒤에나 깨어났으면 하는 자네의 안타까운 마음을 모르지 않네만, 어차피 그것은 바랄 수가 없는 일이네. 설사 요상단을 먹이

지 않았더라도, 적어도 뼈를 맞추기 시작하면 깨어나지 않을 수가 없을
테니까. 고통 때문에라도 말일세.”

“마비산(麻痺散)이나 미혼약(迷魂藥)을 쓰면……!”

포기하지 않고 다시 말을 꺼내던 남청은, 그러나 말하다 말고 제 스
스로 머리를 흔들고 말았다. 그런 것들을 사용한다면 얼마든지 의식도
잃게 하면서 고통도 느끼지 않게 만들 수 있지만, 그 자체가 일종의 독
이었던 까닭이다. 멀쩡한 사람도 후유증이 큰 경우가 많은데, 지금의
몽천악에게 사용할 수 있을 리가 없었다. 또 그러한 까닭에 수혈을 짚
는 최후의 방법도 사용할 수 없는 노릇이었고. 그럴 수 있었을 것 같았
으면 미리 요상단을 먹여야 할 까닭이 없었을 터였다.

“다른 방법은 없네.”

의 사부가 정색을 했다.

“자네가 명심해야 할 것은 의원은 나라는 것일세. 자네는 내가 시키
는 것만 하면 되고, 또 할 수 있는 일만 하면 되네. 이 사람에게 지금의
상황을 설명하고 마음을 단단히 먹도록 해두는 것이 당장의 할 일이고.
과연 알아들을 수 있을지는 모르겠지만, 어떻든 의식이 돌아왔으니 말
해주어야 할 일일세.”

“……!”

흠칫한 남청이 먼저 머리부터 숙여 보였다.

비록 고의는 아니지만 자신의 언사가 의 사부의 심기를 건드렸다는
것을 느낀 때문이었고, 또 그에 대한 사죄였다. 이어 그는 몽천악에게
로 시선을 돌렸다. 그때였다. 몽천악이 입술을 우물거리며 어떤 소리
를 흘려냈다. 남청은 얼른 그의 입에 귀를 가져다 댔다. 하지만 이제까
지 그랬던 것처럼 도무지 무슨 소린지 알아들을 수가 없었다.

그런데 뜻밖에도 의 사부는 아니었다.

"우리 이야기를 모두 알아듣고 있었군."

그가 불쑥 말하는 것이었다.

"놀라운 일이야. 의식이 돌아왔다고는 해도 정신을 차리고 사고(思考)를 하기까지는 아무래도 시간이 걸릴 텐데, 벌써 그것으로 어떤 상황인지도 유추해 내다니. 그러니 자신은 상관없으니 염려 말고 치료해 달라고 말하지."

"……!"

남청이 더할 수 없이 놀란 눈을 하고 의 사부를 쳐다보았다.

그로서는 당연한 일이었다. 처음 철무적이 그러했을 때도 참으로 기이하고 놀랍게 여겼지만, 그러나 오래 생각하지 않아 그 이유를 짐작할 수 있었다. 이미 그 공부가 신의 경지에 이르러 천이통(天耳通)과 천안통(天眼通)을 이룬 사람이기에 가능하다는 것을. 그런데 비록 상당한 무공을 익힌 것으로 보이기는 해도, 그래 봐야 남청 자신에 비할 바도 아닌 일개 의원에 불과한 의 사부가 그러하니 놀랍기 그지없는 일이 아닐 수 없었던 것이다. 혹시 무공의 경지를 숨기고 있는 절대고수는 아닌가 하고 더럭 의심까지 들 정도였다.

하지만 그는 잘못 생각하고 있었다.

그가 간과하고 있는 것은 의 사부의 직업이었다. 의 사부는 과거 누구 못지않게 수많은 환자들을 접하고 치료한 의원이었다. 개중에는 지금의 몽천악보다 더한 환자도 부지기수였고, 그러다 보니 그들이 내는 작은 소리나 입술의 움직임만 가지고도 무슨 이야기를 하는지, 또 하고 싶어 하는지 알아듣게 된 것이다. 경험과 환자에 대한 성실한 마음의 결과였다.

"그럼 시작해 볼까."

말과 동시에 의 사부는 이제까지 몽천악의 가슴에 두고 있던 갈고리를 움직여 그대로 환부에 찔러 넣었다. 제일 오른편 위쪽의 부러진 갈비뼈 사이로였다. 대번에 피가 솟았고, 그에 남청의 안색이 대변했지만 의 사부는 조금도 개의치 않았다. 그리 많은 양도 아니었고, 그것도 일부러라도 빼내지 않으면 안 되는 죽은 피였기에 그러했다. 오히려 의 사부는 갈고리가 갈비뼈를 둥글게 말면서 그 끝이 밖으로 나올 정도로 더욱 힘차게 밀어 넣었고, 이내 갈고리를 당겨 올렸다. 그러자 두둑, 둑 하는 소리와 함께 갈비뼈가 솟아올랐다. 그와 동시에 의 사부는 다른 손을 움직였고 본래의 자리에 뼈를 정확히 맞추었다. 그리고 침통에서 침을 꺼내 공력을 운용해서는 뼈의 접합 부분을 가로질러 찔러 넣었다. 그극, 하고 뼛속으로 침 박히는 소리가 울리더니 갈고리를 빼도 그대로 있을 정도로 단단하게 고정되었다.

의 사부는 이내 갈고리를 다음 마디로 가져갔고, 같은 작업이 반복되었다. 참으로 익숙하고 대담하면서도 군더더기 하나 없이 빠른 손길이었다. 웬만한 명의라도 찬탄과 경이를 금치 못할 시술이었고, 보통 사람이 바느질을 하거나 수숫대를 가지고 무엇을 만든다 해도 그럴 수 있을까 싶을 정도였다.

남청은 겨우 뼈 하나를 붙이는 것도 다 보지 못하고 자신도 모르게 눈을 질끈 감으며 고개를 돌리고 말았다. 도저히 계속 보고 있을 수가 없었던 것이다. 마음 같아서는 귀까지 틀어막고 싶을 정도였다. 흑아도 마찬가지인 모양이었다. 몽천악의 발치에 앉아서는 줄곧 안절부절 못하는 모습으로 끙끙대며 앓는 소리를 냈다.

그에 비해 몽천악은 태연했다.

지그시 어금니를 깨문 채 어쩌다 한 번씩 눈과 입꼬리를 파르르 떨 뿐 다른 어떤 움직임도, 어떤 소리도 내지 않았다. 몸 상태가 상태인지라 보통 때보다 고통을 느끼는 감각이 현저히 떨어져 있다고는 해도 그것은 초인적인 인내가 없으면 불가능할 일이었다. 다른 것도 아닌 갈비뼈를 마음대로 주무르고 있다고 해도 과언이 아닌 상황이었다. 더구나 부러지고 꺾인 마디가 무려 스물두 개나 되었다. 그것을 다 맞추고 고정시킬 때까지 변함이 없었으니. 그것은 온갖 환자를 다 겪은 의 사부로서도 처음 보는 바였고, 그래서 간간이 경이와 감탄의 빛을 드러내며 몽천악을 새삼 쳐다보지 않을 수 없게끔 만들었다.

시술은 채 반 시진이 걸리지 않고 끝났다.

얼룩덜룩한 멍 자국과 핏자국에 붓기까지 그대로였지만, 가슴은 언제 함몰되었냐 싶게 감쪽같이 원형을 회복했다. 혹시라도 잘못되거나 빠진 것이 없나 하고 다시 한 번 자세히 살핀 의 사부는 그제야 진지하기만 했던 안색을 풀고 갈고리를 내려놓았다. 그리고는 남청으로 하여금 조금씩 돌출되어 있는 침들을 건드리지 말고 핏자국을 닦아낸 다음 금창약(金瘡藥)을 발라주도록 시켰다.

그런데 그 와중이었다.

그때까지도 두 사람의 움직임이나 말소리에 따라 눈동자를 돌리곤 하던 몽천악이 불현듯 스르르 눈을 감더니 의식을 잃어버리는 것이 아닌가. 남청이 보기에는 그랬다. 이전까지의 잠시 깨어났다 의식을 잃는 모습과 그리 다름이 없어 보였으니. 그러나 의 사부는 아니었다. 그것을 보고는 흡족한 얼굴로 머리를 끄덕이는 것이었다.

"가슴을 짓누르던 압박이 사라지면서 호흡이 한결 편안해졌을 테고, 또 안 그래도 지친 심신이 치료할 때의 고통을 견디느라 한계에 이르

렸을 테니 잠이 쏟아질 수밖에. 더구나 요상단의 약효까지 있으니. 아
마 하루 정도는 깨어나지 못할 거야. 하기야 그 후로도 하루의 삼분지
이는 잠에 빠져 있어야 할 테고. 물론 뒤로 갈수록 그 시간이 줄어들기
는 하겠지만. 어차피 뼈가 붙으려면 열흘 정도는 손가락 하나 꼼짝 않
고 누워 있어야 하니 오히려 그 편이 낫기도 하고.”

“많이 자는 것이 좋은 일입니까?”

“물론이지. 잠만 한 보약도 없다는 항간의 이야기가 괜한 소리가 아
니네. 어지간한 병이나 상처라도 보통은 수면만 깊이 취해도 훨씬 가
벼워진다네. 자네는 혹시 그런 경험을 해본 적이 없나?”

남청이 무언가 생각해 낸 듯 이채를 떠올렸지만, 그러나 그것으로
끝이었다. 그들은 더 이상 그에 대해 생각하거나 이야기할 겨를이 없
었다. 문이 덜컥 열리더니 소강의 머리가 나타났고, 시킨 대로 독에 물
을 채우고 데웠다고 알려왔던 것이다. 그에 의 사부는 소강으로 하여
금 거웅을 안게 하더니 자신도 함께 밖으로 나갔다.

남청은 방에 남았다. 혹아도 있고, 또 잠에 빠진 사람이기는 하지만,
그래도 혹시 모를 뜻밖의 변화에 대비하기 위함이었다. 물론 의 사부
의 지시이기도 했고.

화덕에 이른 의 사부는 손가락을 넣어서 벌써 그윽하게 풍기는 약
향과 함께 거무스름하게 우러난 약초물의 온도를 확인하고는 불부터
잠시 빼게 했다. 그리고는 거웅의 옷을 완전히 벗긴 후 두 사람과 더불
어 조심스럽게 거웅을 독 안에 넣었다. 매우 큰 독이었지만, 거웅의 덩
치가 워낙 큰 탓에 꽉 찼다. 쪼그려 앉혔는데도 목은 독 밖으로 그대로
나올 정도였다. 하기야 그래서 머리가 물속으로 빠지지 않게 달리 지
지대를 해주거나 할 필요 없이 거웅의 고개를 뒤로 젖혀주기만 하면

되었지만. 그러고 나자 불을 다시 넣게 한 의 사부는 두 사람으로 하여
금 불을 약하게 넣거나 빼는 등의 조절로 물 온도를 계속해서 일정하
게 맞추어주도록 지시했다. 더불어 일정 시간마다 약초와 수증기로 사
라지는 양만큼의 물도 보충해 주도록 했고. 또 거웅을 지켜보다가 작
은 변화라도 있으면 곧바로 자신에게 알리도록 일렀다.

그것은 힘들지는 않은 반면에 잠시도 눈을 떼서는 안 되는 인내가
필요한 일이었다. 두 사람은 일을 나누고, 또 교대로 하는 등 최대한
효율적으로 행하면서 지루함과 권태를 이겨내지 않으면 안 되었다. 물
론 소강은 그 와중에도 짬짬이 틈을 내어 몽천악의 상태를 살피러 가
는 것을 잊지 않았고.

하루가 흘렀다.

그사이 변화라고는 만금장주가 다녀간 것뿐이었다. 그렇지만 그도
워낙 바쁜 사람인지라 한 식경 정도밖에 머무르지 않았다. 사람들과
인사를 나누고, 몽천악과 거웅을 살펴보며 감사를 전하고, 마지막으로
금소천과 잠시간 이야기를 한 것이 다였다.

그리고 의 사부가 말했던 대로 만 하루가 지나자 몽천악이 눈을 떴
다. 이제까지는 깨어나도 실눈밖에 못 떴던 것과는 달리 눈꺼풀이 훨
씬 많이 올라가는 정상에 가까운 눈이었다. 또 눈빛도 상당히 회복된
기미를 보였고. 무엇보다 가슴의 끔찍했던 상처가 언제 그랬냐는 듯이
거의 아물고 제 형체를 찾았다는 것이었다. 이제 다만 침이 꽂힌 자리
만이 상흔으로 보일 따름이었다. 그러나 움직일 수도 없는 데다, 뼈가
굳는 데 방해된다고 의 사부가 허락할 때까지 말도 삼가도록 했기에
눈만 뜨고 있다 뿐 자고 있을 때와 다를 것이 없었다.

다만 한 가지. 남청으로부터 자신이 정신을 잃고 있었던 때의 모든

이야기와 지금의 상황에 대해서는 자세하게 들을 수 있었다. 최대한 상세하게 하다 보니 이야기는 길었고, 그리하여 이야기가 끝났을 때는 그도 다시 잠에 빠지고 말았다. 다음에 깬 것은 열두 시진이 지난 후였다. 이번에는 훨씬 오래 깨어 있었다. 그리고 갈수록 자는 시간은 줄어드는 반면에 깨어 있는 시간은 늘었다. 물론 그래 봐야 비율로 따지면 자는 시간이 월등히 많기는 했지만.

◆제9장◆
요상법(療傷法)

　죽림원으로 온 지도 어느덧 닷새가 되었다.

　의 사부는 그제야 몽천악에게 요상단을 하나 더 먹였다. 이미 사흘째 되는 날부터 남청이 요상단을 먹여야 하지 않느냐고 채근했지만 들은 척도 않던 의 사부였다. 게다가 요상단의 약효가 돌기 시작하자 이제까지와 달리 전신이 불그스레하게 달아오르며 스르르 잠에 빠지는 몽천악을 지켜보던 의 사부가 한술 더 뜨는 것이 아닌가.

　"됐어. 이제는 요상단을 더 먹일 필요가 없겠어."

　남청은 지난 이틀간 속에서 계속 끓어오르고 있던 무언가가 불현듯 폭발하면서 울컥 치밀어 오르는 것을 느꼈다. 하지만 그렇다고 이미 마음으로 감복하고 있는 의 사부의 심기를 거스를 수는 없는 노릇이었다. 그래서 최대한 조심스럽게 입을 여는 가운데서도 자신의 의사를 십분 드러내는 볼멘소리를 냈다.

“아직 두 개나 남았습니다! 이미 말씀드렸다시피 사흘에 하나씩 복용하고, 또 다섯 개를 다 복용하면 회복 시기도 절반은 앞당길 수 있다고 들었고요! 그리고 상식적으로 생각해 봐도 먹으면 먹는 만큼 빨리 회복되는 것이 당연한 일 아닙니까?”

“어리석은 소리!”

의 사부가 인상을 썼다.

“몸이 달아올라 오는 것 안 보여? 보통이라면 빨라도 한 달은 걸려야 할 뼈가 벌써 붙기 시작했고, 더불어 몸도 육체적으로는 거의 정상으로 돌아왔다는 말인데, 무엇 하러 아까운 요상단을 자꾸 먹여? 괜한 낭비에 불과하지. 아니, 당장은 더 먹이면 먹일수록 오히려 손해야. 내상의 회복만 더디게 만들 테니.”

“아니, 그게 무슨 소리십니까?”

남청의 눈이 곤혹을 담고 커졌다.

“요상단은 원래 신체의 상처보다 내상에 탁월한 효력을 발휘하는 것이 아닙니까?”

“그거야 보통의 내상일 때고.”

의 사부가 머리를 흔들었다.

“이 사람은 지금 내력이 손상되었거나 단전이 진탕된 정도의 단순한 내상이 아니란 말이야. 거기에 더해 아예 진기의 경로가 엉망으로 뒤엉키고, 그나마 남아 있는 내력도 전신의 세맥(細脈) 속으로 산산이 흩어져서 숨어버린, 그래서 지금으로서는 운기조차 불가능한 상태라는 것을 알아야지.”

“그, 그런……!”

남청의 얼굴이 경악으로 일그러졌다.

그럴 수밖에 없었다. 의 사부의 말은 주화입마에 빠진 사람의 상태
와 그리 다르지 않았던 것이다. 오는 도중에 진기를 흘려 넣어 상태를
확인해 보지 않은 것도 아니었고, 또 단전이 비다시피 했다는 것을 모
르지도 않지만 설마 이렇게까지 심각한 상황인 줄은 꿈에도 생각 못했
던 그이기에 충격이 크지 않을 수 없었다.

"무존과의 대결이었단 점을 감안하면 그래도 양호한 편이라고 할 수
있겠지만."

의 사부가 말을 이었다.

"어떻든, 그런데 무슨 놈의 요상단을 자꾸 써? 아무리 좋은 영약이
라도 쓸 데가 있고 안 쓸 데가 있는 거야. 요상단의 기운이 얼마나 강
한지 몰라? 지금까지 썼던 것은 별개야. 내외부의 상처를 회복하고, 또
끓어오른 기혈을 가라앉히는 데 반드시 필요한 것이었으니. 그러나 그
렇게 약효가 거의 소모되었다고는 해도 그래도 얼마간은 단전에 남아
있을 텐데, 거기다 또 써? 이제는 다른 데 소요될 일이 없으니 고스란
히 그 기운이 단전에 모여들 게 명약관화한데?"

"……."

"물론 당장 운기가 가능하고, 나아가 본신진기가 그 기운을 융합할
힘이 있다면 그보다 더 좋은 것도 없겠지. 하지만 이 사람은 진기가 겨
우 명맥만 유지한 채 숨어 있는지라 진기를 모으고 운기하는 것 자체
가 불가능한 상황이야. 단전이 비어 있어도 그 진기를 이끌어낼 수 있
을까 말까인데 다른 기운으로 채워놔? 게다가 아무리 좋은 기운도 본
신의 진기가 주가 되어 이끌지 않으면 도리어 없느니만 못한 법. 자칫
잘못하다가는 영영 내력을 회복하지 못하는 수가 생겨. 이제부터 이
사람에게 필요한 것은 그런 영약의 기운이 아니라, 그러한 기운들을 다

스리고 정화시켜 줄 내가 만들어 먹일 탕약이야. 그리고 무엇보다 중요한 스스로의 의지와 노력이 더해져야 하고.”

“시간이 문제일 따름이라고 했잖습니까?”

너무 큰 충격에 의 사부의 말을 듣는 둥 마는 둥 넋을 놓고 멍하니 바라보기만 하던 남청이 한참 만에야 쥐어짜는 듯한 음성을 토해내며 따지듯이 말했다.

“처음에 분명히 그렇게 말했잖습니까?”

“지금도 그것은 변함이 없네.”

“그렇지만 그게 아니잖습니까.”

남청이 대뜸 말꼬리를 잡았다.

“말씀대로라면 주화입마나 마찬가지인데, 어떻게 시간문제가 될 수 있단 말입니까?”

“주화입마와는 많이 달라.”

의 사부가 머리를 흔들었다.

“아니, 다른 사람이었다면 십중팔구 주화입마에 들거나 그보다 더한 상태에 이르는 것이 정상일 거야. 그러나 조화지경에 오른 때문인지, 아니면 다른 이유가 있는지는 몰라도 특이하게도 이 사람의 경우는 아니야. 묘하게도 외부의 충격에 대항하면서 내력이 유실되고 약화되는 속에서도 선천지기가 스스로를 보호하고 여력을 남기기 위해 세맥 속으로 숨어든 것뿐이거든.”

“……!”

“그 때문에 신체가 정상으로 돌아오고 나면 다른 짓 않고 가만히 내버려 둬도 저절로 진기의 유통 경로가 복구되면서 내기가 조금씩은 단전으로 모여들게 되어 있어. 문제는 그것이 언제 일어나고, 또 얼마나 시간이 걸리느냐 하는 것뿐이고. 어떻든 그렇게 되면 운기가 가능해지는 시기가 오게 되고, 그다음은 훨씬 빨라질 테고 말이야. 하기야 그때가 되면 다시 요상단을 복용할 수도 있고, 효과를 볼 수도 있는 일이지. 철 맹주나 문야후가 말했다는 회복 기간 절반 운운도 아마 그런 뜻이었을 게야."

"얼마나 있으면 그렇게 됩니까?"

그제야 얼마간 안도를 떠올린 남청이 물었다. 그에 의 사부는 모호한 표정을 지었다.

"장담은 못하겠지만."

몽천악을 일별한 의 사부가 말을 이었다.

"늦어도 일 년이면 될 거야."

"그, 그렇게나……!"

"그것도 나니까 가능한 거야."

역시나 하는 남청의 한숨 어린 말에 의 사부가 짐짓 눈을 부라렸다.

"다른 놈이었어 봐. 어림도 없을 일이지. 아마 십 년을 줘도 일으켜 세우기도 힘들걸? 뭐, 하기야 드물게 보는 강한 신체에다가 뼈를 맞추는 고통 속에서도 작은 신음 소리 하나 내지 않는 이 사람의 굳건한 심지와 인내심으로 보아서는, 자리에서 일어서기만 하면 굳이 말하지 않아도 당장 혼신의 노력을 경주할 것이 틀림없고, 그렇다면 오래지 않아 혼자서도 돌파구를 여는 것이 그리 어려운 일도 아닐 것으로 생각되지만 말이야."

"……!"

"놀라운 사람이야."

의 사부가 다시 몽천악을 쳐다보며 말했다.

“내 그동안 별의별 인간을 다 만나보고, 또 치료해 봤지만 이런 사람은 처음이야.”

“강한 사람입니다.”

남청이 머리를 주억거렸다.

“너무 강해서 이렇게 탈이 날 정도로…….”

그런데 그런 그의 얼굴에 한순간 스쳐 간 것은 말과는 다른 어떤 복잡 미묘한 감정의 파장이었다. 짧은 순간의 변화였지만 의 사부는 놓치지 않고 그것을 보았고, 잠시 그대로 남청을 응시하더니 불쑥 말했다.

“자네에겐 좋은 사람이기도 하겠지?”

“……!”

남청이 흠칫 의 사부를 돌아보았다.

“무슨 말씀이신지……?”

“내가 모를 줄 아는가?”

의 사부가 남청을 빤히 바라본 채 대꾸했다.

“나는 의원이네. 인간의 몸에 대해 누구보다 잘 아는 사람일세. 하기야 너무 감쪽같아서 처음엔 나도 생각도 못했네만, 며칠이나 같이 지내면서도 모른다면 말이 안 되지. 자네 얼굴과 손을 비롯한 드러난 피부는 모두 자네 본래의 것이 아니네. 더불어 무엇보다 골격 자체가 남자의 것이 아니고.”

“……!”

“자네가 그런 형상을 하고 다니는 이유는 모르겠지만, 한 가지는 분명히 말할 수 있겠네. 이 사람에 대한 자네의 마음 말일세. 그렇게 지극 정성으로 보살피기는 쉬운 일이 아니거든. 암!”

“동료로서 당연한 일일 뿐입니다.”

한동안 아연한 기색으로 말도 못한 채 의 사부를 바라보기만 하던 남청이 문득 한숨을 내쉬며 말했다.

“이 사람도 그렇게 생각하고 있을 것이고요.”

“혹시 자네가 여인인 것을 모르지는 않는가?”

“다치기 직전까지 그러하긴 했습니다만.”

잠시 머뭇거리던 남청이 대답했다.

“그렇지 않고 설사 처음부터 알고 있었다 하더라도 별반 달라질 것은 없을 것입니다. 이 사람은 무공과 비무밖에 모르는 사람이니까요.”

“그렇다면 자네는?”

의 사부가 제격 다시 물었다.

“자네 자신은 어떤가?”

“…….”

어떤 상념에 잠긴 시선을 몽천악에 둔 채 남청은 아무 말도 하지 않았다. 의 사부도 더 이상 그에 대해서 입을 열지 않았다. 그런데 그렇게 얼마간의 침묵이 흐를 때였다. 갑자기 문이 벌컥 열리면서 금소천의 얼굴이 나타나더니 다급하게 말하는 것이었다.

“빨리 와보셔야겠습니다!”

“무슨 일로 그러는가? 혹시 입이 벌어지고 호흡이 거칠어지기라도 했는가?”

“어, 어떻게 그렇게 잘 아십니까?”

금소천이 깜짝 놀란 모습으로 반문했다.

“꼭 그대로입니다.”

“벌써 그렇게 됐다고?”

의 사부도 놀란 얼굴을 했다. 큰 기대 없이 던진 말이 그대로 들어맞은 까닭이었다. 이어 그는 몽천악을 흘깃 일별하더니 중얼거렸다.

"이 사람도 그렇고, 모두가 예상을 뛰어넘는군. 최소한 하루 이틀은 더 필요할 것으로 생각했더니."

그리고는 바로 남청에게 손을 내밀었다.

"구전금단을 이리 주게."

"벌써 시기가 되었단 말입니까?"

얼른 남청이 구전금단을 꺼내줄 때, 금소천이 의아함으로 물든 눈을 끔뻑거리며 말했다. 그로서는 당연한 의문이었다. 문야후로부터 열흘은 되어야 독기가 다 빠지고 여독만 남는다고 들은 것을 상기한 까닭이다. 반면에 남청은 아무 말도, 의문도 드러내지 않았다. 의 사부가 어떤 사람인지 이제 아는 이유였다.

"문야후에게서 들은 것은 잊게."

약재장으로 가서 주섬주섬 몇 가지 약재와 여러 개의 크고 작은 침통을 챙기면서 의 사부가 말했다.

"그는 다만 하나의 일반적인 의방을 말했을 뿐이네. 의원마다 의방이 다를 수 있고, 또 비방은 따로 있는 법. 더구나 나는 그의 말처럼 여독을 제외한 독기를 체외로 빼내기 위해 이제까지 약수에 환자를 넣어놓은 것이 아닐세. 만약 그랬다면 약수에 독기가 빠져나오는 게 정상일 테고, 또 그로 인해 하루 한두 번씩은 약수를 갈아주었어야 마땅하며, 자네들에게도 주의할 점과 더불어 그것을 일러주었을 텐데, 그렇지 않았잖은가?"

"……!"

"내가 넣은 약재들은 독기를 배출하게 하는 것이 아니라 반대로 단전으로 모이게 하는 것일세. 그러면서 신체에 달리 해를 끼치지 않게 하는 것이고. 모일 수 있는 만큼 다 모이게 되면 자네가 알려온 것 같은 징후가 나타나고, 그러면 침술을 이용해서 한꺼번에 독혈을 빼내면 되는 것일세. 이것은 그 어떤 의방보다 시간도 줄이고, 잔독이나 부작용의 우려도 적은 나만의 비방이네. 물론 이번 같은 경우는 구전금단이 없다면 결코 사용할 수 없는 방안이긴 하지만 말일세.”

“아……!”

탄성과 함께 금소천이 무슨 말인지 아는 것도 같고 모르는 것도 같은 얼굴로 머리를 끄덕였지만, 챙길 것을 다 챙긴 의 사부는 그에게는 일별도 주지 않은 채 서둘러 방문을 열고 나섰다.

곧장 거웅에게로 간 그는 거웅을 약수에서 들어내게 해서는 곁에 있는 평상에 가부좌를 틀고 앉혔다. 그리고는 구전금단을 먹이더니 이어 거웅의 명문에 두 손을 붙이고는 구전금단의 약효가 빨리 퍼지도록 진기를 불어넣어 인도했다. 그런 다음 거웅을 반듯하게 눕힌 그는 이윽고 침술을 펼치기 시작했다.

긴장된 시선으로 지켜보던 사람들의 눈에 한순간 의문이 떠올랐지만, 이내 경이와 감탄으로 바뀌었다. 문야후가 말했던 관으로 된 장침을 바로 단전에 꽂는 시술이 아니었던 까닭이고, 단전과 먼 곳에서부터 점차로 세침을, 그것도 몇 가지 종류를 어떤 법칙에 따라 꽂아오는데 거웅이 점점 고슴도치로 변하는 착각이 들 정도로 빽빽했던 이유다. 더구나 참으로 놀랍고도 대단한 솜씨였기에 또한 그러했다. 온 심력을 기울인 진지하고도 조심스런 눈빛과 손길임에도 그 행사에는 추호의 망설임이나 머뭇거림이 없었다. 나비가 꽃을 희롱하듯, 매가 먹이를 낚아채듯 날렵하고 신속하기 그지없으면서도 정확했다. 순식간에 거웅의 몸은 단전만 남기고 침으로 뒤덮였다.

그제야 휴! 하는 한숨과 함께 의 사부가 손길을 멈추었다.

그리고는 어느덧 땀방울이 송골송골 맺힌 이마를 소맷자락으로 스윽 한 번 훔쳐 내더니 곧 준비해 온 두 가지 물건을 꺼내 들었다. 족히 한 뼘 반은 될 듯한 꽤 굵은 장침과 어른 주먹만 한 크기의 옥병이었다. 그런데 뜻밖에도 그중 옥병을 소강에게 내미는 것이 아닌가. 그리고 말하는 것이었다. 들고 있다가 자신이 침을 꽂으면 침 가운데 뚫려 있는 관을 통해 독혈이 솟아오를 테니 그것을 받으라고. 또 자네 공력이라면 아무리 침이 곤두서 있어도 얼마든지 그렇게 할 수 있을 테니 단 한 방울의 독혈도 흘려서는 안 된다고. 그에 흠칫하던 소강이 긴장된 얼굴을 감추지 못한 채 명심하겠다고 대답하며 옥병을 받았지만, 이미 의 사부는 그를 보고 있지 않았다. 그의 부릅뜬 눈은 거웅에게, 아니, 정확히 말하자면 그의 몸에 꽂힌 침들에 고정되어 있었다.

처음엔 무엇을 하는 건지 영문을 모르던 사람들도 이내 눈치 챌 수 있었다. 거웅의 호흡으로 인한 것과는 또 다른 미세한 떨림과도 같은 움직임이 침들 사이에서 일어나고 있고, 그것이 서서히 단전을 향해 다가오고 있으며, 의 사부가 그것에 집중하고 있다는 것을. 그리고 한참이 흐른 후. 그것이 막 단전에 이르렀다 싶은 순간이었다. 의 사부는 푹, 소리가 날 정도로 주저없이 장침을 단전의 경계 부분에 꽂아 넣었고, 동시에 다른 손으로 그 주변을 덮으며 소리쳤다.

"지금이네!"

기다리고 있던 소강은 얼른 옥병을 침 끝에 가져다 댔다. 그러자 대번에 시커먼 독혈이 솟아나왔고, 옥병에 고이기 시작했다. 처음엔 많은 양이 세차게 솟구쳤지만 갈수록 양도, 힘도 떨어졌다. 그럴수록 소강은 공력을 더욱 운용하지 않으면 안 되었다. 독혈의 양과 세기에 맞추어 과하지도 모자라지도 않게 조절을 해야 했던 까닭이다. 의 사부도 마찬가지였다. 소강에게 소리침과 동시에 그도 공력을 운용해서 단전에 모인 독기만 뽑아내려 애쓰고 있었기에 그럴 수밖에 없었다.

그렇게 일각쯤 흘렀을까.

옥병의 삼분지 이가량을 채운 독혈은 이제 더 이상 늘어나지 않았다. 당연히 침 끝에서 나오는 것도 더 없었고. 반면에 의 사부가 흘리는 땀의 양은 훨씬 많아졌다. 하기야 소강도 마찬가지였고, 지켜보는 사람들조차도 그러했다. 그만큼 긴장된 시간이었던 것이다.

"되었네."

이윽고 의 사부가 말하며 거웅의 단전에서 손을 뗐고, 장침을 뽑았다. 이어 역순으로 세침마저 다 뽑아서는 미리 준비해 두었던 소독하는 약액(藥液)에 장침과 함께 넣었다. 또한 소강에게서 옥병을 받아 밀봉한 다음 갈무리하는 것도 잊지 않았고. 그사이 그의 지시에 따라 금소천은 독을 깨끗이 비운 후 다시 그가 가져온 약재를 풀어 물을 데우고 있었는데, 거기에 거웅을 재차 집어넣도록 했다. 이전과는 완전히 다른 약수이며, 구전금단의 약효를 더욱 극대화시키기 위함이고, 또 최대한 부작용을 억제하기 위한 가장 좋은 방법이라는 설명이었다. 더불어 덤으로 환자로 하여금 빨리 정신을 차리게 하는 방도이기도 하고. 거웅은 처음 약수에 몸을 담근 이래로 계속 피부 빛이 좋아지고 있었는데, 이제 완연히 제 빛깔을 찾고 있었다. 하지만 여전히 의식은 돌아오지 않고 있었다. 이렇게 하면 네댓 시진이 지나지 않아 정신을 차린다는 이야기였다. 더불어 그러고 나면 더 이상 약수 신세를 질 필요가 없고, 또한 그때가 되어 마지막으로 한 번 더 침술을 베풀어야 하고, 그

다음에야 시술의 성공 여부도 알 수 있다는 것이었다.

"내가 할 수 있는 일은 다 했네."

그 말을 끝으로 의 사부는 조식에 들었다.

얼마나 지치고 피곤했는지 평상에 그대로 가부좌를 튼 채였다. 하기야 겉모습만으로도 물먹은 솜이 따로 없었다. 막대한 내력을 소모한 탓이고, 그전에 공력이 정심하지 못한 것이 원인이지만, 그렇다고 다른 사람이 대신해 줄 수도 없었던 일이었다. 그 비전의 의방요결과 그에 따른 공력의 운용을 모르고는 아무리 대신해 주고 싶어도 대신해 줄 수가 없었다. 그러니 자연 그의 조식도 길어질 것이 당연지사. 그가 눈을 뜬 것은 근 두 시진이나 지나서였다. 거웅을 돌보는 가운데서도 눈을 떼지 않고 있던 금소천과 소강이 반색을 했고, 그런 그들을 향해 의 사부는 머리를 끄덕여 보였다.

그런데 그때였다.

"형님이 깨어났습니다."

마치 때를 맞추기라도 하는 것처럼 남청이 달려오더니 얼마간 염려 섞인 목소리로 말하는 것이었다.

"그런데 잠든 지 채 세 시진도 지나지 않았습니다. 한번 잠들면 아무리 빨라도 여섯 시진은 넘어야 눈을 떴는데, 갑자기 절반으로 줄어들다니……."

"이건 너무 빠른데?"

의 사부가 벌떡 몸을 일으켰다.

"몸 상태는 어때 보이던가?"

"겉보기엔 나쁘지 않았습니다만."

"가보세."

의 사부가 서둘러 걸음을 옮겼다. 남청과 소강도 뒤따랐다. 몽천악은 여전히 제자리에 꼼짝 않고 누워 있었다. 다만 사람의 기척에 눈동자만은 반응을 했다. 그것도 평소와 거의 다름없는 눈빛과 움직임으로 들어서는 사람 하나하나를 응시하는 것이었다. 그런 그의 시선에 이채를 드러내며 다가간 의 사부는 우선 그의 안색부터 꼼꼼히 살핀 다음 그의 곁에 앉았고, 진맥을 시작했다.

"어떻습니까? 괜찮습니까?"

진맥이 끝나자마자 남청이 급히 물었다. 의 사부의 얼굴에 떠오른 곤혹을 본 때문이었다.

"이럴 수가 있나?"

"왜, 왜 그러십니까?"

깜짝 놀라 반문하는 남청과 소강이었다.

"뭐가 잘못되었습니까?"

"그 반대일세."

"……!"

"회복이 이렇게나 빠르다니!"

도저히 믿을 수 없다는 표정으로 몽천악을 쳐다보며 의 사부가 탄성 어린 음성을 토해냈다.

"안 그래도 예상보다 너무 빨라서 놀라움을 금치 못할 지경이었는데, 이제는 아예 한꺼번에 몇 단계를 건너뛰어 버렸어! 불과 세 시진 만에 말이야. 아무리 육체가 강하고, 무공이 높아도 이럴 수는 없는 일이야! 대체 어떻게 된 건가? 무슨 일이 있었던 겐가? 이젠 입을 열어 말을 하는 것은 물론이고 당장 침을 뽑는다 해도 큰 무리가 없을 정도니 어디 대답해 보게!"

“저도 잘은 모르겠습니다만.”

모두가 몽천악을 주목하는 가운데 잠시 생각하는 빛을 보이던 그가 드디어 입을 열었고, 제대로 된 음성을 흘러냈다. 마치 언제 그렇게 아팠고, 또 언제 그렇게 작고 불분명한 목소리밖에 못 냈느냔 듯이 또렷하고도 분명한 음성이었다. 그에 남청과 소강은 감격에 겨운 얼굴을 했다. 말의 내용을 떠나 본래 그의 음성을 듣는 것만으로도 그들에게는 충분히 그럴 만한 일이었던 것이다.

“사문의 요상법 때문이 아닌가 합니다.”

“사문의 요상법?”

눈이 둥그레지는 의 사부의 반응에 몽천악은 그렇다는 듯이 눈을 깜빡이며 말을 이었다.

“배워두기만 했을 뿐 그동안은 쓸 일이 없었고, 그 탓에 처음엔 운용이 미숙했습니다만, 집중하며 애쓰다 보니 어느 순간 갑자기 진전이 있었습니다. 이번의 요상단을 복용하기 반나절 전쯤입니다. 그 외의 다른 이유는 생각나지 않습니다. 그리고는 그 상태에서 아시다시피 요상단을 복용하고 그대로 잠들었으니.”

“대체 무슨 소릴 하는 겐가?”

의 사부가 어이없다는 얼굴을 했다.

“요상법이라니? 운기도 못하는 상태에서 어떻게 요상법을 쓴단 말인가? 더구나 잠을 자면서까지? 그게 가당키나 한 일인가?”

“얼마든지 가능합니다.”

몽천악이 바로 대꾸했다.

“사문의 요상법은 시전하는 데 운기의 과정이 필요한 것이 아니니까요. 일종의 심법(心法)입니다. 내공과 상관없이 마음의 관조로 혈(血)과

선천의 내재된 기(氣)를 조금씩 움직여 상처를 치료해 가는.”

“그, 그런……!”

“아마도 사부님이셨다면 내가 당한 이 정도 상처는 어떤 외부의 도움 없이도 늦어도 열흘이면 거뜬히 털고 일어나실 것입니다. 물론 함몰된 뼈도 멀쩡해져서 말입니다. 이런 정도가 아니라 이보다 월등히 심한 경우도 셀 수 없이 많았고, 아무리 그래도 한두 달을 넘기신 적이 없으신 분이니까요. 내상까지 완치하는 데는 조금 시간이 더 걸리기는 합니다만, 그래 봐야 길어도 그 두세 배면 충분하고요.”

“허……!”

점입가경이라는 얼굴로 입을 쩍 벌리는 의 사부였다.

“대체 자네 사부가 누군가? 어째서 그런 사람이 있다는 소리를 아직까지 듣지 못했을까?”

“듣지 못했을 리가 없지요!”

제격 말을 받은 사람은 금소천이었다.

“단지 떠올리지 못하고 계실 뿐입니다. 강호에 적을 두고 있지 않은 사람이라도 모르려야 모를 수가 없을 정도로 유명한 분이니까요. 더구나 과거 의 사부님께서도 기회가 된다면 꼭 한 번 만나보고 싶은 인물이라며 언급하신 적도 있고요.”

“도대체 누구란 말인가?”

의 사부가 답답하다는 표정을 지었다.

“속 시원히 이야기해 보게.”

“비무도광이라 불리는 분입니다.”

대답은 남청이 했다.

의 사부가 화들짝 놀란 얼굴을 했다.

"비무도광!"

"이젠 아시겠지요?"

금소천이 미소를 물고 말했다.

"어떻게 매번 극심한 상처를 입고도 오래지 않아 멀쩡한 모습으로 나타나 또 비무행을 할 수 있는지 참으로 궁금하다고 여러 차례 말씀하셨잖습니까. 그래서 사실은 아버지께서도 은밀히 한 번 초빙하려는 생각까지 했었고요. 그런 차에 돌연 종적을 감추어 버려서 뜻을 이루지 못했지만요. 어쨌거나 이제야 그 궁금증을 푼 셈이 되었네요. 그렇지요, 의 사부님?"

"과연 그러하네."

놀라움을 감추지 못하는 시선으로 몽천악만 쳐다보고 있던 의 사부가 크게 머리를 끄덕이며 길게 탄식을 불어내더니 꼭 그와 같은 음성을 토해냈다.

"나는 무슨 특별한 비방에 의한 영약이나 내공법문이 있을 것으로만 생각했는데, 마음의 관조에 의한 요상법이라니. 그런 게 있었을 줄이야. 세상의 웬만한 것은 모두 섭렵했다고 여겼거늘, 자만이었어. 아직도 내가 듣지도 보지도 못한 의술이 있으니……."

"……."

모두가 꿀 먹은 벙어리처럼 입을 꾹 다문 채 서로를 쳐다볼 따름이었다. 다시없을 신의가 스스로의 의술에 대해 자조(自照)하며 한탄하고 있었으니 감히 무어라 말할 계제가 아니었던 것이다.

그렇지만 한 사람은 아니었다. 몽천악이었다. 그는 본래는 입을 열 생각이 전혀 없었지만 의 사부의 이런 모습에는 도리어 말을 하지 않을 수 없었다.

“그럴 일이 아닙니다.”

“……?”

“요상법은 사부님께서 만드셨다고 해도 과언이 아니기 때문입니다. 그러니 의 사부님이 몰랐다고 해서 이상할 것이 없습니다.”

“그, 그런……!”

의 사부의 얼굴이 경악으로 물들었다.

요상법에 대한 이야기를 처음 들었을 때와도 비교가 되지 않을 정도로 더할 수 없는 경악이었다. 그럴 수밖에 없었다. 몇 가지 약초를 배합하는 사소한 의방 하나도 새로 만들려면 뛰어난 의술과 두뇌, 그리고 인고의 세월이 필요한 법이었다. 하물며 다른 것도 아닌 요상법이었다. 더구나 내공도 필요 없는 새로운 경지를 개척한 일이었다. 의술에 대해 조금이라도 아는 사람이라면 누구나 의 사부와 마찬가지 반응을 보일 수밖에 없을 터였다.

“어, 어떻게 그럴 수가……!”

“운이 좋았다고 했습니다.”

몽천악이 얼른 대꾸했다.

“원래 의가에도 연원이 있었던 데다, 비무행을 시작하면서 자꾸만 큰 상처를 입다 보니 저절로 터득하게 된 것이라고 말입니다. 내공이 약한 탓에 일반의 요상법으로는 별다른 효과를 기대할 수가 없었고, 그래서 다른 방법이 없을까 골몰하면서 여러 가지를 시도하다가 우연히.”

“우연이 아닐세!”

의 사부가 감탄 어린 음성으로 말을 잘랐다.

“설사 말대로 우연히 이루어졌다고 해도, 그것은 고난 속에서 오히

려 성장의 기틀을 마련하는 범인으로서는 엄두도 내지 못할 불굴의 의
지와 더불어 사물과 현상을 분석하고, 또 새롭게 조합할 수 있는 뛰어
난 능력이 없고는 결코 가능한 일이 아닐세."

"……!"

"이제야 알겠네."

몽천악의 눈에 이채가 떠오르는 것을 보며 의 사부가 말을 이었다.

"그가 어떻게 자네 같은 제자를 만들어낼 수 있었는지. 그리고 강호
의 소문이 얼마나 부정확하고 피상만을 전달하는지. 자네 사부는 참으
로 기인이자 고인일세. 정말이지 이제는 아무리 멀리 떨어져 있더라도
내가 찾아가서 이야기를 나누어보고 싶을 정도로. 아니, 말만이 아니
라 당장 그가 있는 곳을 얘기해 주게."

"그럴 것까지는 없습니다."

몽천악이 바로 말을 받았다.

"머잖아 제가 모시고 올 수 있을 테니까요."

"그게 정말인가?"

반색을 하는 의 사부였지만 몽천악은 다만 눈만 끔뻑거릴 뿐 선뜻
대답을 하지 못했다. 말해놓고 보니 사부에 대한 그리움과 함께 자신
의 할 일이 뇌리를 메웠던 것이다. 그러나 그것도 잠시뿐, 곧 그는 굳
은 의지를 떠올리며 입을 열었다.

"물론입니다."

"좋네! 벌써부터 기대가 되는군."

기꺼움을 감추지 못하는 의 사부였다.

"그렇다면 이제 남은 일은 자네를 얼른 일으켜 세우는 것이란 말인
데. 뭐, 그것도 자네의 그 요상법 덕택으로 그리 걱정할 필요가 없겠

어. 벌써 뼈가 다 붙을 지경이고, 그래서 지금 침을 뽑을 참이니, 그러면 하루 정도만 더 누워 있어도 몸을 움직이는 데는 큰 무리가 없을 거야. 더불어 이런 식이면 본신의 회복도 예상했던 것보다 훨씬 빠를 게 틀림없을 테고.”

이어 그는 누가 뭐라고 할 사이도 없이, 또 몽천악에게 달리 주의도 주지 않고 그대로 침을 뽑아내기 시작하는 것이 아닌가. 봉합하고 있던 뼈에서 침이 빠져나오는 연이은 귀에 거슬리는 소리에 남청과 소강의 미간이 절로 찌푸려질 정도였지만, 오히려 몽천악은 태연하기만 했고, 의 사부의 손길 역시 조금도 거침이 없었다. 순식간에 침이 다 뽑혔다. 침이 뽑힌 자리에는 다만 한 방울씩 피가 맺힐 따름이었다. 의 사부는 잠시간의 시차를 두었다가 그것을 하나하나 다 닦아냈고, 그러고 나자 피는 더 이상 나오지 않았다. 다시 한 번 상처 자리를 자세히 살펴본 의 사부가 머리를 끄덕였다.

“됐네. 아주 잘되었어.”

그런데 그의 말이 채 끝나기도 전이었다.

덜컹, 하고 문이 열리면서 금소천의 머리가 들어오더니 거웅이 깨어났음을 알리는 것이었다. 뽑아낸 침을 갈무리할 틈도 없이 의 사부는 냉큼 달려나가지 않을 수 없었다. 소강도 함께였고. 그들이 다시 들어온 것은 그로부터 거의 한 시진이 지나서였다.

아니, 그들만이 아니었다.

거웅도 함께였다. 그는 소강의 부축을 받고 있었는데, 그간의 고생을 말해주듯 매우 초췌한 모습이었다. 다만 눈만은 어떤 격동을 담고 번쩍이고 있었다. 방으로 들어선 그는 누워 있는 몽천악을 보자마자 소강의 손길을 뿌리치며 쓰러지듯 몽천악의 곁으로 다가와 엎드렸고,

사숙! 하고 간신히 한마디를 내뱉더니 그대로 머리를 파묻으며 엉엉 울음을 터뜨리는 것이 아닌가. 의 사부가 정신이 든 그를 독에서 꺼내 다시 한 번 침술을 베푸는 사이 소강이 전후 사정을 모두 일러주었던 것이다. 그리하여 몽천악이 이렇게 된 것이 모두 제 탓인 것만 같았기에 이러는 것이고.

"덩치만 큰 애라니까. 쩝."

소강이 혀를 찼다.

"다 괜찮다고 했는데……."

그렇지만 말과는 달리 그도 그리 다르지 않았다. 거웅의 울음에 그 자신도 괜히 콧등이 시큰해지는 것을 느끼고는 슬그머니 시선을 다른 곳으로 돌리고 있었다. 남청 역시 별반 다르지 않았고. 결국 몽천악이 시선을 맞부딪칠 수 있는 사람도, 또 궁금한 것을 물어볼 사람도 뒤늦게 들어선 의 사부밖에 없었다.

"경과가 어떻게 되었습니까?"

"그야 아직 모르지."

의 사부가 퉁명스런 데가 있는 음성으로 대꾸했다.

"운기조식을 취해봐야 알 수 있고, 또 빨리 취할수록 좋은 것인데, 아무리 말해도 죽어도 자네부터 봐야겠다고 우기며 뿌득뿌득 이리로 왔으니 내가 어떻게 알겠나. 마지막까지 내가 한 시술에는 아무런 문제가 없었고. 그래서 내공이 보전되었을 가능성이 조금은 더 높아졌다고 믿고 있네만."

"……!"

놀란 몽천악은 얼른 거웅으로 하여금 조식부터 취하게 했다. 처음엔 사숙도 곧 일어난다고 들었다며 일어나거든 그때 나도 하겠다고 고집을 부렸지만 정색을 한 몽천악이 여러 사람의 노고를 허사로 만들려 하느냐, 말을 듣지 않으려거든 사숙이라고 부르지도 말라고 질책하자 거웅은 할 수 없이 시키는 대로 할 수밖에 없었다.

그렇게 거웅이 조식에 드는 것으로 일단락된 다음, 잠시간의 침묵이 찾아왔을 때였다. 문득 소강이 초롱초롱한 눈망울 가득 의문과 궁금증을 담고는 몽천악의 곁에 바싹 다가앉더니 말하는 것이었다.

"그게 무엇이었습니까?"

"……?"

"무존이 마지막에 발휘한 것 말입니다."

소강은 내내 그것이 궁금해 미칠 지경이었다. 그래서 몽천악이 말을 할 수 있게 되면 그것부터 물어보려고 벼르고 있었는데, 지금까지는 기회가 없었던 것이다. 하기야 그것은 남청도 크게 다르지 않았고, 그래서 어느덧 자신도 모르게 다가앉으며 귀를 기울이고 있었다.

몽천악이 그제야 무슨 소린지 알고 대꾸했다.

"대천성이라지 않더냐."

"그거야 저도 들었고요."

"그럼?"

"그것도 강기의 일종입니까?"

"그렇기도 하고 아니기도 하다."

"예? 그게 무슨 말입니까?"

"말로써는 설명할 수가 없다. 내가 연성한 것도 아닌데다, 설사 익혔다 하더라도 마찬가지일 것이다. 무엇보다 그것은 배워서 익히거나 수련으로 얻는 것이 아니라 깨달음의 범주에 있으며, 그중에서도 한참이나 까마득히 높은 곳에 있는 것이니 말이다. 다만 한 가지, 네가 지금까지 알고 있는 그런 강기는 결코 아니라는 것은 분명히 말할 수 있다."

"……!"

곤혹을 떠올리던 소강이 다시 물었다.

"그럼 당신께서 발현한 것은요? 대산은 물론이고 전신에서 광채가 피어올랐는데. 그 색채만 달랐지, 마치 무존의 대천성과도 같았습니다만. 그것은 대체 무엇이었습니까? 어떤 절학이었습니까?"

"묵천도였을 뿐이다."

몽천악이 무심히 대꾸했다.

"그 역시 강기 아닌 강기였고."

"그, 그것도 묵천도였다고요?"

"내가 알고 있는 것이 그것뿐이지 않느냐."

"그, 그렇기는 하지만……!"

"묵천도의 완성이었다."

말과 함께 몽천악은 지그시 눈을 감았다.

당시의 정경을 떠올리는 것이었다. 기실 그때 그는 묵천도를 완성했다. 불현듯 이루어진 일이었다. 시종도 없고, 형식도 없었으며, 어떤 미진함이나 미숙함도 없었다. 등경이었으니 그럴 수밖에 없기도 했지만. 어떻든 모든 것이 각성에 들었을 때보다도 더욱 일목요연했고, 명확했다. 자결에는 더욱 구애받지 않았다. 모든 자결을 하나로 합칠 수도 있었고, 더 많은 자결도 풀어낼 수 있었다. 나아가 그러면서 저절로 체득한 일반의 강기와는 또 다른 묵천도의 정화라고 해야 마땅할 한 차원 높은 기운마저도 마음이 이는 대로 얼마든지 발현할 수 있었다. 대산과 자신을 감싸 보호하는 동시에 공세를 취하는 것은 굳이 애쓰지

않아도 저절로 이루어졌다. 묵천도를 익히면서 꿈에서도 바라 마지않
던 경지였고, 완성이었으며, 또한 사부가 원하는바 이상이었다.

"그런데도 패했고."

몽천악이 눈을 뜨면서 말했다. 느릿하면서도 어딘가 공명이 있는 듯
한 음성이었지만, 그러나 그의 눈에 내비치는 것은 어떤 의지였고 투지
였다.

철무적이 아니었다면 결코 그럴 일이 없었겠지만, 어쨌든 패배는 패
배였다. 그리고 그것은 다른 말이 아니었다. 이제 목표는 그가 될 수밖
에 없고, 그와 다시 겨루려면 무언가 다른 것이 필요하다는 것과 같았
다. 묵천도를 버리고 다른 길을 찾든지, 아니면 완전히 새롭게 해서 더
높은 경지로 끌어올리든지 간에. 그렇지만 몽천악은 그리 크게 걱정하
지 않았다. 지금까지 해왔듯이 앞으로도 해낼 수 있을 것이라는 스스
로에 대한 믿음이 있었다. 그리고 어떻게든 빨리 철무적의 앞에 다시
서고 싶었고. 그래서였다.

어쨌거나 그 말을 끝으로 몽천악은 더 입을 열지 않았고, 소강도 더
묻지 않았다.

거웅의 운공은 참으로 길었다.

하루가 지나 몽천악이 드디어 자리에서 일어날 수 있게 된 뒤에도
깨어날 줄을 몰랐다. 몽천악을 비롯한 사람들은 은근히 걱정을 했지만,
의 사부는 도리어 좋은 징조일지도 모르니 기다려 보라고 일축했다.
그에 몽천악도 그의 곁에 가부좌를 틀고 앉았다. 운기를 하려는 것이
아니었다. 요상법을 행하고, 또 철무적과의 대결에서 얻은 것들을 참
오하며 완벽하게 자신의 것으로 만들면서 나아가 더 올라갈 길이 없는

지 모색해 보려는 것이었다.

거웅은 그로부터 이틀이나 더 지난 뒤에야 운공을 깼다.

그것도 그냥 운공에서 깨어난 것이 아니었다. 마지막 순간 온몸에서 갑자기 어떤 서광이 어리는가 싶더니 곧 보이지 않는 무언가에 강타를 당하기라도 한 사람마냥 전신을 떨며 퍼덕이더니 그대로 뒤로 넘어졌고, 동시에 사지를 벌리면서 널브러지는 것이 아닌가. 그리고는 놀랍게도 코까지 골면서 자는 것이었고.

"성공이야!"

의 사부가 환호작약했다.

"덤으로 생사현관까지 타통했고!"

"아……!"

남청과 소강의 입에서 탄성이 새어 나왔다.

그럴 수밖에 없었다. 막혀 있던 임맥(任脈), 독맥(督脈)이 모두 타통되면서 온몸의 탁기가 씻은 듯이 사라지고, 아울러 한서불침(寒暑不侵)은 물론이고 운기를 행하면 행하는 만큼 내력이 쌓이는 데 더해 무엇보다 무인이라면 누구나 갈구하는 상승 경지로 진입하는 관문에 들어섰다는 것과 같았던 까닭이다. 아마도 금소천이 있었더라면 부러움을 감추지 못했을 터였지만, 그는 몽천악이 자리에서 일어나는 것을 보고는 이내 제자리로 돌아갔다. 장주가 부른 탓도 있었고, 그게 아니라도 그도 적잖이 바쁜 사람인지라 언제까지고 거웅이 깨어나길 기다릴 수도 없는 노릇이었기에 그러했다. 그렇지만 하루에 한두 차례는 꼭 죽림원에 들렀고, 그럴 때마다 의 사부가 당부한 약재들은 물론이고 일행에게 당장 필요한 옷가지를 비롯한 물품들을 세심하게 챙겨오곤 했다.

"구전금단 덕이야."

의 사부가 말을 이었다.

"더불어 심신이 튼튼하고, 또 제대로 된 기초 위에 꾸준히 내공을 연마해 온 탓에 가능한 일이고."

"그것은 부차적인 것입니다."

몽천악이 바로 말을 받았다.

"그 모든 것에 앞서 의 사부님의 공이 가장 큽니다. 구전금단 아니라 무엇이 있었어도 의 사부님이 아니셨다면 멀쩡하게 일어서는 것조차 장담할 수 없었을 테니까요. 저도 마찬가지고요. 참으로 감사드립니다. 무엇으로 어떻게 갚아야 할지 모르겠습니다."

"그런 소리 말게."

의 사부가 손사래를 쳤다.

"정작 감사와 사례를 받을 사람은 자네들일세. 소장주가 아니었으면 자네들이 이런 일을 당할 리 없었고, 자연 갚아야 할 쪽은 만금장이 아니겠는가. 자네들의 본신을 회복시키는 것은 그 이전에 이루어져야 할 당연하고 마땅한 일이고. 하기야 그런 것을 모를 사람이 아니니 장주는 어떻게든 크게 사례하려고 할 것이네만. 그리고 어떻든 나도 만금장에 신세를 지고 있는 사람. 어찌 보면 나로 하여금 얼마큼이라도 갚을 기회를 준 셈이니, 오히려 내가 자네들에게 고마워해야 될 일일세."

◆제10장◆
귀곡(歸谷)

"그렇지만."

"됐네. 그 이야기는 그만 하세."

의 사부가 말을 잘랐다.

그렇지만 그도 더 이상 다른 말을 꺼낼 수 없었다. 불현듯 바깥에서 발자국 소리가 들려온 탓이었다. 사람들의 이목이 문 쪽으로 쏠릴 것은 당연지사. 곧 문 앞에서 헛기침 소리가 울리더니 두 사람이 문을 열고 들어섰다. 만금장주 부자였다. 거웅이 널브러져 있는 방 안의 광경에 한순간 의문을 드러내며 멈칫하는 그들에게 남청이 나서서 간단히 상황을 설명해 주었다. 그리고는 곧장 몽천악에게 만금장주를 소개했다. 몽천악으로서는 그를 직접 대면하는 것이 처음이었던 까닭이다. 그사이 만금장주가 몇 번 왔었지만 모두 의식을 잃고 있거나 잠들어 있을 때였기에 그럴 수밖에 없었다. 그런데 몽천악을 소개받은 만금장주가 오히려 몽천악보다 더욱 깊숙이 포권을 취하며 뜻밖의 공대와 호칭을 붙이는 것이 아닌가.

"쾌차하셔서 다행입니다, 대협."

"……!"

몽천악은 말할 것도 없고 남청과 소강을 비롯해 심지어 의 사부까지도 곤혹과 놀라움으로 물든 눈을 크게 뜨고는 멍하니 그를 쳐다보았다. 하지만 만금장주는 그에 아랑곳하지 않았다.

"자식 놈의 구명지은에 대해 이제야 감사드립니다, 대협. 참으로 고맙습니다."

"듣기가 거북합니다."

몽천악이 노골적으로 싫은 기색을 하며 말했다.

"대협이라니요? 말씀도 낮추시고."

"우선 이것부터 보십시오, 대협."

몽천악의 말이 끝나기도 전에 장주가 소매 속에서 하나의 서찰을 꺼내더니 공손히 내밀었다. 여전한 장주의 언행에 씁쓰레한 표정을 짓는 가운데서도 할 수 없이 몽천악은 그것을 받아 들었고 펼쳤다.

뜻밖에도 양소군에게서 온 것이었다.

몽천악이 입은 상처에 대한 무한한 걱정과 맹 내에 바쁜 일이 많아 와보지 못하는 미안함에 더한 어떤 애틋한 감정이 곳곳에 배어 있는 장문의 편지였고, 두 가지 중요한 사실도 알려주고 있었다.

하나는 맹주가 대결 사실을 은근히 강호에 알리도록 했다는 것이었다. 뿐만 아니라 재대결의 약속과 더불어 앞으로 십 년 내에 자신을 이길 사람이 있으면 몽천악뿐이라고 생각한다는 사실까지도 함께였다. 그 파장은 커서 안으로는 제 오라비인 양군휘에 이어 그와 함께 천룡맹 후지지수 중 쌍벽을 이룬다는 용천항마저 폐관에 들게 했을 정도이고, 또 밖으로는 팔기와 칠존의 다른 인물들이 손속을 겨루어보기 위해 찾아다니고 있다는 소문과 함께 흑방에서도 몽천악을 영입하기 위해 은밀히 움직이고 있다는 풍문이 돌 정도로 벌써 온 강호가 술렁이고 있다는 것이었다. 그리고 맹주가 원하는 바가 과연 무엇인지 모르겠지만, 결코 호의로만 이런 일을 벌일 사람이 아니니 조심하라는 것도 덧붙어 있었다.

그리고 다른 하나는 자신이 십괴에게 걸린 현상금을 몽천악에게 보내주도록 맹주에게 상주했고, 그러자 맹주는 당연히 그래야 하고, 안 그래도 그럴 참이었다며 흔쾌히 승낙했다는 것이었다. 몽천악이 가장 시급히 이루고 싶어 하는 것이 묵천도의 완성과 더불어 일가를 이루는 일이며, 그것이 모두 사부님을 모셔오기 위함임을 알고 있기에 그렇게 했으니 주제넘다 생각 말고 모르는 척 받으라고 했다. 금 백 관에 은 삼천 냥이면 꽤 그럴듯한 장원에 풍족한 식솔을 거느려도 충분하니, 이 기회에 우선 장원부터 장만해서 사부님을 모셔올 채비를 갖추는 것이 옳지 않겠냐는 친절한 설명까지 있었고.

"대도패군(大刀覇君)이라고 들어보셨습니까?"

몽천악이 서찰을 다 읽어갈 즈음 장주가 말했다.

"바로 대협의 새로운 별호입니다."

"……!"

"칠존에 버금가는, 그리고 무존이 유일하게 적수로 인정하는 신성(新星), 일군(一君). 지금 온 강호가 일군 대도패군 몽천악 대협에 대해 이야기하고, 또 그 자취나마 접하려 광분하고 있다고 해도 과언이 아닙니다. 본 장에 대협이 계신다는 사실을 감추고 있고, 또 다행히 천룡맹

에서도 밝히지 않았기에 망정이지, 그렇지 않았다면 몰려드는 강호인
으로 인해 저희는 아무런 다른 일도 하지 못할 뻔했습니다."

"……!"

사람들은 놀라움을 담고 멍하니 장주를 바라볼 뿐이었다. 특히나 일
행은 더욱 그랬다. 비록 짐작 못할 바는 아니지만, 그래도 강호의 평가
와 소문이 이토록 크고 빠르게 나타날 줄은 전혀 생각도 못했던 것이
다. 더구나 팔기보다 우위에 둔 일군이라는 또 다른 별칭까지 붙이고
있다니. 그것은 뭇 강호인들이 자신들과는 격이 다른 경외의 존재로
받들어 모시겠음을 천명하는 것과 다름 아니었다. 그리고 사실이 그렇
다면 만금장주가 몽천악을 대하는 언행이 그리 잘못된 것도, 또 탓할
것도 없는 일이었고. 강호란 연배에 앞서 명성이나 지위가 우선하는
곳이었으니까.

"아! 그리고."

문득 무언가를 떠올린 얼굴로 장주가 다시 입을 열었다.

"천룡맹의 인근 지부에서 금전을 보내왔고, 조금 전에 도착했습니
다. 전표로 보냈더군요. 실은 저도 양 향주의 서신을 받았기에 무슨 영
문인지 압니다만. 그것은 다른 데 사용하시는 게 좋을 것 같습니다. 장
원을 구하는 데는 쓰실 필요가 없으니."

"……?"

사람들의 얼굴에 이번에는 의문이 떠올랐다. 다른 사람들은 뜬금없
는 소리였기에 그러했고, 몽천악은 무슨 이유인지 몰라서였다.

장주가 말을 이었다.

"사실은 벌써 며칠 전부터 사람을 시켜 대협께서 기거하실 만한 곳
을 찾게 했습니다. 어차피 죽림원에 계속 계실 수는 없는 일이 아니겠

습니까? 의 사부님의 성정은 차치하고라도 여러분이 지내시기에는 아무래도 자리도 협소하고, 또 여러 가지 불편한 점이 많을 테니. 긴 시간 요양하며 정진할 장소는 더욱 아니고요. 물론 본 장의 다른 적합한 장소가 없는 것은 아니고, 또 원하시면 기꺼이 내어드릴 수 있습니다만, 그렇지만 워낙 많은 사람들이 드나드는지라 혹시라도 소문이 나서 대협께 누를 끼치는 일이 있을까 염려되는 데다, 또 그렇게 되면 본 장으로서도 여간 난감한 일이 아닌 관계로 배제할 수밖에 없었습니다. 그렇다고 본 장과 멀리 떨어지는 것도 곤란한 일, 본신을 회복할 때까지 의 사부님의 탕약을 드셔야 한다고 들었으니. 그래서 본 장과 멀지도 가깝지도 않은 광무 인근의 풍광 좋고 조용하며, 편안히 요양할 수 있는 한적한 장원을 물색했습니다. 어제서야 찾아냈고요. 마침 꼭 알맞은 것을 내어놓은 곳이 있더군요. 다만 생각했던 것보다 작고 아담하기는 하지만, 그래도 마음에 드실 것입니다. 급히 하인과 하녀들을 보내 간단한 청소와 단장을 하도록 시켰고, 또 대협과 일행 분들을 맞이할 기본적인 준비를 갖추어놓고 대기하도록 해놓았으니 원하시면 지금 당장이라도 옮기시면 됩니다.”

“그것은.”

“자식 놈의 성의입니다.”

몽천악의 말을 자르며 장주가 얼른 말을 이었다.

“굳이 구명지은을 들먹이지 않더라도 대협이 완전히 회복될 때까지는 저희가 책임지는 것이 도리이자 상리가 아니겠습니까. 하물며 몇 푼 들어가지도 않은 장원입니다. 이런 일이 아닌 작은 인연만 있어도 얼마든지 선물할 수 있는 일입니다. 그러니 다른 말씀 마시고 못 이기는 척 받아들여 주십시오.”

“제가 모시겠습니다.”

누가 무어라 할 새도 없이 뒤이어 금소천이 나섰다.

“바깥에 마차를 준비해 두었으니 우선 저와 함께 가서 일차 둘러보시지요.”

잠시 만금장주 부자를 쳐다보던 몽천악이 이윽고 할 수 없다는 듯이 머리를 끄덕였다.

그에 소강과 남청이 놀란 얼굴을 했다. 그들이 아는 몽천악의 성정으로 비추어 천만뜻밖이었던 것이다. 기실 몽천악으로서도 그리 탐탁한 일은 아니었다. 그는 만금장주의 호의를 당연한 것으로 여길 만큼 얼굴 가죽이 두껍지는 않았다. 그렇다고 자신이 있음으로 인해 닥칠 소란과 혼란을 두려워하면서도, 또한 자신에 대한 인연의 끈을 끊고 싶지는 않은 만금장주의 마음을 알기 때문만도 아니었고. 가장 큰 이유는 양소군이 서찰에서 언급한 대로 빨리 사부를 모셔오고 싶어서였다. 기실 그는 묵천도를 완성하고도 무존에게 패배했다는 것에 한순간 좌절했지만, 그러면서도 다른 한편으로는 기쁨을 감추지 못했다. 사부를 모셔 나오는 일에 크게 한 발자국 다가선 까닭이었다. 비무도 좋고, 무공을 증진해서 무존과의 재대결도 바라 마지않는 일이지만, 아무리 그래도 사부보다는 중요하지 않았다. 그래서 깨어난 후 그가 제일 많이 고민하고 생각한 부분이 다름 아닌 일가를 이루는 일이었다. 묵천도를 완성한 것과는 별도로 그 문제는 아직도 요원하다고 생각했으니까. 일가를 이룬다는 것은 명성으로 강호를 위진시키는 것뿐만 아니라 크든 적든 간에 자신의 터전이라고 할 만한 보금자리도 있어야 했다.

그런데 그것이 한꺼번에 해결된 것이다.

일군이란 별칭을 받은 데다 십괴의 현상금까지 들어왔으니. 남은 일은 빨리 본신을 회복하는 일이었고, 또 사부를 모셔오는 일이었다. 그러니 몽천악으로서는 받아들일 수밖에 없었던 것이다. 다른 모든 것은 사부를 모셔온 다음에 생각하면 되었다. 사부가 좋다고, 계속 살자고 하면 그때 돈을 지불하면 된다는 생각이었고, 그렇지 않으면 옮기면 그만이었다.

그래서 그는 뒤늦게 단서를 달았다.

일단 사부님을 모셔올 때까지는, 이라고.

그리고 그는 또 굳이 먼저 가보고 자시고 할 것 없이 그냥 이대로 옮기겠다고 했고, 그리하여 처음엔 아연한 표정을 짓던 의 사부나 만금장주 부자도 이내 수긍했다. 거웅은 잠에서 깨어나기만 하면 되고, 몽천악도 이제 때맞춰 탕약만 먹으면 되니 굳이 죽림원에 더 머물 필요가 없었던 까닭이다.

장원은 장주의 말대로였다.

인가 하나 없는 깊숙한 산속의 양지바르면서도 멀리 강이 바라보이는 조용하고 한적한 곳이었다. 아는 사람이 일부러 찾지 않고는 누군가 찾아올 일이 없을 것만 같았다. 다만 장주의 말과는 다른 것이 하나 있었는데, 결코 작지도 아담하지도 않다는 것이었다. 고루거각은 아니었지만 보 하나 기와 하나에도 장인의 손길과 정성이 느껴지는 우아하고 세련된 건물들이 십여 채도 넘었고, 사이사이의 화원과 멀리서 보면 건물이 잘 보이지 않을 정도로 울창한 수목들에 더해 연무장과 공터도 여러 개인 것이 웬만한 부잣집 장원이라고 해도 한참 못 미칠 지경으로 크고 넓었다.

"생각해 둔 이름이 있으십니까?"

　　장원의 이곳저곳을 안내하고 설명해 준 금소천이 떠나기에 앞서 대
문 앞으로 이끌더니 말했다. 본래의 현판을 없앤 듯 현판이 달려 있을
자리엔 아무것도 없었다.

　　"말씀하시면 바로 만들어서 걸겠습니다."

　　그에 몽가장(夢家莊)이니, 묵천장(默天莊)이니, 대도장이니, 패군장
이니 하는 여러 의견이 분분하게 나왔지만 몽천악은 머리를 흔들었다.
사부가 온 다음에 정해도 늦지 않다는 이유였다.

　　결국 금소천은 그냥 떠날 수밖에 없었다.

　　그가 떠나고 나자 곧 몽천악은 거처로 정한 건물로 들어가 좌정에
들었고, 탕약과 식사 때, 그리고 잠자는 시간을 제외하고는 언제나 한
가지였다. 금소천이 떠날 때 꼭 필요한 두세 명만 남기고 다른 하녀와
하인들도 모두 데려가도록 했기에 장원은 거의가 인적이 없다시피 했
다. 물론 소강과 남청, 그리고 장원에 오고도 한참이나 지나서야 깨어
난 거웅이 연무나 수련을 하지 않은 것은 아니지만, 그렇다고 크게 소
란을 떨 일은 없었다. 적어도 장원 내에서는 그랬다. 비무나 진각처럼
시끄러운 소리나 울림이 있는 것은 아예 장원을 멀리 벗어나서 했기
때문이다. 더불어 장의 잡다한 다른 일들도 모두 자신들이 알아서 처
리할 정도로 세 사람은 최대한 몽천악이 본신의 회복에만 집중할 수
있도록 애썼다. 그렇지만 또한 몽천악을 혼자 내버려 두지도 않았다.
셋 중 하나는 언제나 몽천악의 주변에 있었다. 몽천악의 곁에서 같이
운기를 하거나, 아니면 건물 주변이나 지붕 위에서 쉬면서 혹시라도 모
를 불의의 상황에 대비하기 위한 호법을 섰다. 공력이 없다시피 한 몽
천악이었으니 작은 충격에도 잘못될 수 있었기에 그러했다.

　　그렇게 평온하다면 참으로 평온하고, 반대로 지루하게 여기면 한없

이 지루한 틀에 박힌 일상 속에서도 시간은 쉼없이 흘러갔고, 어느덧 보름이 지났다. 그동안 사흘이 멀다 하고 찾아오는 금소천을 비롯해 간간이 들르는 의 사부와 만금장주가 장원에 오는 방문객의 전부였지만, 보름이 지나면서부터는 아니었다. 뜻밖의 손님들이 약속이나 한 것처럼 줄을 잇기 시작했다.

첫 손님은 주오기였다.

몽천악을 본 그는 인사를 받는 둥 마는 둥 다짜고짜 손목을 잡아채더니 한 가닥 진기부터 흘려 넣었다. 몸 상태와 내상의 정도를 확인하고자 함임을 알기에 몽천악은 가만히 있었다.

"이만하길 다행이야."

한참 만에야 손목을 놓으며 주오기가 안도의 한숨을 불어냈다.

"진력이 거의 고갈되다시피 했다만, 자네도 자네 사부의 요상법을 배웠을 테니 얼마간 정양하며 내기를 다스리기만 하면 되겠네. 그나저나 대체 어떻게 된 일인가? 어떻게 해서 무존과 싸우게 되었는가? 그는 비무첩에 있는 인물도 아니질 않은가?"

몽천악은 간략하게 당시의 상황을 설명해 주었다. 때로는 놀라고, 때로는 찬탄하고, 때로는 염려를 감추지 못하는 표정으로 이야기를 다 들은 주오기가 끝내 탄성을 발했다.

"정말 훌륭하네! 비록 졌지만 대단하이. 당금 강호에 누가 있어 무존과 그렇게 싸울 수 있단 말인가! 그의 진재절학까지 끄집어내면서 대등하게 겨루었다니! 게다가 묵천도까지 완성했다니! 자네 사부의 소원도 성취했음이네!"

"사부님은 기뻐하지 않으실 것입니다."

몽천악이 씁쓰레한 표정을 지으며 말했다.

"묵천도를 완성했다고는 해도 졌으니. 그래서 걱정이고요. 제 몸이 얼마간 회복되면 바로 모시러 갈 작정인데, 지고도 무슨 완성이고 무슨 염치로 왔느냐고 호통을 치실 것만 같아서."

"그런 소리 말게!"

주오기가 무슨 소리냔 얼굴을 했다.

"결코 그렇지 않네! 자네 사부가 원한 것은 무슨 천하제일이니 하는 그런 것이 아니네. 오직 제대로 된 공부를 만드는 것이었고, 그것을 완성하는 것이었네. 공부 자체가 목표란 말이네. 아니, 설사 그게 아니라도 마찬가지네. 다른 사람도 아닌 무존에게 졌을 뿐이네. 더구나 아직 재대결이 남았고, 또 자네는 아직 젊지 않은가. 새로운 경지를 개척하지 말란 법도 없고, 그리하여 이기지 말란 법도 없는 노릇이네. 그러니 아무 염려 말고 가게. 그 성정상 겉으로는 시큰둥하겠지만, 그러나 내심은 감격에 겨워할 것이 틀림없으니까."

"그럴까요?"

"그렇고말고!"

주오기가 크게 머리를 끄덕였다.

그렇게 몽천악이 마음속으로 은근히 걱정해 마지않던 근심까지 날려 보내준 그는 이내 자신의 이야기를 꺼냈다.

몽천악의 추측대로 본래 그는 도룡도마저 던져 버리고 달아난 단봉문의 두 사람을 추적했는데, 오래지 않아 그들의 꽁무니를 잡았음에도 그들을 잡아 족치고 죗값을 치르게 하겠다던 처음의 생각과는 달리 선뜻 손을 쓰지 못하고 뒤를 따르기만 했다는 것이었다. 우선은 떠나올 때 보여준 단봉문주의 태도가 마음에 걸렸고, 거기에 더해 도룡도를 탐하는 사람들과 쫓고 쫓기는 와중에 도망 나올 때 가져온 패물마저 잃어버린 채 걸식과 도둑질로 연명하면서도 사람들의 시선을 피하기 위해 전전긍긍하는 그들을 보며 오히려 그냥 두는 것이 인과응보가 아닐까 하는 생각이 들어서 그랬다는 것이었다. 그래서 일의 전말을 알아내는 가장 중요한 문제도 차라리 시간을 두고 그들을 따르면서 알아내자는 쪽으로 방향을 정했고.

다른 사람도 아닌 주오기였다.

제아무리 입에 올리고 싶지 않은 일이더라도 사람인 이상, 그리고 적어도 자신들끼리는 한 번씩 그에 대해 단편적으로라도 이야기하지 않을 수 없는 것이 인지상정이었다. 그것이면 족했다. 드러나는 바가 아무리 적고 불확실해도 그것이 몇 개만 합쳐지면 얼마든지 유추가 가능했다. 하물며 이미 상황이나 정황으로 비추어 짐작 가는 바가 없는 것이 아니고, 그것이 그리 틀리지 않았을 것임을 확신하고 있는 터였음에야. 결국 사실도 그러하다는 것을 거의 확인할 수 있었고. 그러던 차에 갑자기 강호를 경동시킨 몽천악의 소식을 들었고, 그에 만사 제쳐두고 달려왔다는 것이다.

몽천악은 물론이고 남청도, 소강도 그가 어떻게 이 장원을 알아내고 올 수 있었는지에 대해서는 조금도 의아하게 생각하지 않았다. 그가 어떤 사람인지 알기 때문이다. 물론 거웅은 그런 것 자체를 생각하는 사람이 아니었기에 다만 듣기만 할 뿐이었고.

다음날, 그만하면 되지 않았겠냐는 몽천악의 만류에도 불구하고 주오기는 떠났다. 최소한 그들의 최종 행로라도 확인을 해두지 않고는 마음이 찜찜해서 견디지 못하는 직업상의 습성을 버리지 못한 탓이었다. 더불어 다른 목적도 있었다. 그들의 일을 마무리하는 대로 몽천악의 사부를 먼저 찾아가 그간의 회포나 풀면서 몽천악이 데리러 오기를 기다리겠다는 것이 그것이었다. 그에는 몽천악도 더 만류할 생각을 못 했다. 그로서는 불감청이나 고소원인 일이었던 것이다.

다음에 찾아온 사람은 팽연과 팽우광이었다.

주오기와 달리 그들은 천룡맹에 직접 문의를 해서 몽천악의 행방을 알았고, 그리하여 금소천의 안내를 받으며 장으로 왔다. 그들의 방문 목적도 주오기와 그리 다르지 않았다. 인연이 인연이니만큼 당연히 몽천악의 상세를 염려한 것이었고, 그래서 혹시라도 필요할까 해서 가문의 비전 영약까지 가지고 왔을 정도였다.

하지만 그것이 다는 아니었다. 다른 것도 있었다.

다름 아닌 가주 팽화산의 전언도 겸하여 가지고 온 것이다. 후일 몸이 완전히 회복되고 나면 먼저 자신과 만나자고 했고, 과거 미루어두었던 손속을 마주해 보자는 것이 주된 내용이었고. 몽천악으로서는 마다할 이유가 없었다. 안 그래도 마음의 빚을 지고 있는 것 같은 사람이었고, 또 그게 아니라 순전히 무인 대 무인으로서도 꼭 한 번은 겨루어보고 싶던 사람이었다.

그리고 또 있었다.

그들은 한 가지 강호에는 잘 알려지지 않은 매우 놀라운 소식도 전해주었다. 천룡맹이 흑방의 총단을 급습했다는 것이 그것이었다. 그동안 천룡맹에서는 흑방의 총단을 찾아내기 위해 백방으로 노력했지만 오리무중이었는데, 그 까닭이 뜻밖에도 흑방의 총단이 장강과 황하를 비롯한 물이 있는 곳이라면 어디라도 움직일 수 있는 배였기에 그러했으며, 가까스로 그것을 알아낸 천룡맹에서 대거 기습을 감행해 완전히 초토화시켰다는 것이다. 물론 그렇다고는 해도 뿌리까지 완전히 뽑힌 것은 아니며, 따라서 남은 흑방의 인물들은 오히려 더욱 독기를 품고 달려들 테니 어쩌면 전쟁은 이제부터 시작일지도 모른다는 견해도 피력했다. 나아가 풍문처럼 정말 몽천악을 영입하기 위한 은밀한 제의나 유혹이 흑방으로부터 들어올지도 모르니 주의하라는 이야기까지 지나가는 말처럼 했다.

또한 그들도 오래 머물지 않았다. 몽천악의 정양을 방해할 수 없다며 하루만 묵고 그들은 떠났다. 그리고 나자 며칠 지나지 않아 이번에는 누구도 예상치 못한 뜻밖의 인물들이 들이닥쳤다.

다름 아닌 화산의 인물들이었다.

그것도 장문인과 고문까지 포함된 최고위급 인사들이었다. 이미 남청이 끊임없이 보내는 서신을 통해서 모든 것을 낱낱이 알고 있을 것임에도 그들은 곧장 장원으로 오지 않고 팽가와 마찬가지로 금소천을 앞세운 채 달려왔는데, 문을 들어서자마자 남청부터 찾았다. 남청이 놀란 얼굴에 곤혹과 반가움이 혼재된 모습으로 어쩔 줄 모르며 맞이하자, 장문인은 기쁜 기색이 역력한 가운데서도 입으로는 당장 그 보기 싫은 모습부터 지우고 나오라고 소리쳤다. 그리고는 수행원 중 하나에게 들려 가지고 왔던 옷보자기를 채듯이 받아서는 남청에게 내밀었다. 처음엔 이대로 있겠다며 완강하게 거부하던 남청도 제 아버지의 거듭된 요구와 강압에는 결국 보자기를 받아야 했고, 제 처소로 들어가 변장과 역용을 지우고 또 옷을 갈아입고 나오지 않을 수 없었다.

그리하여 그, 아니, 그녀가 다시 사람들 앞에 모습을 드러냈을 때, 그녀의 본모습을 모르고 있던 이들은 모두가 입을 쩍 벌려야 했다. 남청의 흔적은 눈 씻고 찾아보아도 어디 터럭 한 오라기 찾을 수 없을 정도로 달라도 너무 달랐던 까닭이다. 심지어 키도 달랐고, 몸매도 달랐으니. 게다가 월궁항아(月宮姮娥)가 따로 없을 만큼 너무나 아름다웠다. 한 떨기 꽃이 따로 없었다. 양소군이 매화의 아름다움과 향기를 지녔다면 남청은, 아니, 옥문청은 한 떨기 고아한 난초였다.

가장 놀란 사람은 거웅이었다.

"여, 여자였어?"

그는 그때까지도 모르고 있었던 것이다. 직접 말해준 사람이 없었으니 당연한 일이었다. 그리하여 곧 튀어나올 듯한 눈을 하고 그가 놀람에 찬 소리를 뱉었지만 대꾸하는 이는 아무도 없었다. 모두가 넋을 놓은 시선으로 그녀에게 집중하고 있었고, 그녀는 어딘가 수줍고 민망한 기색 속에서도 안타까움과 애잔함이 깃든 눈길로 몽천악을 쳐다보고 있었던 탓이다.

그녀로선 그럴 수밖에 없었다.

아버지가 온 까닭도, 또 옷가지까지 준비해 와서는 당장 본모습을 찾으라고 닦달한 이유가 무엇인지도 너무나 잘 아는 때문이었다. 자신을 화산으로 데려가기 위함이 아니면 그럴 필요가 없었다. 그래서 그녀도 남청으로 그냥 있기 위해 최대한 버텨본 것이었다. 혹시라도 어떤 여지가 없을까 하고.

하지만 끝내는 옥문청이 되지 않을 수 없었다.

이전까지와는 달리 이제 일군이라는 칭호까지 받고 있는 몽천악이었다. 어딜 가나 강호의 이목이 집중될 것은 당연지사. 그런 상태에서 계속 그의 곁에 있을 수는 없었다. 화산의 인물임을 끝까지 숨길 수 있다면 또 모르지만, 그것은 애초에 불가능한 일. 결국 사람들의 입방아에 오르내릴 것이 불을 보듯 뻔했다. 화산으로서는 좌시할 수 없는 일이었다. 하물며 다른 일반 문도도 아닌 장문인의 여식이었다. 그래서 부랴부랴 자신을 데리러 온 것일 터였다. 그녀도 그것을 충분히 알고 이해하기에 어쩔 수 없는 선택이었다. 그렇지만 그것은 또한 그녀로선 결코 바라는 바가 아닌 이별의 시간을 이제 감수하지 않으면 안 된다는 것과 같았으니.

"형님……."

어느 순간 옥문청의 입이 열렸다.

남청의 것과는 완전히 다른 참으로 고운 목소리였다. 더구나 비감에 젖어 있는 것이 듣는 이까지 가슴을 아리게 하는 데가 있었다.

"기다릴게요."

"……!"

"들러주셔야 해요."

어느덧 음성에 점점 물기가 어리고 있었다.

"화산이 어딘지는 아시죠? 나중에, 완쾌되고 나면, 꼭, 꼭 한 번은 들르셔야 해요."

"그야 말할 필요가 없는 일."

몽천악이 무어라 대꾸하기도 전에 불쑥 끼어들며 말을 받은 사람이 있었다. 장문인이었다. 그가 몽천악에게로 시선을 고정하더니 말했다.

"당연히 와야지."

"……!"

"자네가 몽천악이겠지?"

"그렇습니다."

몽천악의 대답에 짐짓 눈을 부라리는 장문인이었다.

"듣자 하니 본 파의 검이 양군휘보다 못하다고 했다고?"

"아, 아버지! 그, 그런 것이 아니라."

"너는 가만히 있거라."

　무슨 영문인가 하고 듣고 있다가 기겁을 해서는 다급히 나서는 옥문 청의 말을 돌아보지도 않고 자른 장문인이 여전히 몽천악만을 직시한 채 말을 이었다.

　"그런 말을 한 것을 탓하거나 문제 삼고자 하는 것이 아니야. 그것 은 누구라도 얼마든지 할 수 있네. 그리고 실력이 그뿐이라면 아무리 그런 소리를 들어도 할 말이 없는 노릇이고."

　"……."

　"그렇지만 적어도 본 파의 절학을 제대로 연성한 사람들을 두루 만 나 본 연후에 말을 해도 했어야지. 내 검도 보지 않았잖은가. 그래서 하는 말이야. 그렇다고 뱉은 말을 이제 와 없었던 일로 할 수는 없는 일. 그러니 본 파로 와서 한 번은 그에 대한 증명을 해야 해. 과연 그 말이 옳았는지 아닌지. 옳지 않았다면 사과하고 정정하는 것이 마땅하 고. 그렇지 않은가?"

　"옳습니다."

　몽천악이 바로 대답했다.

　"반드시 들르겠습니다."

　"……!"

　달리 반박하거나 조그만 불복의 빛조차 보이지 않은 채 포권까지 취 하면서 너무도 선선하게 수긍하고 받아들이는 몽천악의 태도에 소강과 거웅, 금소천은 물론이고 심지어 고문까지도 이채를 드러냈다. 물론 그의 성정을 잘 알고 있고, 또 당시의 상황도 잘 아는 남청은 말할 것 이 없었고. 몽천악이 무공을 못 쓰는 처지라고 해서 이렇게 말랑말랑 하게 변할 위인은 결코 아니라는 것을 익히 알고 있었기에 그럴 수밖 에 없었다. 몽천악 역시 그래서가 아니었고.

그로서는 나름대로 이유가 있었다.

어쨌거나 눈앞의 인물은 지금까지 자신을 형님으로 부르며 따른 남청의 아버지였다. 더구나 이별을 앞둔 마당이 아니던가. 별일도 아닌 일로 분란을 일으켜 남청의 마음을 어지럽게 만들 이유가 없었다. 게다가 남청의 당부 때문에도 어차피 지나는 길이 있으면 한 번은 들를 생각을 하고 있던 참이고. 그리고 나아가 장문인의 어조에서도 드러나는 질책과는 달리 숨겨진 초대와 친교의 의도도 어느 정도 느낄 수 있었기에 또한 그러했다.

사실 단순히 그가 말한 내용만을 두고 보자면 군이 따를 이유가 없었다. 반박할 말이 없는 것도 아니었고. 처음 남청과 병기를 마주한 그때 이미 익힌 사람은 아니더라도 검법만큼은 양군휘의 것에 뒤지지 않는다고 인정했던 바가 아니던가.

"헛걸음은 아니었군."

장문인의 얼굴도 대번에 환해졌다.

"적어도 소인은 아니야. 내 기다리겠네."

그리고는 떨어지지 않는 발걸음을 억지로 옮기며 연신 뒤돌아보는 옥문청을 이끌고 그들도 갔다. 그들이 가고 나자 마치 기다리기라도 했다는 듯이 이번에는 양소군이 모습을 드러냈다.

"멀쩡하잖아?"

"……!"

"난 또 어디가 심하게 부러져서 거동도 못하는 줄 알았더니?"

제가 보낸 서찰과는 달리 천연덕스럽게 말하며 나타난 그녀는 마치 며칠 떠나 있다가 집으로 돌아오기라도 한 사람마냥, 그리고 아예 눌러 앉아 살기라도 할 것처럼 제 처소를 정하고는 이거 해달라 저거 해달라 하며 하녀와 하인을 닦달하며 요란을 떨었지만, 그러나 이틀도 채 머무르지 못하고 떠나지 않으면 안 되었다.

그녀를 데리러 사람이 온 데는 방법이 없었던 것이다.

그리고 그때야 그녀는 그동안의 밝고 명랑하게만 보이려 애쓰던 표정을 버린 풀죽은 모습으로 이실직고하는 것이었다. 흑방 잔당을 수색 척결하는 일이 한창이며, 사실은 그 때문에 도무지 찾아올 시간이 없었다는 것. 간신히 며칠 말미를 얻어서 왔는데, 그것도 다 채우지 못하고 다시 불려가는 것이며, 이제 떠나면 언제 또 시간이 날지 모른다는 푸념과 더불어 은밀한 이야기도 있었다.

천룡맹주에 관한 것이었다.

어쩌면 몽천악에 대한 소문을 일부러 강호에 퍼뜨리고 또 공공연히 치켜세우는 것이 다 어떤 계획하에 이용하기 위함일 공산이 크고, 또 그게 아니라도 그로 인해 칠존을 비롯한 뭇 고수들의 표적이 되었으니 매사 조심할 것이며, 또 재대결만큼은 신중에 신중을 기해 충분한 준비가 되기 전에는 섣불리 그의 앞에 나서지 말라는 당부 등이 그것이었다. 마지막으로 제가 처소로 쓴 건물은 나중에 다시 와서 묵을 참이니 아무도 들이지 말고 그대로 두어달라고 몇 번이나 협박과 한가지인 부탁을 거듭한 연후에야 그녀도 갔다.

그리고 나자 잠시간의 평화가 왔지만 그것도 겨우 닷새 남짓이었다. 이번에는 공후아가 들이닥친 것이다.

그 역시 제집이라도 찾아온 사람마냥 불현듯 나타나서는 천성 그대로 호들갑스럽게 몽천악의 전신을 살피고 주무르고 하더니, 이어 그간에 벌어진 이야기를 모두 들어야겠다고 사람을 볶기 시작했다. 그리하여 몽천악은 물론이고 소강과 거웅 역시도 미주알고주알 하나부터 열

까지 알고 있는 전부를 토해내지 않으면 안 되었다. 그리고 그다음에
는 제 이야기를 들어주어야 했고.

그는 모용가주가 죽으면서 한 부탁이 아무래도 마음에 걸리고 찜찜
했기에 그때 단봉문에서 바로 떠났으며, 그동안 그것에 대해 조사를 해
보았다는 것이다. 파고들다 보니 결국 밀상과의 일을 알게 되었고, 뒤
늦게 후회를 했지만 아무 소용 없는 일이었다. 이미 자신의 이름을 걸
고 약속을 한 이상 어떻게든 해결해 주지 않으면 안 되었다. 하지만 그
로서도 될 수 있으면 부딪치고 싶지 않을 정도로 만만한 상대가 아닌
지라 머리를 쥐어뜯으며 고민에 고민을 거듭했고, 그러다 아예 밀상의
수장을 찾아가 담판을 지을 결심을 했다는 것이다. 채무를 탕감할 수
있으면 좋고, 그게 아니라면 연기를 하는 쪽으로라도.

어찌 보면 최선의 방안이었다. 그리고 공후아가 아니면 생각할 수
도, 행할 수도 없는 일이었고. 다른 사람이라면 제아무리 애를 써도 밀
상의 수장이 누군지, 어디에 있는지조차도 알아낼 수가 없을 테니까.
더불어 만나자고 한다고 아무나 만나줄 밀상의 수장은 더욱 아니었고.

그렇지만 공후아도 혼자 쳐들어가서는 씨알도 먹히지 않을 일임을
알기에 강력한 조력자가 필요했고, 그래서 그런 사람을 찾아가는 길에
겸사겸사 장원에 들렀다는 것이었고.

"누군데요?"

"멀쩡했으면 네놈도 데려가려고 했건만."

소강의 물음에 엉뚱하게 가만히 듣고만 있는 몽천악을 째려보며 면
박부터 준 공후아가 시선을 돌리며 대답했다.

"검왕 사마명. 모르지는 않지?"

"칠존의 하나가 아닙니까!"

"왜 아니겠어. 그 정도는 되어야지."

소강의 탄성에 공후아가 말을 받았다.

"그놈과 함께라면 아무리 밀상이라도 감히 괄시할 수가 없지, 암! 그랬다간 정말 시끄러워질 테니까! 나도 가만히 있지 않을 것이고! 에헴!"

그리고는 짐짓 위세라도 과시하는 양 거만한 표정으로 수염까지 쓰다듬으며 으스대는 공후아였지만 아무도 반박하거나 토를 달지 않았다. 다만 물끄러미 쳐다보기만 할 뿐이었다. 거웅이야 애초에 별 생각이 없는 사람이고, 또 몽천악은 굳이 건드려 화를 자초할 생각이 없어서 그랬지만, 소강은 또 달랐다.

그는 진심으로 감탄하고 있었다. 그래서 공후아를 바라보는 눈길 역시 그러했고. 물론 그가 그러한 데는 다 이유가 있었다. 지금은 더 지체할 시간이 없으니 일 다 본 다음에 다시 찾아오겠다며 공후아가 올 때처럼 바람처럼 사라지고 난 후에야 그는 그것을 밝혔다. 사부가 말하기를 강호제일의 기인은 공후아라고 했다는 것이었다. 강호에서 가장 자유롭고, 신비하고, 추측할 수 없으며, 무서운 사람이라고. 두 달간 그와 원치 않는 동행을 하면서 그것을 절실히 느꼈다고. 신법 외의 다른·무공은 일체 지니지 않았다고 하고, 또 사람들도 그렇게 알고 있지만 자신은 결코 믿지 않는다고. 어쩌면 무공을 드러낼 필요가 없을 정도로 강하고 탁월하기에 자연스럽게 숨겨진 것인지도 모른다고.

그리고 이제 소강 역시 동감한다고 했다.

전대에서부터 활동해 온 인물임에도 여전히 원기 왕성하게 강호를 활보하는 것에 더해 칠존까지도 제 맘대로 망라할 수 있는 능력만 봐도 그렇다는 것이었다.

그에 몽천악은 한마디로 일축하고 말았다.

"다른 것은 모르겠고, 세상에서 가장 귀찮은 인물이라는 것 하나는 분명하지."

"……!"

내 눈에는 그 사람과 매한가지라고밖에 보이지 않는 당신 입에서 그런 말이 나올 줄은 몰랐다는 듯한 아연한 신색을 감추지 못하며 소강이 몽천악을 쳐다보았지만, 어떻든 그것으로 줄을 잇던 손님들의 행렬이 드디어 끊겼다. 그리하여 장원은 다시 고요를 회복했고, 사람들도 다시 제자리를 찾았다. 그렇지만 그것도 오래가지는 않았다. 채 보름도 지나지 않아 또 다른 변화가 있었다.

다름 아닌 몽천악으로부터였다.

남청이 떠난 후부터 소강과 거웅은 몽천악의 곁을 아예 둘이서 함께 지켰다. 비록 흑아가 있고, 또 차도가 나날이 좋아진다고는 해도 몽천악을 혼자 내버려 두는 것은 애초에 생각도 못할 일인데다 그렇다고 한 사람이 지키는 사이 다른 한 사람만 혼자 밖으로 나가서 수련을 하는 것 역시 그리 흥이 나는 일이 아니었던지라 그럴 수밖에 없었다. 그래서 몽천악과 같이 운기행공을 하거나, 아니면 바깥에서 따로 떨어져 조용히 초식을 정련하는 혼자만의 연무를 행하면서 시간을 보냈다.

그런데 어느 날이었다.

"그동안 몸이 근질근질했지?"

몽천악이 불쑥 문을 열고 나서더니 말하는 것이 아닌가.

"오늘은 마음 놓고 나를 상대로 풀어봐."

"아니, 벌써 진력을 되찾았단 말입니까?"

"이제 괜찮은 거야, 사숙?"

두 사람이 놀라 소리쳤다.

그럴 수밖에 없었다. 한 가닥 진기를 잡아냈다고 들은 것이 불과 열흘 전이었다. 그것은 거대한 물통의 물을 빼내기 위해 겨우 바늘구멍 하나 낸 것과 같은 정도의 시작에 불과했고, 따라서 진기를 모두 모으고 기맥을 완전히 복구하려면 요상법과 의 사부가 만들어주는 탕약이 탁월하다는 것을 감안한다 해도 최소한 두어 달은 지나야 가능한 일이었다. 그것은 의 사부가 진단한 일이었고, 몽천악 자신도 수긍했던 일이었다.

몽천악이 대꾸했다.

"다는 아니야."

"얼마나 찾았습니까?"

"이삼 할 정도."

"예에?"

소강이 어이없다는 얼굴을 했다.

"겨우 그걸로 무슨……."

"그렇지 않아."

몽천악이 정색을 했다.

"경지에 들고, 또 묵천도를 완성한 지금의 내게 공력이 많고 적음은 문제가 아니야. 물론 무존과 같은 상대라면 이야기가 다르겠지만."

"……!"

소강의 얼굴이 일그러졌다.

머리로는 무슨 뜻인지 이해 못할 바도 아니고, 수긍이 가는 점도 있었지만, 그와는 별도로 가슴속에서는 욱하고 치밀어 오르는 어떤 감정의 격랑이 있었던 것이다. 그리하여 그는 얼굴 가득 이글거리는 투지를 불태우며 적염도를 고쳐 쥐었고, 자세를 취했다.

"그렇게 말씀하신다면야."

하지만 그의 말은 중도에 잘렸다.

"내가 먼저야."

불쑥 거웅이 그의 앞을 막아섰다.

"이제 내가 너보다 위잖아."

"……!"

소강의 얼굴이 와락 일그러지며 눈에서는 불길이 확 번졌지만, 그러나 한순간이었다. 이내 그는 한숨을 내쉬며 물러서고 말았다. 한 번 고집을 부리기 시작하면 말릴 수 없는 거웅의 성정을 잘 아는 데다, 완전히 틀린 말이라고 할 수도 없었던 까닭이다. 생사현관이 타통된 거웅은 무서웠다. 남청도, 소강도 비무에서 조금도 득을 볼 수 없었다. 그렇다고 제 말처럼 소강보다 더 위는 아니었다. 거의 막상막하라고 하는 게 옳았다.

그리고 소강으로서는 급할 것이 없기에 물러서 준 것이기도 했다. 몽천악의 말대로라면 거웅 뒤에는 바로 자신의 차례가 올 테고, 그렇다면 차라리 관전하면서 조금이라도 파악해 두는 편이 더 나을 수 있었던 것이다. 그렇지만 그는 별반 그럴 시간을 가질 수 없었다. 몇 차례 거웅과 어울리더니 몽천악이 말했던 것이다.

"너도 같이 덤벼."

한순간 망설였지만 소강은 곧 군소리 않고 적염도를 휘두르며 가세했다. 처음에는 혹시나 하고 손속에 사정을 두던 거웅이 몽천악이 무리없이 받아내는 것을 보고는 이내 전력을 다해 일월쌍부를 휘둘렀지만, 그럼에도 몽천악은 여전히 제자리에서 한 발자국도 움직이지 않는 놀라운 광경을 본 때문이었다.

하나 그가 가세해도 마찬가지였다.

몽천악은 그대로 제자리를 고수한 채 별 힘 들이지 않고 둘의 공세를 모두 봉쇄했다. 특이한 것은 마치 일주곡에서 자신과 싸울 때의 무존과도 같다는 것이었다. 접근하는 둘의 병기에 대산을 슬쩍슬쩍 붙였다 뗐고, 그것으로 족했다. 거웅도, 소강도 과거 그가 그랬던 것처럼 방향 잃은 병기를 회수하기에도 바빴다. 오래지 않아 결국 둘은 병기를 거두고 물러서지 않을 수 없었고, 숨을 헐떡이는 가운데 경이와 경악에 찬 눈을 하고 멍하니 몽천악을 바라볼 따름이었다. 오히려 말을 꺼낸 것은 몽천악이었다.

"어때? 괜찮았어?"

"무존의 공부가 아닙니까?"

한참 만에 소강이 대꾸했다.

"그걸 어느새 익혔습니까?"

"아니야."

몽천악은 머리를 흔들었다.

"묵천도야."

"예에?"

"만류귀종이라고나 할까? 경지에 오르니 저절로 운용이 보이더군."

"……."

"이 정도면 사부님을 모시러 가도 될 것 같고."

그리고 그날 몽천악은 간단한 행장을 꾸려서는 흑아와 함께 장원을 떠났다.

*　　　*　　　*

"다음엔 자신있느냐?"

"무엇을 말입니까?"

"무준 말이다."

"이기기를 원하십니까?"

"기왕이면."

"……."

몽천악 結

처음의 구상과는 달리 아쉽고 이른 마무리가 되고 말았습니다. 피치 못할 사정으로 인한 이 년여에 걸친 두 번의 긴 틈을 두었던 것이 원인인 것 같습니다. 뒤늦게 몇 달이나 씨름을 했는데도 흩어지고 퇴색되어 버린 몽천악의 영상과, 또 그에 대한 이야기를 되살리는 일은 난망(難望)이었습니다. 대강의 줄거리만 가지고 억지로 이끌고 갈 수는 없는 일. 아쉬움과 자책을 뒤로하며 이것으로 내 손에서 몽천악을 그만 떠나보냅니다. 혹시라도 나중에 다시 몽천악의 영상이 가슴속에 맺혀진다면 뒷이야기와 못다 한 이야기를 풀어낼 수도 있겠지만 지금으로서는 참으로 요원한 일인 것 같습니다. 독자제현의 양해를 구합니다.